历史文化发展视域下唐代文学的创作研究

马莉娜 / 著

中国纺织出版社有限公司

图书在版编目（CIP）数据

历史文化发展视域下唐代文学的创作研究 / 马莉娜
著 . -- 北京：中国纺织出版社有限公司，2023.3（2024.3 重印）
ISBN 978-7-5229-0409-2

Ⅰ . ①历… Ⅱ . ①马… Ⅲ . ①中国文学－古典文学研
究－唐代 Ⅳ . ① I206.42

中国国家版本馆 CIP 数据核字（2023）第 044619 号

责任编辑：郭　婷　　责任校对：高　涵　　责任印制：储志伟

中国纺织出版社有限公司出版发行
地址：北京市朝阳区百子湾东里 A407 号楼　邮政编码：100124
销售电话：010—67004422　传真：010—87155801
http://www.c-textilep.com
官方微博 http://weibo.com/2119887771
北京虎彩文化传播有限公司印刷　各地新华书店经销
2023 年 3 月第 1 版　2024 年 3 月第 2 次印刷
开本：710×1000　1/16　印张：13.5
字数：210 千字　定价：79.00 元

前　言

唐代文化博大精深、辉煌绚烂、耀眼夺目，堪称中国传统文化的精粹，在整个历史长河中具有无与伦比的崇高地位。即使在世界历史上，唐代文化也是独树一帜的，至今对我们周边国家如日本、朝鲜、韩国等都产生了深远的影响。

文化是与政治、经济、科学技术以及自然科学等相对而言的概念，文化属于意识形态范畴，是建立在那个时代经济基础之上的上层建筑的组成部分。经济是基础，政治是经济基础的集中表现，而文化乃是政治和经济的能动反映，同时又对二者起反作用，它深深地根植于其所赖以生存的土壤之中。

唐代是我国历史上最为辉煌灿烂的鼎盛时期，唐代时期的民族自豪感空前提高，尤其是盛唐，更是一个令人向往、值得骄傲的辉煌时代。唐代盛世雄风不仅体现在彪炳千古的盛世景象上，更体现在唐代的文学上。唐代有令人说不尽、道不完的辉煌成就，如文学中的诗歌、散文、传奇故事，艺术中的音乐、绘画、书法、雕塑、舞蹈、戏剧等，都是唐代文化的组成部分。这一切都仰赖于唐代社会政治稳定、国力强盛、经济繁荣、文化发达、思想开放所奠定的坚实基础。雄强的社会激发了唐代文人士子对功业理想和自由人生的追求，激发了他们强大的生命精神和浪漫情怀，他们满怀憧憬，积极进取，渴望实现自己的人生理想与价值。在这样的时代氛围感召下，唐代文人的创作热情得到了空前的大爆发、大释放，创作了许多优秀作品。因此，要深入研究唐代文学的创作及其发展，将文学放在具体的历史文化背景下进行分析是十分必要的。

《历史文化发展视域下唐代文学的创作研究》一书从唐朝各时期文化创作研究入手进行阐述，全书共六章，涵盖了唐代文学创作研究背景、唐代文学的历史演变、唐代风俗文化、唐代音乐文化、唐代文学与多元文化的融合和唐代文学文化的传播研究六个方面。重点运用文献考证的研究方法，借助历史学、传播学的理论工具，对唐五代时期文人的文学创作意识进行了全面的研究。本书内容框架完善，每一个章节都做了详细的阐述与分析。

作者

2022 年 11 月

目　录

第一章 唐代文学创作研究背景

纵观唐代文学的发展可以看出，唐代文学的发展表现在诗歌、散文、小说、词等的全面发展中。其中，诗歌发展最早，成就也最高。唐代诗人以刚健的风骨、玲珑的兴象、铿锵的韵律全面而深入地反映了唐代的社会生活，生动体现了威加海内的大唐王朝恢廓雄伟的气象，也铸就了我国古代文学的一代之盛。当诗歌发展到它的高峰时，散文开始了它的文体文风改革。就文体文风改革的规模和影响来说，此前还没有任何一个时期可以与它相比。伴随着诗歌与散文的发展，唐代独特的小说形式——唐传奇也开始走向繁荣，为我国古典小说的发展做出了突出贡献。当散文、小说、诗歌相继进入低潮时，诗的另一种体式——词，又登上文坛，焕发光彩。在唐代，几乎找不到一个文学沉寂的时期，由此可见唐代文学之恢宏。

第一节 唐朝开放文化环境下的诗词高潮

一、开放的文化环境

唐代处于我国封建文化发展的高峰，在当时世界的文化总体格局中，它处于遥遥领先的地位，也是一座令人心之向往、难以望其项背的文化高峰。

在当时的世界舞台上，欧洲正处在基督教会统治下的"黑暗时代"，社会经济和文化受到了巨大的破坏和摧残，基督教会人士成了唯一的受教育阶层，古代的思想文化只是以残缺不全的形式保存在基督教的精神活动之中。"中世纪只知道一种意识形态，即宗教和神学。"与西方文化在这个时代的低迷衰落相对照，唐代文化则正日照中天，灿烂辉煌。韦尔斯曾指出："在唐初诸帝时代，中国的温文有礼、文化腾达和威力远被，同西方世界的腐败、混乱和分裂对照得那样鲜明，……中国确实在一个长时期内保持了领先的地位。"

由于国力的强盛、文化的发达，唐代的都城所在地——长安也成为当时世界的文化中心所在。同时，由于社会生产力发展水平的提高，交通工具的改进，各地区、各民族之间的交往不断扩大，文化之间的传播和相互影响也远远超过前代。

而唐代文化的辉煌，也与当时全面的对外文化开放态势密切相关。一方面，唐代是借由海外交通的发达和文化交流的繁盛，广泛吸收世界文明的优秀成果，为自己的发展提供了丰富的滋养和刺激动力；另一方面也将中华民族的伟大文化创造广泛传播于各国，向世界展示自己的流光溢彩。

具体来看，唐代对外交通发达，关系活跃，贸易繁荣，促进中外文化交流大规模地发展，呈现出空前的全面文化开放的态势。唐代文化以其健全的传播和接受机制，以全面开放的广阔胸襟和兼容世界文明的恢宏气度，如"长鲸吸百川"，广泛吸收外域文化，从其他文化系统中采撷英华，先后融入了中亚游牧文化、波斯文化、阿拉伯文化、印度文化乃至欧洲文化，使当时的帝都长安成为中外文化汇聚的中心，使盛唐文化成为一种世界性的文化，或如西方学者说的是"世界大同主义"。海纳百川，有容乃大。大规模的文化输入，使中华文化系统处于一种"坐集千古之智""人耕我获"的佳境，使整个机体保持着旺盛的生命力，因而是唐代文化生机勃勃、灿烂辉煌的条件之一。坦诚而主动地进行文化交流，广泛地吸收外来文化，正是对自己的民族和文化有着强烈自信心的表现。正如鲁迅所说的那样，汉唐时代的中国人有一种"放开度量，大胆地、无畏地，将新文化尽量地吸收"的气魄。"那时我们的祖先对于自己的文化抱有极坚强的把握，决不轻易动摇他们的自信心，同时对于别系文化抱有极恢廓的胸襟与极精严的抉择，决不轻易地崇拜或轻易地唾弃。"

在广泛兼容世界文明的同时，唐代文化也大踏步地走向世界。与前代相比，唐代文化在海外传播的范围更加广泛，不仅在东亚地区产生了重大影响，建立起了以中国为中心的东亚文化秩序，形成了中华文化圈，而且还广泛传播于东南亚地区、中亚和西亚地区，并进而传到欧洲和非洲，在那些地方都产生了不同程度的影响。在文化传播的内容上，唐代已超出物质文化和技术文化的传播阶段，除了中国的物质文明成果和先进的科学技术知识外，中国的法律体系、政治制度、思想观念、宗教艺术等都大量外传。特别是作为中华文化载体的典籍也流播于海外，成为异族学习、吸收中华文化的一个重要媒体。唐代的全面对外开放，使中华文化全面走向世界，光被四表，辐射远方。

二、诗国高潮的形成

中国古典诗歌从《诗经》《楚辞》滥觞之后，历经秦汉魏晋南北朝及隋代的回环往复、百川争流，到唐代终于汇成了大河巨浪，气象万千，迎来了全面繁荣，展现出无限风光。唐诗内容广博，数量丰富，特色鲜明，名家辈出，佳作如云，故鲁迅先生曾经发出过中国古代的"好诗"在唐代已经"作完"的感叹。

唐诗本身经历了近三百年的演进与发展，其中各个阶段均有佳作、大家出现，因此，从宋代严羽以来，唐诗就一直是被赞美的对象，明代诗论家谢榛在《四溟诗话》中就赞叹说：

熟读初唐、盛唐诸家所作，有雄浑如大海奔涛，秀拔如孤峰峭壁，壮丽如层楼迭阁，古雅如瑶瑟朱弦，老健如朔漠横雕，清逸如九皋鸣鹤，明净如乱山积雪，高远如长空片云，芳润如露蕙春兰，奇绝如鲸波蜃气，此见诸家所养之不同也。

谢榛是明代"后七子"的重要人物，他们以复古为旗号，推崇汉魏、盛唐之诗，故其对初、盛唐诗歌的丰富多样、精美绝伦叹为观止。实际上，如果抛弃重初盛唐、轻中晚唐的门户之见和审美偏好，可以说初、盛、中、晚唐诗各具特色，皆具风采。明代诗论家陆时雍在《诗镜总论》中充分肯定了中唐诗歌大变盛唐气象而独标风采，云：

中唐诗近收敛，境敛而实，语敛而精。势大将收，物华反素，盛唐铺张已极，无可复加，中唐所以一反而之敛也……中唐反盛之风，攒意而取精，选言而取胜，所谓绮绣非珍，冰纨是贵，其致迥然异矣。

就连历来被人所轻视的晚唐诗，清代诗论家叶燮在《原诗·外篇》中就有这样一段精彩的议论：

论者谓晚唐之诗，其音衰飒。然衰飒之论，晚唐不辞；若以衰飒为贬，晚唐不受也。夫天有四时，四时有春秋。春气滋生，秋气肃杀。滋生则敷荣，肃杀则衰飒，气之候不同，非气有优劣也。使气有优劣，春与秋亦有优劣乎？故衰飒之气，秋气也；衰飒以为声，商声也。俱天地之出于自然者，不可以为贬也。又盛唐之诗，春花也。桃李之秾华，牡丹芍药之妍艳，其品华美贵重，略无寒瘦俭薄之态，固足美也。晚唐之诗，秋花也。江上之芙蓉，篱边之丛菊，极幽艳晚香之韵，可不为美乎？

叶燮之论堪称卓见，他为我们描述了晚唐诗美之独特形态，说明了晚唐诗具有其独特的价值。

以上所论还仅是唐诗时代风格差异所造成的如同人间四季风景各不相同之美，由此也可见唐代诗坛如百花齐放，万紫千红，各呈异彩，美不胜收；唐诗发展如三峡风光，山重水复，移步换形，引人入胜。故明人胡应麟《诗薮》外编卷三中云：

　　甚矣，诗之盛于唐也！其体，则三、四、五言，六、七、杂言，乐府、歌行、近体、绝句，靡弗备矣。其格，则高卑、远近、浓淡、浅深、巨细、精粗、巧拙、强弱，靡弗具矣。其调，则飘逸、浑雄、沉深、博大、绮丽、幽闲、新奇、猥琐，靡弗谐矣。其人，则帝王、将相、朝士、布衣、童子、妇人、缁流、羽客，靡弗预矣。

　　唐诗的这种群星璀璨、百花齐放的丰富性不仅是数量丰富，同时也是个性化的充分展开，而唐代政治的开明、国力的强盛、思想的活跃、生活的富足以及诗艺的崇尚为诗人们提供了广阔的生活与心灵空间，良好的社会外部条件通过诗人心灵个性的大力张扬和创造才能的充分施展，最终酿造了唐诗不可重现的、具有鲜明个性特征的诗国高潮。

第二节　富足强盛的国力精神与开明宽松的政治方略

　　唐代是博大包容的时代，这一时期的文化盛大恢宏、兼容并蓄、百花齐放，而其文化的发展则是以富足强盛的国力和开明宽松的政治环境为基础的。甚至可以说，富足强盛的国力和开明的文化方针是促进盛唐文化迅速发展并攀上顶峰的重要因素。

一、富足强盛的国力精神

　　正如恩格斯在《致海·施塔尔根堡》的信中所言："政治、法律、哲学、宗教、文学、艺术等的发展是以经济发展为基础的。但是，它们又都互相影响并影响到经济基础。"唐代文化的繁荣也是建立在一定的国力基础上的。

　　根据《贞观政要·务农》记载，唐太宗即位后，"凡事皆须务本。国以人为本，人以衣食为本"。唐初在发展生产的同时切合实际国情，在经济方面进行了大胆而有实效的改革，促进了国力的迅速发展。《贞观政要·政体》说唐之治世："商旅野次，无复盗贼，囹圄常空，马牛布野，外户不闭。"唐太宗以后，唐高宗、武则天均十分重视国力的发展，从而为唐代的崛起奠定了良好的基础。终于，至玄宗开元年间，唐代的经济发展达到巅峰状态，元结在《问进士第三》中就说："开元天宝之中，耕者益力，四海之内，高山绝壑，耒耜亦满，人家粮储，皆及数岁，太仓委积，陈腐不可校量。"

唐代国力的强盛一方面表现为唐代的疆域得到了较大开拓，据《新唐书·地理志》记载："举唐之盛时，开元、天宝之际，东至安东，西至安西，南至日南，北至单于府，盖南北如汉之盛，东不及而西过之。"唐之疆域及势力所达之处的确极为广阔，其国势之强盛、国威之远扬无与伦比。另一方面也表现为唐代社会经济的繁荣。沈既济在《词科论》中全面地记述了开元一朝的繁盛："以至开元天宝之中，上承高祖太宗之遗烈，下继四圣理平之化，贤人在朝，良将在边，家给户足，人无苦窳，四夷来同，海内晏然。虽有宏猷上略无所措，奇谋雄武无所奋，百馀年间，生育长养，不知金鼓之声，烽燧之光，以至于老。故太平君子，唯门调户选，征文射策，以取禄位。"杜佑在《通典·食货七》中也谈到开元天宝年间的盛世情况："东至宋、汴（商丘、开封），西至岐州（宝鸡），夹路列店肆待客，酒馔丰溢，每店皆有驴赁客乘，倏忽数十里，谓之驿驴。南诣荆、襄（江陵、襄樊），北至太原、范阳（北京），西至蜀川、凉府（武威），皆有店肆，以供商旅。远适数千里，不持寸刃。"

可以说，唐朝国威强盛，经济繁荣，在中国封建时代是空前的，在当时的世界上也是仅有的。在这个基础上，承袭六朝并突破六朝的唐文化，博大清新，辉煌灿烂，蔚成中国封建文化的高峰，也是当时世界文化的高峰。复旦大学资深教授葛兆光更是诗意地概括说：

初、盛唐是中国古代从未有过的一个风流、浪漫与自信的时代，从贞观四年（630年）三月"诸蕃君长诣阙，请太宗为'天可汗'"起，中国长达几个世纪的分裂、战争、民族危机、社会混乱给人们带来的彷徨、失望、颓废心理便真正的烟消云散了。四夷臣服、物阜民安、政治开明的盛世现实，引起文化心理氛围的变化，人们仿佛从憋闷的小黑屋里走了出来，猛然看见大千世界的阳光明媚，草木葱茏，不免手舞足蹈，又不免有些眼花缭乱，对于人生充满了自信、坦然和兴奋，也许还稍稍有些迷狂……的确，整个大唐帝国都洋溢着一团欢乐、热情、浪漫的气氛……它使整个社会心理变得开朗、阔放起来，使整个社会文化变得繁荣、热闹起来。

唐代国力的强盛、社会的安定为文学发展提供了雄厚的物质条件，尤其为唐诗的兴盛发展提供了良好的社会环境。可以说，李白高涨的浪漫主义精神，即盛唐时代精神的产物，其《将进酒》《天马歌》等诗歌皆为盛唐时代精神之表现。唐代经济的繁荣为文学的繁荣提供了必要的物质基础：如果没有开元盛世，杜甫就不可能写出"稻米流脂粟米白，公私仓廪俱丰实"的壮丽诗篇。国力强盛，使知识分子意气风发，强烈地追求"济苍生""安社稷"的理想，热情地向往建功立业的不凡生活。大唐盛世在中国乃至世界文明史上的显赫地位都是公认的，那种"一览众山小"的壮伟胸襟与"长风几万里"的雄阔气度，更是令后世之人高山仰止、心驰神往。

二、开明宽松的政治方略

文学的发展与国家的政治方针密切相关，这种关系不仅表现为文学的题材、内容总与政治有着千丝万缕的联系，作家在现实政治生活中也总持有自己的政治态度，同时还表现在政治家的开明、政治环境的宽松与否决定着文学的发展和繁荣状况。唐代社会总体上政治较为清明，特别是贞观时期，政体具有很大的包容性、开放性，能够容纳社会不同阶层的代表，接受不同的政治意见，这种开明宽松的政治环境为唐文学的繁荣提供了必要的保证。

以唐太宗李世民的统治为例，他即位初期，大唐王朝刚刚经历了以臣犯上、武力夺权的封建地主阶级斗争，此时，国家最需要的是和平安定。通过玄武门之变手刃兄弟、逼父退位走上皇位的李世民面对唐王朝严重内耗、自己即位稍显不光彩的情况，不得不采取一切措施励精图治，以显示自己是一位明君，戴得起头上的王冠。于是他在位的 23 年间，广开言路、虚心纳谏，而这一开明作风几乎影响了整个唐代。在这种开明作风下，唐王朝的政治环境一直相当宽松。例如，戏剧《醉打金枝》中有这样一段话：

> 郭暧尝与升平公主琴瑟不调，暧骂公主："倚乃父为天子耶？我父嫌天子不作。"质词别有所呼，不言父。公主恚啼，奔车奏之。上曰："汝不知，他父实嫌天子不作。使不嫌，社稷岂汝家有也？"因泣下，但命公主还。尚父拘暧，自诣朝堂待罪。上召而慰之曰："谚云：'不痴不聋，不作阿家阿翁。'小儿女子闺帏之言，大臣安用听？"锡赉以遣之。尚父杖暧数十而已。

在中国古代历史上，皇权重如山，君让臣死，臣不得不死。而此故事中，作为驸马的郭暧竟敢骂公主，而且敢说"我父嫌天子不作"的证语，实属千古未有。而皇帝劝慰郭子仪，"不痴不聋，不作阿家阿翁"之语更是随便轻松，皇帝与臣下之间的森严等级荡然无存，反而如同民间最普通的老百姓亲家之间的谈话。这种宽松的环境反映在文学领域，就是唐代几乎没有任何文禁，根据已有的记载，唐代很难找出有文字狱的资料，南宋文学家洪迈在《容斋续笔》卷二"唐诗无讳避"条中说："唐人歌诗，其于先世及当时事，直辞咏寄，略无避隐。"人们可以比较自由地发表自己的见解，谈自己的看法，甚至直接向皇帝提意见，批评皇帝，很少因言获罪。在当时诗坛上，诗人们"海阔凭鱼跃，天高任鸟飞"，写诗很少顾虑，诗歌的内容和形式都听凭诗人任意调度。唐代很多诗人在自由创作的天地里，写诗撰文无所顾忌，常常把当时的最高统治者作为批评抨击的对象，如白居易《长恨歌》对玄宗贪恋女色、荒淫误国就进行了深刻批判。这些诗人所作诗歌可谓"大逆不道"，这在别的任何朝代都不可能存在，而唐代诗人却能幸免文祸，足以说明政治环境的开明宽松。

正是在这种宽松的环境和气氛中，才涌现出了以魏征为代表的很多正直敢言之士。可以说，以唐太宗为代表的唐代帝王如同给文人、诗人打了一针兴奋剂，使他们可以自由、大胆地进行创作。对于文学的繁荣来说，这种开明的政治和宽松的环境甚至比经济的发达、物质的富足和社会的安定更加重要。

正因为如此，作为文学的最主要形式，诗歌与政治在反映与被反映、渗透与相互渗透的关系中不断融合，共同发展。诗人一直被称为社会的良心，有社会良知的诗人都是铁肩担道义，与国民共忧患，唐人以诗性精神融合政治意识，为天地立心，为国家立言。唐诗之所以能成为中国古典诗歌的黄金时代，能够出现一大批著名诗人以及大量的优秀诗篇，与开明、宽松的政治环境密切相关。可以说，没有这种开明宽松的政治环境，就不可能有今天我们所见到的繁荣的唐诗，就不可能有李白、杜甫这样超一流的大诗人。

第三节　以仁政民本为基础的中华民族文化大统一

唐初以儒家仁政、民本治国的政治理念，"民唯国本，众而亲仁""无隔华夷，爱之如一"，赢得了中华民族文化大一统，取得了我国封建时期治国的辉煌历史。李世民胸怀宏伟，卓识不凡，早在贞观登位之日，就与僚属云："王者视四海如一家，封域之内，皆朕赤子，朕一一推心置其腹中"，后来还从情理加以论析，"夷狄亦人，其情与中夏不殊。人主患德泽不加，不必猜忌异类。盖德泽洽，则四夷可使如一家；猜忌多，则骨肉不免为仇敌"。正是由于其仁政，为唐代以后的统治者奠定了良好的"华夷一家，诚信如一"的思想，才开辟出我国历史上大一统的中华民族共同体，缔造出享誉中外的大唐盛世。

在唐太宗之前，武德九年（626年），唐高祖李渊就曾说道："我之为君，以诚信待物，欲使官人百姓，并无矫伪之心。"又说："为国之基，必资于德礼，君之所保，惟在于诚信。诚信立，则下无二心，德礼形，则远人斯格。德礼诚信，国之大纲。在于君臣父子，不可斯而废之也。"唐太宗李世民即位后，把"视之如一""众而亲仁"作为民族政策的指导准则：

> 自古帝王虽平定中夏，不能服戎狄。朕才不逮古人而成功过之，自不谕其故……朕所以能及此者……自古皆贵中华，贱夷狄，朕独爱之如一，故其部落皆依朕为父母，并以此诏令边境四方，日月贞明，煦照著于万物。

唐太宗君臣以仁政民本推进中华民族文化大一统，最重要的是遵循我国儒家在处理社会群体、人际关系、民族相处中"华夷一家，诚信如一"的思想。唐太宗对各族"爱之如一""诚信待之"的政策收效很大，各族人民自觉、自愿地"诣阙请天下一家，上为天可汗"，甚至在唐太宗去世后，有"四夷之人，入仕于朝及来朝贡者凡数百人，闻丧皆恸哭，剪发、整面、割耳、流血、洒地。那史那杜尔、契必何力请杀身殉葬"。少数民族首领竟以"杀身殉葬"表示对太宗无比尊敬和瞻仰，可见唐大一统政策和唐太宗个人品格影响之深。武后、玄宗君臣继承民本仁政，并坚定地从政策上贯彻落实对周边各族"视之如一""诚信待之"。

在唐代统治者的大一统思想引导下，唐朝继南北朝"五胡"之后，民族大融合有了历史性大发展，新附少数民族除突厥、铁勒、契丹、奚，还有吐谷浑、党项、沙陀、昭胡九姓、林邑、曹国、牌牒、吐蕃等。至于政治、文化融合则更深入。在"华夷共主，天下一统"的号召下，唐朝李氏统治者自认"蕃人血统，酷爱蕃风夷俗，广嫁皇女于蕃酋子弟"，还以政治"上统广宇，下行可汗事"，实行文化融合，并辅之一统制度、政策予以落实，各族人民自由进入华夏中原，久处内地，不断感染熏陶，儒家文化几乎成为他们的主流文化。各族上层，世代与汉人通婚，最终融于一统中华的汉族为主的共同体之中。例如，随太宗征战，"屡获殊功"的大唐功臣西突厥王子那史那杜尔累迁右武卫大将军，检校丰州都督，"其子史仁表尚太宗女普安公主，定居长安"，其子孙还和"京洛汉人通婚"，民族一家，亲如兄弟，布列朝廷。

此外，唐代以文治方针政策，统治者执行民本仁政，欢迎、容纳世界各国学者、文士来华传播交流，世界各国各族文化，在大唐舞台展开全面大融合，开辟了"四夷来同，怀恋万国"的文明帝国。

第二章　唐代文学的历史演变

唐代是中国古代封建社会最为繁盛的时期，它在许多方面的开明措施都有利于文学的发展。其国力之昌盛、制度之完备、思想之开放、文化之繁荣，在整个中国古代发展史上都堪称典范。对此，学者李彬曾说："唐代是中国历史上一个承前启后的制高点，从这一制高点上'瞻前顾后'，最容易把握五千年文明的来龙去脉。特别是，面临充满机遇与挑战、交织希望与危机的新纪元，面临乃至身处精神分崩离析、灵魂无家可归的后现代，唐代文明的遗产越发显得珍贵。"

第一节　文学创作之武德至贞观时期

一、玄武门悲歌与贞观之治

在唐高祖统治期间，发生了一件影响唐王朝日后命运的重大事件，即玄武门之变。而通过这次事件，李世民得以继承皇位，并因在位期间勤于政务、广泛纳谏而得到了朝臣与百姓的拥戴。与此同时，他通过采取一系列有效的施政纲领，使唐朝出现了"贞观之治"的盛世局面。

（一）玄武门之变

在唐代建国的战争中，李世民跟随父亲李渊南征北讨，军功显赫，威望极高。但是，李世民只是李渊与窦氏的次子，按照当时立长不立幼的宫廷礼法和继承制度，他是不可能继承皇位的，于是其兄李建成被李渊立为东宫太子。对此，作为次子的李世民选择了接受，而且他仍在为李唐王朝的大一统披荆斩棘，戎马奔波，并最终帮助李渊统一了全国。

李世民在战争期间，随着其获得的卓著功绩，他的威望也不断增加，并越来越受李渊的重视。期间，他的权力不断扩大，还被封为秦王，位居宰相之职，并且掌管着大量的军队。所有的这一切，都使其兄长李建成感到自己的地位受到了严重威胁。于是，李建成为对自己的皇位继承权进行有效维护，开始大力网罗人马，扩充自己的势力，便将其弟齐王李元吉（与李世民、李建成同母）拉入自己的阵营，合谋对付李世民。而李元吉之所以会选择依附李建成，也是源于自己想要夺取皇位继承权的欲望。他对李建成和李世民的实力状况进行了周密分析，认为跟随李世民完全没有可能实现自己谋取帝位的野心，而投靠李建成并除掉李世民，自己便可能再除掉李建成继而获得皇位。可以说，兄弟三人都有着争夺皇位的野心。

李建成得到李元吉的支持后，在争夺皇位的力量方面明显比李世民要强。与此同时，他为了讨得李渊的好感，又积极争取后宫的支持。由于此时窦氏已去世，于是他积极讨好备受李渊宠爱的张婕妤和尹德妃，让她们在李渊面前说自己的好话，同时诋毁李世民。恰好张婕妤和尹德妃都曾被李世民得罪过，于是她们选择了帮助李建成，并使后宫的势力自然倒向了李建成一边。最终，在李建成和众嫔妃的挑拨下，李渊对李世民越来越疏远和淡漠，对李建成、李元吉则越来越宠爱。此外，朝中大臣们的势力也都倾向于李建成。于是，李建成接受了当时作为其谋事的魏徵的意见，加紧了对李世民的陷害。渐渐地，李建成与李世民的争权活动越来越明朗化。

李建成与李元吉曾多次加害李世民，但都未能得逞。在武德九年（626年），他们又得到了一个加害李世民的好机会。当时，突厥进犯中原，李建成又使诡计，向唐高祖建议让李元吉领兵御敌，唐高祖应允。李元吉为元帅领兵御敌很正常，关键是李建成和李元吉想要借此机会除掉李世民。于是，李元吉提出要调拨秦王府的主要战将参战，包括尉迟敬德、秦叔宝、程咬金等，企图利用出兵作战的机会消灭这些秦王府的将军，并借此剥夺李世民的兵权，然后借机杀掉李世民。不想，李建成和李元吉的计划被李世民得知，他将这一消息告知了长孙无忌，而长孙无忌立即与房玄龄密商大计，力主采取军事手段，铲除太子及其党羽。面对这一主张，李世民是有所顾忌的，他必须仔细思考，否则下场是人所共知的。他认为："骨肉相残，古今大恶。吾诚知祸在朝夕，欲侯其发，然后以义讨之，不亦可乎！"也就是说，李世民希望采取后发制人的办法解决冲突，以便将骨肉相残的责任推向李建成和李元吉。这也说明，李世民一直都存在夺权心理，而且深刻考虑了夺权后长远的合法性问题。但是，其下属都认为后发制人过于危险，于是态度坚决地请求李世民先发制人。最终，在下属的劝说下，他决定先发制人。

李世民在采取军事行动前，先是在武德九年六月初三那天进宫向李渊揭发李建成、李元吉与张婕妤、尹德妃的暧昧关系，接着向李渊诉说了李建成、李元吉对自己的加害行为。李渊听后大惊，即刻表示第二天上朝处理此事。不想，他们的谈话被张婕妤探听到，她立刻派人报告李建成。而李建成在得知这一消息后，随即找李元吉商量对策。李元吉提出要尽快布置兵马，同时称病不上朝。应该说，这个建议很重要，如果李建成同意，玄武门之变可能就不会发生。因为在李建成与李元吉商量的时候，李世民统率的伏兵已经到位，尉迟敬德、程咬金、秦叔宝、张士贵等秦王府的名将都已经进入伏击位置，而且李世民采取的这一行动是无法解除的。如果李建成不进宫，李世民是无法解释自己的军事行动的。但是，李建成过于自负，认为自己的准备十分充足，而且玄武门布置的又是自己的守卫军队（实际上守将常何已被李世民暗中收买），可以放心地从此地进宫。

玄武门是长安宫城的北门，也是进入内宫的必经之地。这里有坚固的工事和雄厚的兵力，宫廷卫军总部也设在此地。由此可知，想要控制整个皇宫或者说是控制京师，首先要控制玄武门。六月初四清晨，玄武门看起来和平常一样，但实际上是危机四伏。当李建成到达临湖殿时，突感情况异常，想要立刻调转马头，但已经来不及了。李世民出现了，他纵马向前，大声喊住李建成，并乘机抽箭射中了李建成的喉咙。而李元吉在看到这一幕后，本想逃跑，不想李世民的伏兵出现了，他们全副武装，杀气腾腾。最终，李元吉被尉迟敬德一箭射死，而且他的人头和李建成的人头一起被尉迟敬德割了下来。之后，李世民和他的军队迅速进入玄武门。不久，东宫、齐王府的人也赶至玄武门，开始攻打玄武门。此时，李世民因伏兵人数相对较少，抵抗起来十分吃力。再加上东宫的人扬言要攻打秦王府，局势对李世民来说变得十分不利。

就在玄武门的战争基本结束时，尉迟敬德在李世民的指示下去"保卫"皇上李渊。此时，李渊正和宰相们一起在宫内湖中泛舟，见尉迟敬德全副武装、满身鲜血前来，大惊失色，但仍故作镇静。尉迟敬德向唐高祖奏道："秦王因为太子、齐王作乱，举兵诛之，恐怕惊动陛下，特意遣臣宿卫。"李渊虽然心痛，但事已至此，只能接受眼前的一切。之后，他下令内外诸军都受秦王指挥，这意味着兵权到了李世民手中。与此同时，他下令东宫卫士放弃抵抗。在得到这一命令后，尉迟敬德提着李建成和李元吉的人头登上城楼，让东宫、齐王府的人知道首领已死，继续作战没有意义。最终，李建成、李元吉的军队溃散，他们的儿子也被李世民全部斩首，并一律从皇家谱牒中剔除。

玄武门之变后三天，李世民被正式册封为太子，并着手对一切国家政务进行处理。两个月后，李世民正式登基，即为唐太宗。

玄武门之变是唐代历史上极其重要的一个事件，而且对新建的李唐王朝的巩固与发展起到了十分重要的作用。不可否认，李世民是玄武门之变的最终胜利者。同时，玄武门之变促使李世民用光明的手段来治理天下，用更大的成绩从正面证明自己，继而促使"贞观之治"局面的出现。也就是说，玄武门之变是"贞观之治"得以产生的一个重要条件。

当然，玄武门之变在对唐代的发展产生重要积极影响的同时，也对唐代政治产生了消极的影响。其中最为重要的消极影响便是太子地位不稳定，皇位继承权的争夺十分激烈。在其影响下，朝廷内出现了朝臣结党和宦官分派的现象，从而大大影响了唐代政治的稳定，并导致唐王朝最终走向覆灭。

（二）贞观之治

唐太宗李世民在刚刚即位时，由于长期战争的破坏和自然灾害的影响，国家经济萧条、民户凋敝。面对这一境况，他励精图治，积极采取有效的措施，将国事处理得井井有条。这既充分显现出一位卓越的国家领导人应有的才能，也推动唐王朝的政治、经济、军事、文化等各个方面都得到了迅猛发展。

唐太宗在位期间，在积极吸取隋亡教训的基础上，对统治政策进行了大力调整，并大举启用有才之人，从而促使唐王朝出现了"贞观之治"的盛世局面。

唐太宗非常重视人才，这一点不仅使李氏家族的政权从根本上得到了巩固，而且为国家笼络了一大批可用之才，使国家的政治、经济等各个方面得以迅速恢复和发展。唐太宗在即位后，凭借自己宽阔的胸怀、过人的气魄和胆识，依据"内举不避亲，外举不避仇"的标准，知人善任，选择、提拔和破格任用了各类人才为李唐王朝服务，其中有些人才如魏徵、王珪等都曾在李建成和李元吉的府下。这些人才在得到皇帝的赏识后，大都能发挥自己的智慧，对唐初经济、政治等各方面的发展起到了积极的作用。因此，贞观之治的出现，应该是唐太宗与各类人才共同作用的结果。

唐太宗在知人善任的同时，还采取一系列措施对政治制度进行了改革与完善。具体来说，唐太宗在承袭隋制的基础上，对中央和地方的行政机构进行了改革。其中，在中央实行尚书、中书、门下三省制，而这既能有效避免皇帝独断和权臣专权，又能保证各项政策法令的有效执行，还能对李氏家族的统治进行巩固；

在地方注重选拔才能和德行俱佳的人担任地方官，以真正为百姓服务。通过对吏制的改革，唐王朝的吏制清廉，朝政清明，国事顺利，百姓安居乐业，并最终促使"贞观之治"的出现。

唐太宗在即位后，还大力提倡戒奢崇简，以节省开支。他禁止大修土木、提倡薄葬等。对于官员们的奢侈行为，唐太宗也严格禁止，因此，贞观初年，逐渐形成了一种崇尚节俭的风气。这种节俭风气的盛行，在减轻国家和人民的负担、促进社会经济的恢复和发展方面起到了十分积极的作用。与此同时，唐太宗积极推行轻徭薄赋、与民休养生息的政策，从而使农民得以逐步恢复生产，小农经济也得以复苏。而农民的生产在恢复后，衣食问题就能得到解决，进而推动唐王朝的社会经济逐步走上复苏之路。此外，唐太宗为了进一步促进农业生产、发展农业经济，还采取了一些有效措施。其中，较为重要的举措有四个：一是释放宫女，这既能节约政府的费用、减轻百姓的负担，也能促进人口的繁衍，还能顺从人的情性。这也表明，唐太宗对民情人伦是十分重视的。二是积极避免战争，并赎回外流至突厥等塞外的人口，这使唐代的农业人口大大增加。三是鼓励结婚生育，以促进人口的繁衍。四是大力倡导兴修水利，以增强农业生产抵抗自然灾害的能力。在这些措施的积极实行下，贞观初年，粮食得到了大丰收，社会经济也很快得到了恢复，人民开始了安居乐业的生活。而到了贞观中期，社会发展迅速达到了昌盛阶段，出现了牛马遍野、丰衣足食、夜不闭户、路不拾遗的太平景象，即"贞观之治"。

二、文馆整合与诗文的六朝遗风

唐太宗即位后，注重以弘文馆为平台进行政治和文化整合。由于弘文馆学士几乎都是当时最重要的政治家兼文人，因而他们所采取的文化举措有着文学风向标的作用，对当世文学的发展产生了极其重要的影响。而纵观当时弘文馆学士的文学创作，有着十分鲜明的六朝遗风。

（一）文馆整合

唐高祖统治期间，已经开始重视进行文馆整合，最为重要的标志便是创办了修文馆，后改为弘文馆。但是，这一时期由于国家战事尚未平息，文化建设还处于起步阶段，统治者是无暇顾及文化典籍的整理工作的，也很少能够集中精力研究典章礼仪等事宜。因此，弘文馆在刚刚创办时并没有对朝廷偃武修文发挥多少实质性的作用，直到李世民即位后，弘文馆才开始在朝廷政治、文化建设方面发挥出巨大的作用。

李世民即位后，文德政治被正式确立为国家的政治形态。由于礼乐文化是文德政治的基础，而"礼乐"总是与"诗书"具有内涵和功能的相关性，礼乐文化必须以文学和艺术为基础和支撑。因此，文德政治"必须要文学的全面配合，文学不仅是其资源和根据，还是其途径和体现，同时也是其内容和目的，甚至在相当程度上就是政治本身"。在这样的政治模式下，文化的面貌实际上表征了时代的文明程度和政治风貌。而为了对唐代文明进行迅速提升，并创建出一种能反映贞观盛世文明的主流文化形态，就需要对当时的各种文化和文学现象进行重构。在重构文化和文学时，必然会涉及对文化和文学精英的整合。为此，唐太宗开始重视对弘文馆的功能进行调整、对弘文馆的才学精英进行充实，并最终将它推向了朝廷政治的前沿。

经过唐太宗整顿的弘文馆，从人员构成来看，聚集了来自不同地域、不同政治集团，具有不同代表性的文化精英群体，包括虞世南、褚亮、姚思廉、欧阳询、蔡允恭、萧德言等。他们与唐太宗一起，在内殿讲论文史、商量政务。一般而言，弘文馆的人员被称为学士，而学士必须是德高望重者。因此，唐太宗统治期间，许多文人把获得学士的称号作为一种莫大的荣耀。同时，弘文馆学士也逐渐成为唐太宗身边的政治顾问兼文学侍从。而从政治功能上看，弘文馆具有双重功能：一是具有国家政治文化机构的名义，发挥着政治智囊的作用；二是实际地承担着一些具体的教育职责，为唐太宗"文治天下"政策的实行起到了极其重要的作用。

弘文馆在经过整顿后，其实际地位和实际功能也发生了重大改变。首先，弘文馆学士可以参与礼乐制度的制定和重要典籍的修撰。文德政治以礼乐教化为核心内容，制礼作乐在当时是一项非常重要的政治任务。在礼乐制度的制定上，弘文馆人员可以参议，而贞观初弘文馆学士则是具体地承担重修重任。据《唐会要》卷三十七"五礼篇目"记，太宗令房玄龄、魏徵总负责，召集文人，详考前代旧礼，重修礼制，经过几年的努力，修成著名的《贞观礼》。其次，弘文馆学士开始对其他朝廷机构的职权进行分割。比如，修史是唐太宗在总结既往、贻鉴将来的指导思想下开展的一项重要的政治工作，并为此专门设立了史馆。依照唐代的制度规定，史馆中没有固定的人员，若是遇到修撰的事情，需要让其他官员来充当史官。在唐太宗时期，但凡修史，多用弘文馆学士。弘文馆学士褚遂良、许敬宗几乎参与了贞观一朝所有的修史活动，并延及唐高宗时期。由此可以知道，在唐太宗时期，弘文馆有着极其重要的政治影响。

由于整顿后的弘文馆整合了不同的学士集团，而这些学士又来自不同的地域，因而从某种程度上来说，弘文馆在唐太宗时期是汇聚了各种异质文化的重要场所。也就是说，弘文馆起到了对唐初文化进行整合的重要作用，并积极推动了新文化的发展，具体来说表现在以下几个方面：

首先，弘文馆对唐初文化的整合，促进了南北文化之间的交流与融合。唐太宗时期，在文德政治这一政治形态的影响下，政治力量开始介入文化整合，即对文化整合的方向进行规定，同时推动着南北文化交融步伐的进一步加快。自六朝以来，南北文化一直都有所交流与交融，而交流与交融的方式主要是文人迁徙。应该说，这种南北文化交流与交融的方式是十分被动的。而在唐代时，创建的弘文馆本身是一个政治、文化机构，身兼朝臣和文人双重身份的弘文馆学士从某种角度来说就是唐太宗的文化代表，因此其政治力量不可避免地影响着南北文化整合，并使南北文化整合变成了一种有目的的、方向性明确的文化建设活动。同时，这一时期的文化交融呈现出极其鲜明的政治功利性，且在一定程度上忽视了文化自身发展的规律。但是，这样的文化交融是自觉的、理性的，明显不同于之前的文化交流，并且为整个唐代的文化建设起到了奠基作用。

其次，弘文馆对唐初文化的整合，使唐初文明得以大大提升。弘文馆学士的主体是东南（包括江左和山东）文人，而自魏晋以来，江左逐渐成为文化发达地区，江左文化也随之成为一种强势文化。从文化交流的角度看，主流文化要想引领文化潮流必须吸收优势文化，而东南强势文化也必须借助东南文人进入高层政治集团才能深刻地影响主流文化。李唐王朝发迹于关陇，其定鼎初期仍推行关中本位政策，此时能吸纳东南文人进入"决策辅佐层"确实体现了唐太宗非同凡响的政治眼光。而在唐太宗统治时期，东南强势文化确实已经成了唐初文化整合过程中的重要力量，最为鲜明的一个表现是在弘文馆的学士中有接近 60% 的人来自东南，只有 31% 的人来自关中地区。此外，东南强势文化在推动唐初文化整合的同时，也使唐初文明得以大大提升。

最后，弘文馆对唐初文化的整合，推动了唐代初年的文化基础建设和普及工作。在唐代初年，进行文化基础建设和文化普及的一个重要措施便是编撰各种类书。《艺文类聚》是唐初朝廷组织编撰的一部大型类书。《全唐文》卷一四六有欧阳询《〈艺文类聚〉序》，其文后署"太子率更令、弘文馆学士、渤海男欧阳询序"。

又《旧唐书》卷一百八十九《儒学上·欧阳询传》记：（欧阳询）"贞观初，官至太子率更令、弘文馆学士，封渤海县男。"由此可以知道，在《艺文类聚》的编撰及其文化推广普及方面，弘文馆学士发挥了极其重要的作用。此外，大型类书《文思博要》以及《古文章巧言语》等的编撰，也是弘文馆学士"奉敕"所为。这就说明，在唐太宗时期，普及文学的主要力量和机构便是弘文馆学士和弘文馆。

由于文化与文学是紧密联系的，因此弘文馆对唐初文化的整合也必然会影响唐初文学的发展。实际上，以弘文馆为平台展开的文学整合就是基于政治框架内的文学重构，是政治导向规定文学发展方向的一种具体实践，属于政治与文学关系的一种具体表现形式。具体来说，弘文馆对唐初文学整合的影响主要表现在以下两个方面：

首先，弘文馆对唐初文学的整合，使各方文学力量相互碰撞，并促进了南北文学思想的碰撞。在其影响下，融合南北文学之长、文质并重的文学观成为唐初文学思想的重要组成部分。通观唐代初年的文学现实状况可以发现，弥漫朝野的"陈隋遗风"是统治者面对的最大文学现实。从"审音知政"的儒家政教观出发，纵然东南文化是强势文化，贞观君臣也不会全盘接受它，其"淫放"与"浮靡"是必须反拨的。关陇文化特别是河汾儒学里关注现实和政治的思想，深刻地影响着唐初君臣，也决定了他们不可能像前朝君臣那样只注重文字游戏。再加上弘文馆学士多为优秀的、有宽广的文化视域的政治家兼文人，积极提倡"兼取众长"的唐代文学。于是，在弘文馆学士的提倡下，唐太宗确立了将江左"清音"与河朔"气质"相结合的文学理想。这一文学理想，既是"洞悉了文学发展的历史趋势"之后的一种卓有远见的主张，也是服务于现实文学整合的一项重要举措。在唐代初年，著名文人的前辈基本上来自梁陈宫廷学士集团和北齐文林馆学士集团这两大文学集团。其中，梁陈宫廷文学重视丽词俊音，偏重于"诗的声辞之美"，而且以辞采浓艳、篇制精巧为尚；而北齐文林馆学士集团的文学创作，注重气质和风骨，以质朴、刚健、硬朗为尚。在此基础上，魏徵提出了合其两长的思想，即将不同的文学风格进行整合，平衡各方文学力量，以形成统一的文学观念，继而建立稳定的文学结构框架。从实质上来说，合其两长的文学思想就是兼容众长、各去其短的文学观念的具体化。而这一文学思想在唐初得以确定，很大程度上得益于弘文馆学士。

其次，弘文馆对唐初文学的整合，使唐初的诗艺得到了迅速发展。弘文馆学士来自不同的地域,并积极参与宫廷、文馆文学活动。而在进行文学活动时,弘文馆学士对诗歌的形式建设高度注意。再加上唐太宗本身喜欢文学,经常在听朝之余召集一些学士"高谈典籍,杂以文咏",文臣学士之间也经常举行一些宴集唱酬活动。所有的这些都使得学士们有众多的机会切磋诗艺,并大大促进了他们诗艺的提高。奉诏应制和拈字赋得之类的诗歌对形式有着严格的要求,而宫廷应制和宴集唱酬虽然形式上是一种政事之余的风雅活动,但实际上却暗含着诗艺竞争的潜在动机,也助长了诗艺钻研的风气,从而无形中催生着近体诗的新果。因此可以说,弘文馆对唐初文学的整合,大大促进了唐初诗歌的发展。但是,以宫廷和文馆为中心的文学活动明显具有一种封闭自足性,这种封闭自足性必然会导致创作主体的视野日趋狭隘、情思日渐枯竭以及诗风日益趋同。而这又会使弘文馆以外的文人创作也囿于这种创作风气之中,从而导致唐初的文学创作难以取得重要实绩。

(二)诗文的六朝遗风

在唐代初年,文学艺术成就尚不算繁荣,但却为盛唐文化艺术的繁荣打好了基础,开拓了道路。这一时期的文学创作基本上沿袭了六朝的华艳风习。唐初的统治者以及文人大都生活在六朝以来尚文的社会风气之下,因而在文学创作中深受六朝文学的影响,即有着极其浓重的华艳色彩。

就诗歌创作而言,早在六朝时期,宫廷既是统治核心也是文学活动的核心与文学风气演变的主要动力之源。而在唐代初年,由于唐太宗本身喜欢诗歌创作,并积极号召文学学士也进行诗歌创作,于是在朝廷内外政事之余兴起了一股浓厚的诗歌创作风尚,并逐渐形成了一个诗歌流派,即宫廷诗派。

宫廷诗派的领袖人物是唐太宗李世民,而这个诗派的主要人员是由两部分构成的:一部分是虞世南等从陈、隋宫廷中过来的旧文人;另一部分是长孙无忌、魏徵、李百药等参加过隋末唐初南征北战的宫廷重臣。他们本来并不注重文学创作,只是为了投唐太宗所好才不惜附庸风雅,舞文弄墨,吟诗作赋。因此,他们的诗歌创作多是朝政之余君臣唱和,或是大臣之间聚宴赋诗。比如,唐太宗的《春日玄武门宴群臣》:

韶光开令序,淑气动芳年。驻辇华林侧,高宴柏梁前。
紫庭文佩满,丹墀衮绂连。九夷箫瑶席,五狄列琼筵。
娱宾歌湛露,广乐奏钧天。清尊浮绿醑,雅曲韵朱弦。

粤余君万国，还惭抚八埏。庶几保贞固，虚己厉求贤。

这是唐太宗在玄武门宴群臣时所作的一首诗。诗中有着华贵的环境、绚丽的颜色和古雅的乐曲，无一不表现着一种宫廷宏丽之美。而在诗歌的结尾，唐太宗表达了自己虚心纳谏求贤以保江山永固的思想。

宫廷诗派的诗歌创作从内容上看，题材较为狭窄，不出宫池苑囿。比如，唐太宗的《采芙蓉》：

结伴戏方塘，携手上雕航。

船移分细浪，风散动浮香。

游莺无定曲，惊凫有乱行。

莲稀钏声断，水广櫂歌长。

栖乌还密树，泛流归建章。

诗中所描写的芙蓉花开、风送荷香、船分细浪、惊凫乍飞、柳莺轻鸣这种优美的南国风景，南朝民歌中曾对此进行了反复吟咏，且深受齐梁文人的喜爱。而唐太宗所作的这首诗，只不过是沿用了六朝传统的、柔媚无骨的诗歌题材，完全显示不出他的豪情和气魄。而且，诗中的色彩华艳，视野狭小，格调不高。

不过，宫廷诗毕竟不是六朝时的宫体诗。创作宫廷诗的时代已不是六朝那样动乱的时代，创作宫廷诗的文人也不再是齐梁时期生活于声色犬马、歌间宴前的门阀士族，他们清醒、理性，冲出了宫闱，有所作为，敢于创造，用实际行动演奏了一曲恢宏雄壮的乐章。他们的诗歌创作，虽然从艺术趣味上来说还较为明显地受到宫体诗柔靡诗风的影响，但是他们在诗歌创作中所表现的内容却是昂扬向上的，并洋溢着奋发有为的阳刚之气，体现出了全新的积极进取、昂扬奋发的时代精神。比如许敬宗的《奉和元日应制》这首诗：

天正开初节，日观上重轮。百灵滋景祚，万玉庆惟新。

待旦敷玄造，韬旒御紫宸。武帐临光宅，文卫象钧陈。

广庭扬九奏，大帛丽三辰。发生同化育，播物体陶钧。

霜空澄晓气，霞景莹芳春。德辉覃率土，相贺奉还淳。

从诗歌的题目可以明显看出，这是一首应制之作。在诗歌的前半部分，诗人描写了一元复始的生机与活力、帝王宫殿里迎春的宏大场景；在诗歌的后半部分，诗人着重对帝德进行了歌咏，紧扣颂歌王政的主旨。此外，整首诗写得气象阔大、意象富丽、用词考究，是一首不可多得的佳作。

纵观初唐的宫廷诗创作，可以发现色情诗的数量是比较少的。这是因为，唐初的统治者和政治家对于前代骄奢淫逸而败亡的教训非常警惕，因而十分排斥梁陈宫体诗的淫艳诗风。当然，这并不意味着初唐时期没有艳丽的诗歌，只不过这一时期诗歌的艳丽不再同于南朝的浮艳，且显示出典重与雍容华贵之气，体现了唐王朝向上的气魄和上升的国势。比如，许敬宗的《奉和仪鸾殿早秋应制》：

睿想追嘉豫，临轩御早秋。

斜晖丽粉壁，清吹肃朱楼。

高殿凝阴满，雕窗艳曲流。

小臣参广宴，大造谅难酬。

在这首诗中，诗人使用了许多艳丽的意象，如斜晖、清吹、雕窗、艳曲等。但是，诗中所表达的思想并没有停留在对景色的玩赏方面，而是导向对盛世和明主的颂扬，表现唐王朝的勃勃生机。又如唐太宗的《正日临朝》：

条风开献节，灰律动初阳。

百蛮奉遐赆，万国朝未央。

虽无舜禹迹，幸欣天地康。

车轨同八表，书文混四方。

赫奕俨冠盖，纷纶盛服章。

羽旄飞驰道，钟鼓震岩廊。

组练辉霞色，霜戟耀朝光。

晨宵怀至理，终愧抚遐荒。

在这首诗中，诗人对大唐天地人和的盛世景象进行了热情赞美，而且全诗写得雍容华贵、典雅富丽。此外，宫廷诗歌在显露出帝国气象的同时，还表现出昂扬的情思。唐太宗的《帝京篇》《于北平作》等诗作，都体现出他视野的开阔和胸襟的博大，并显示出一种踌躇满志的自信和抱负。除唐太宗外，很多宫廷诗人都在诗作中表现了自己昂扬的情思，如魏徵。以其《述怀》一诗来说：

中原初逐鹿，投笔事戎轩。

纵横计不就，慷慨志犹存。

杖策谒天子，驱马出关门。

请缨系南越，凭轼下东藩。

郁纡陟高岫，出没望平原。

古木鸣寒鸟，空山啼夜猿。

既伤千里目，还惊九逝魂。

岂不惮艰险，深怀国士恩。

季布无二诺，侯嬴重一言。

人生感意气，功名谁复论。

魏徵出身贫寒之家，但他自小便有大志。在隋代末年，他加入了起义队伍，为窦建德所用，后成为河北地区起义军领袖李密的幕僚。在唐代建立后，由于李密降唐，他成为太子李建成的部下，并积极为李建成出谋划策。在玄武门之变后，魏徵被李世民纳为部下，并委以重任，使他有机会实现自己的抱负。这首诗作于魏徵被李世民委以重任，东出函谷关之时。诗中，他先是对自己的生平进行了回顾，接着表达了自己深受器重、知恩图报的使命感。全诗的意境是苍凉的，但诗人所表达的情感却是壮怀激烈、雄浑刚健的，毫无消极之感。

又如李百药的《秋晚登古城》：

日落征途远，怅然临古城。

颓墉寒雀集，荒堞晚乌惊。

萧森灌木上，迢递孤烟生。

霞景焕余照，露气澄晚清。

秋风转摇落，此志安可平。

在这首诗中，诗人描写了很多荒凉的意象，如秋日、黄昏、古城、寒雀等，并由此表现了古今兴亡之理。但是，诗人在表现这一道理时，并没有显得颓废，而是从天人之际的高度对其进行品味，并提醒自己和世人要以更加自觉的积极态度对自己的人生进行把握和创造。

就文章创作而言，这一时期的文章仍然沿袭南朝的骈体形式，但在此基础上也有一定的创新。而对这一时期文章的创作做出重要贡献的是王绩。

王绩（589—644），字无功，号东皋子，绛州龙门（今山西河津）人，幼时聪颖敏慧，七八岁即能读《春秋左氏传》，十五岁时西游长安，谒见大臣杨素，当众谈时务、文章，旁若无人，见解精新，举座皆惊，世人誉为"神仙童子"。他少时即有远大志向，且锐意进取，对个人的前途充满了憧憬和希望。但是，他的一生仕途坎坷，最终弃官而归隐家乡。之后，他结庐河渚，放意琴酒，驱牛躬耕于陇亩，以阮籍、嵇康自况，以度余年。

王绩的文章中，既有骈文也有散文。他的《答刺史杜之松书》是一篇骈文，表现了他服膺老庄的人生意趣：

> 下走意疏体放，性有由焉。兼弃俗遗名，为日已久。渊明对酒，非复礼义能拘；叔夜携琴，唯以烟霞自适。登山临水，邈矣忘归；谈虚语玄，忽焉终夜。僻居南渚，时来北山。兄弟以俗外相期，乡间以狂生见待。歌去来之作，不觉情亲。咏招隐之诗，惟忧句尽。帷天席地，友月交风。新年则柏叶为樽，仲秋则菊花盈把。罗含宅内，自有幽兰数丛。孙绰庭前，空对长松一树。高吟朗啸，契榼携壶。直与同志者为群，不知老之将至。欲令复整理簪履，修束精神，揖让邦君之门，低昂刺史之坐，远谈糟粕，近弃醇醪，必不能矣。

王绩的一生都十分倾慕老庄，崇尚放达，师法魏晋嵇、阮、陶等的作风，虽不免流于颓放，但其中的一股傲气，一种狂态，一番潇洒，自然形成了一种独特的韵致。而这篇文章，可以说是王绩思想情趣的自然表露。

王绩的散文，也流露出放达简淡的生活态度。比如，在《五斗先生传》一文中，他学习陶渊明的《五柳先生传》，表达了自己避世自养的意愿：

> 有五斗先生者，以酒德游于人间。有以酒请者，无贵贱皆往，往必醉，醉则不择地斯寝矣，醒则复起饮也。常一饮五斗，因以为号焉。先生绝思虑，寡言语，不知天下之有仁义厚薄也。忽焉而去，倏然而来。其动也天，其静也地，故万物不能萦心焉。尝言曰："天下大抵可见矣。生何足养，而嵇康著论；途何为穷，而阮籍恸哭。故昏昏默默，圣人之所居也。"遂行其志，不知所如。

在这篇散文中，王绩从道家全身养生的观点出发，提出应通过饮酒来达到"万物不能萦心""昏昏默默"的境界。另外，文章写得清新、坦率，并表现出率性自然、恬然自适的气度。

总的来说，唐代初年的文学创作深受六朝遗风的影响，但在此基础上又有一定的创新，从而呈现出新的面貌。

第二节　文学创作之永徽至神龙时期

一、守成之君唐高宗与一代女皇武则天

贞观二十三年（649 年）唐太宗去世，九皇子李治继位，也就是唐高宗，他继位后很好地延续了贞观时期的政策，推动了社会的持续繁荣。唐高宗在位期间，

虽然统治阶层政治斗争颇多,但是内政、外交都在稳步前进,可以说他是一位"守成之君"。高宗后期,皇后武则天趁高宗身体不适插手政务,逐步掌握政权。高宗去世后,武则天先后废中宗、睿宗二帝,自立为帝,号武曌,成为中国古代史上唯一的一位女皇帝。

(一)守成之君唐高宗

唐高宗李治是唐朝第三位皇帝,对于他的皇帝生涯来说,"子承父业"可以称之为不幸。因为在历史的长河中,当人们提及唐高宗时,往往首先看到的是他父亲唐太宗"贞观之治"的夺目光环。不仅如此,在他身后又是中国历史上唯一的女皇帝武则天。在这两位英主之间,唐高宗的处境未免有些尴尬。然而,李治又是幸运的,他继承了唐太宗的辉煌基业,平稳地做了三十五年的皇帝。在唐朝所有皇帝中,除了唐玄宗以外,他是在位时间最长的一位。

最初,高宗李治并非是太宗选中的首位继承人。唐太宗共有十四个儿子,其中,长子李承乾、四子李泰、排行第九的李治都是长孙皇后所生。按照皇位继承制度,嫡长子具有特殊的优越地位,加上李承乾从小就聪明伶俐,因此唐太宗刚即位时,便将李承乾立为太子。李承乾初被立为太子时积极上进,颇识大体,得到了唐太宗及满朝大臣的好评。但后来他的生活渐渐荒唐颓废起来,再加上魏王李泰等的争位,李世民遂立性情宽厚的李治为太子,认为他必定会在继位后保全手足兄弟。但实际上,唐高宗李治登基后,在其他的宗室成员企图谋反的过程中,他也大开杀戒。唐高宗虽有"仁孝"口碑,在外人看来怯弱可欺,但是,他在处置危及皇位稳固与涉及皇帝权威的事件上,从没有表现出缩手缩脚的样子。他先利用高阳公主等人谋反的案子大范围株连宗室子弟,打击异己势力巩固自己的帝位,而后严格遵照唐太宗遗训,继续推行贞观政治:贯彻均田令,社会经济进一步繁荣发展;贯彻以诗赋取士,增加进士科人选,扩大统治基础;长孙无忌亲自组织编写《唐律疏义》,并颁行全国,进一步完善了贞观法制。因此,在唐高宗执政期间,虽没有惊天动地的功绩,也没有表现出特殊的治国才能,但由于他继承了唐太宗的治国路线,本人也比较谨慎,所以政局基本稳定,经济仍保持持续繁荣的势头,人口也在不断增加。

此外,唐高宗继承了贞观时期疏阔的法律,在贞观律的基础上形成了永徽律,并编撰了著名的《唐律疏议》,这是中国现存最古老、最完整的封建刑事法典,同时,它也是中国古代法典的楷模和中华法系的代表作,在世界法制史上具有很高的地位与价值。

由于唐高宗在继位后近贤臣而远小人，特别是恢复执行唐太宗晚年曾一度中断了的休养生息政策，终结了长期对高句丽的战争，顺民情，得民心。因此，到永徽三年（652年）全国人口已从贞观时期的不满300万户到380万户。永徽五年（654年），粮食大面积丰收，国家疆土面积达到了最大，民族关系也得到了改善。

由于国力持续强盛，在唐高宗统治时期，也进行了一些对外战争。战争扩大了疆域版图，维护了国家的统一，加强了对边疆地区的控制，促进了中外的经济交往与文化交流。其中，对西域的苦心经营尤其值得一提。贞观四年（630年）后的大约五十年中（630—682），东突厥国臣属于唐。唐朝利用投降的突厥军队作为先锋，在西域建立了自己的统治地位，正式开始了对西域的经营。在伊吾（今哈密）、鄯善等国臣服于唐朝之后，唐朝又于贞观十四年（640年）消灭了高昌国，建立了西州和安西都护府。接着，又陆续剿灭了焉耆、龟兹、疏勒、于阗等二十几个西域小国，确立了以安西四镇为核心的西域统治体系。安西四镇在当时是指龟兹（今新疆库车）、疏勒（今新疆喀什）、于阗（今新疆和田西南）、焉耆（今新疆焉耆西南），安西都护府则坐落在龟兹镇。至唐高宗显庆二年（657年），唐大将苏定方等大破西突厥，即沙钵罗奔石国（今乌兹别克斯坦塔什干一带），西突厥亡。唐将整个西域纳入自己的掌控之下，在中亚碎叶川以东至昆陵都护府，以西至蒙池都护府，都隶属于安西都护府。原臣服于西突厥的昭武九姓等中亚诸国也纷纷归附唐朝，唐朝的直接统治已经延伸到帕米尔地区。唐的版图在唐高宗时达到最大。

唐高宗时期，对于西域的管理并非只是简单的屯垦戍边，而是对其开发与统治。一方面，这一时期唐代在西域建立了十分完善的军政管理机构，以都护府为最高行政机关，下辖军事和行政两大管理系统，官有定员，职有专人。另一方面，唐高宗又结合西域的综合地形和具体条件，既推行屯田制，又在东疆地区引进内地的均田制和租庸调制，对招募的屯民实行租佃制和分成制；军事上推行兵农合一的府兵制，使驻军部队担负起屯垦戍边的双重职责。此外，唐高宗对各民族的权益十分尊重，任命其本民族的首领管理其内部事务，各少数民族不必向中央政府缴赋税。这些政策使以安西四镇为中心的西域地区繁荣兴旺起来。

伴随着唐王朝的昌盛，吐蕃也逐渐兴旺起来，并对安西四镇垂涎三尺。咸亨元年（670年），吐蕃对安西都护府发动战争，此后唐朝与吐蕃的争夺使安西四镇数度易手。武周长寿元年（692年），唐武威军总管王孝杰与武卫大将军阿史那忠节联兵攻破吐蕃，使安西四镇的争夺战暂时告一段落。从唐高宗到武则天时期的六十二年间，唐朝在西域与吐蕃进行了连续不断的拉锯战，终于将唐太宗时期打下的基业保住了。

总之，唐高宗时期军事上取得的胜利及文化上的强盛，被周边一些小国称之为"文化大国"，在他们心目中，李唐王朝拥有着显赫的地位。唐朝一展大国雄风，使边境稳定，统治政权也得到了很好的巩固。

（二）一代女皇武则天

武则天原本是唐太宗李世民的妃嫔，封为才人。唐太宗卧病期间，太子李治常伴左右，而武则天也随侍唐太宗，渐渐与李治产生感情。唐太宗李世民去世后，武则天作为未生育妃嫔被送入感业寺出家。一年后，已为皇帝的唐高宗李治到感业寺进香，再次遇到武则天，两人旧情复燃。当时，后宫的王皇后与萧淑妃为争宠而钩心斗角，在王皇后的操纵下，武则天重返宫廷。此后，武则天经过一系列后宫斗争，成为后宫之主。

显庆元年（656年），唐高宗的头痛病开始加重。由于武则天早已显露出处理朝政的能力，已经成为唐高宗的得力助手，因此，唐高宗便把政务更多地交由武则天来处理。当时武则天精力充沛，又因心性明敏，智谋达变，涉猎文史，处事深合唐高宗心意，因此被推到执政皇后这一历史上绝无仅有的位置上。这样武则天逐步走出了后宫的圈子，开始插手国家政事。慢慢地，武则天的权力欲开始膨胀起来。起初，武则天处理事情还请示唐高宗，与唐高宗商议，后来就逐渐地自作主张，俨然成了大权在握的君王。到了上元元年（674年）八月，唐高宗称天帝，武则天称天后，此时，大小事务武则天都处理得有条不紊，她的政治权力牢固地确立了。群臣朝拜和中外表章奏议，均把唐高宗与武则天称为"二圣"。

武则天掌权后，一方面对旧有的朝廷势力一步步进行瓦解，长孙无忌、柳爽、褚遂良、韩瑗等先后被杀或病死；另一方面利用各种手段扩大自己对官僚阶层的影响，不断培植和更新拥戴自己的官僚地位，从而奠定了她的称帝基础。

随着掌握的权力越来越大，武则天称帝的野心也越来越大。武则天为了实现做皇帝的梦想，不惜采取各种手段来扫除她前途上的一切障碍。不管这种障碍是来自于朝中百官、异姓家族，还是来自于自己的亲骨肉。唐高宗时期频繁地更换太子，年轻太子一个接一个地英年早逝，便是武则天不择手段登上皇位的有力证明。起初，唐高宗李治立庶子燕王李忠为太子，武则天入主后宫之后，怂恿李治废了李忠，改立自己的长子李弘为太子。不久，发现李弘背叛了她，李弘死后，让李治另立她的次子李贤为太子。接着，又感到李贤不能按她的旨意行事，于是又借故将李贤贬为平民，并立自己的三子李显为太子，还将李显两个月的儿子重照定为皇太孙。两年后，李治病死，李显继位，即唐中宗。但56天后，武则天又把李显废为庐陵王，幽禁于深宫，其子重照则被活活杖杀。同时，立自己的四子李旦为皇帝，但却不让他过问朝政，举国大事，皆由武则天自己决断。武则天的独断专行，引起了李唐宗室和忠于李唐王朝的大臣的强烈不满。

光宅元年（684年），扬州司马徐敬业起兵，打起倒武旗号，很快便聚集起十多万人。事发后，武则天任命李孝逸为扬州大总管，令他率领30万人马前去镇压，很快平息了反叛，徐敬业也被部将所杀。天授元年（690年），武则天废掉了唐睿宗李旦，改唐为周，自称圣神皇帝，以十一月为岁首，改元天授，建立了大周王朝，史称"武周政权"。

武则天继位后，大力排除异己，将李唐王室的宗室子弟诛杀殆尽，此后她更加快了前进的步伐。她一方面不惜大兴冤狱，任用酷吏，把当政的绊脚石一个个搬掉；另一方面又放手招官，以官赏为诱饵，吸引更多的人为己所用，为自己的武周政权呐喊助威。武则天恩威并施，气势夺人，一派"顺我者昌，逆我者亡"的作风。一时间，朝廷内外唯唯诺诺，俯首帖耳。

与此同时，武则天继位后也励精图治，躬亲庶政，尽量做到"政由己出，明察善断"。为了使各项政令有益于时，武则天十分注意了解民情。顺应民情，因势利导，是武则天的一贯思想。早在参与朝政之前，她就认识到上下蒙蔽的坏处。临朝称制期间，在所修《臣轨》一书中，规定臣下应体察民情，做君主的手足耳目。改朝换代之后，她"忧劳天下百姓，恐不得所"，更加注意了解民情。除继续利用铜匦等手段外，还常常派遣使节"察吏人善恶，观风俗得失"，甚至亲自过问民间"细事"。尤其是对于有关巩固政权及国计民生的事，她都要广泛听取大臣意见，经过反复考虑，使做出的决定尽量符合实际，然后"布政于有司"。

另外，武则天十分器重有经邦济国之才的贤良。她让贤才居要职，任宰相，掌中枢，协助她治理大局天下。这主要表现在以下几个方面：

第一，求贤若渴。武则天深知自己深居皇宫，虽宵衣旰食，终不能独理天下，遍览神州。只有依靠众多的"时贤"，才能共康天下。以为"济时之道，求贤是务""上之临下，道莫贵于求贤"，因而特别注意人才的擢拔。早在即位前，她就多次颁发《求贤制》，大力搜求有才学之士。登基后，在这方面做得更加突出。

第二，进一步发展科举制，注意通过常举和制举选拔人才。科举是当时选拔人才的重要途径之一。武则天令贡举人停习无补于世的《道德经》，学习所撰《臣轨》一书，更新了考试内容。唐制规定士人经科举考试合格后，须经吏部铨选方可任官。"武太后又以吏部选人多不实，乃命试日自糊其名，暗考以定等第。糊名自此始也。"经过一段实践，在她看来，糊名考判，"非委任之方"，罢而不用。"大开举尔之科，广陈训迪之典""大搜遗逸，四方之士应制者向万人"。天授二年以后，每年通过科举入仕的人数，都有增加的趋势。

第三，经常要求臣下自荐并推荐人才。天授二年十月，"制官人者咸令自举"。此外，确有才能，愿意仕进者平时亦可投匦自荐。鉴于许多名士不愿自荐的情况，武则天把荐举人才作为官僚的一项任务，"屡迥旌帛，频遣搜扬"。当然，武则天是要求推荐真贤的，"务取得贤之实，无贻滥吹之讥"。对于"非举其士"的人，予以贬责；对于"荐若不虚"的人，则予以褒奖。范履冰尝举犯逆者，因而被杀。狄仁杰荐其子光嗣为地官员外郎，很称职，武则天高兴地夸奖说："举善不避仇亲，卿是继祁奚矣。"在这种情况下，人以荐贤为忠，有才者多被荐于中央。

武周政权是在唐王朝的基础上建立起来的。在武周的外围和周边地区，存在着新罗、日本、印度、波斯、吐蕃、突厥、回纥、契丹等许多国家和少数民族政权。这些国家和民族，曾经与唐王朝发生过密切的联系，必然也要与武周政权发生各种关系。武则天对这些国际关系和民族关系是极为重视的。有关国际关系和民族关系的事，大都亲自予以处理。不仅如此，还以抚慰和怀柔的准则，对承认武周地位、向往中原文化的国家和少数民族政权，皆予以支持、保护和优待。

但怀柔政策有时也会存在一些问题，尤其是有些少数民族贵族受传统的影响较深、不以安居为意，常欲掳掠纵欲。因而，他们入侵内地，烧杀掠抢的事件也多次发生，这不仅严重扰乱了内地人民的正常生活，妨害了社会经济的发展，而且削弱了国防力量，影响了帝国的安全。因此，武则天在实行怀柔政策的同时，对少数民族贵族的入侵深恶痛绝，坚决反击。为了巩固边防，武则天除实施怀柔政策外，还采取了许多措施，具体包括以下几方面的内容：

第一，收复安西四镇。"安西四镇"是唐王朝设在西域的四个军事要镇，统辖天山以南的广大地区，对于畅通"丝绸之路"和巩固西北边防具有重要意义。高宗以后，由于突厥的再起和吐蕃的强大，安西四镇陷于吐蕃，朝廷几次废置，西域局势动荡不安。武则天临朝之时，安西四镇仍为吐蕃所有。当时高宗新崩，国有大故，不能西征。武则天称帝后，任命王孝杰为武威军总管，唐休璟和左武卫大将军阿史那忠节为副总管，率军直退西域。长寿元年（692年）十月，经过激烈的战斗，终于驱逐了吐蕃入侵者，"克复龟兹、于阗、疏勒、碎叶四镇而还"。

第二，派兵驻守边疆。"边疆"本是与"内地"相对而言的。没有"边疆"，也就无所谓内地。但是一些著名的大臣，往往看不到这一点，而认为"边疆"是无补于国家的不毛之地。王孝杰收复安西四镇后，右史崔融上书建议武则天派兵驻守边疆，武则天接受崔融的建议，保留安西四镇，"用汉兵三万人以镇之"。

第三，建立第二道边防线。为了防止边疆少数民族侵扰内地，造成边疆危机，武则天注意在与少数民族政权接近的地区设置第二道边防线。武则天虽然刻意设置第二防线，但仍不能完全消弭某些少数民族的侵扰，吐蕃、突厥、契丹等少数民族仍常常入侵。对于这些侵扰者，武则天毫不留情，坚决打击。

武则天在发展经济、巩固边防的同时，还采取了一些振兴文化的措施。早在参与朝政时期，她就大集诸儒，著书立说。改朝换代以后，更加注意振兴文化。由于以周代唐引起了社会意识形态的一系列重大变化；由于广开仕途，取人以才，养成了读书学艺的风气；加之武则天对文化的重视，武周时期的文化呈现出一派绚丽多姿、繁荣兴旺的景象。

二、宫廷诗风的复兴

（一）宫廷诗风复兴的历史背景

贞观后期，朝廷各派势力围绕着立太子而展开了尖锐激烈的争斗。虽然早在唐太宗即位后不久就册封长孙皇后所生之子承乾为太子，但后来由于太子言行不谨，大伤体统，引起朝廷内外一片物议。在贞观那一理性占主导风气的时代，这样的人能否继承太宗伟业既是太宗也是大臣们思考的问题。贞观十年，随着太子位置的不稳定，其他皇子难免也产生非分之想，齐王李祐即是其一。其斗争结果是，承乾被废，李泰被逐出京城，齐王李祐被杀，而生性懦弱的李治被立为太子。之后，其他皇子对皇位仍有所觊觎，但由于长孙无忌等一班老臣的坚决支持，李治的统治逐渐稳定，并顺利称帝。然而李治的斗争还未平息，新的立太子之争又产生了。在这场复杂的斗争中，武则天由乱中加入，由开始仅仅想保住在后宫的位置发展到觊觎皇位。这场宫廷斗争刀光剑影，错综复杂，既是智慧的较量，也是阴险、奸诈、歹毒的全面展示，许多朝廷重臣因此被杀。从 649 年到 664 年上官仪被杀，武后终于巩固了自己垂帘听政的地位，这场宫廷斗争方才暂告一段落。宫廷斗争的频发与政权稳定的不易，使初唐的统治者在考虑文学时，常常从政权得失的视角入手，着眼于文学是否有益于政教，因此反对浮华的文风。但他们并没有把问题绝对化，当他们以一个文艺内行的眼光看文学时，并没有完全否定文学的艺术特征，也没有完全否定文采藻饰。因此，宫廷诗风又逐渐复兴。

（二）永徽至神龙时期宫廷诗的创作特点

与贞观时期的宫廷诗坛所不同的是，永徽至神龙时期诗坛的领袖人物不再是最高统治者本人，也许政治斗争的复杂形势使他们无暇顾及文化活动。从高宗本人来说，他体弱多病，又长期陷入政治斗争，尽管他也爱好艺术，但所作诗歌不多，不过他个人的兴趣（主要是注重文学艺术）对诗风还是产生了影响。于是，在这样一个充满血雨腥风的年代，诗坛上却流行着一种追求藻丽典饰、歌颂安闲和平的诗歌风气，政治斗争的血雨腥风在他们的诗歌中根本没有得到反映。尽管朝臣在政治立场上各不相同，四分五裂，但是，他们在政治斗争之余依然吟诗作赋，他们的诗歌爱好仍然不谋而合，既与此前的贞观时期不同，也与后来的诗派不同，具有比较明显的时代色彩，他们的诗歌活动可以被看作是一个诗歌流派。

这一时期的宫廷诗具有鲜明个性，"初唐四杰"之一的杨炯在《王勃集序》中就说："尝以龙朔初载，文场变体，争构纤微，竟为雕刻。糅之金玉龙凤，乱之朱紫青黄。影带以徇其功，假对以称其美。"藻丽与求对概括了这股诗风的特点。南朝文学评论家刘勰曾经批评东晋玄言诗云："世极遭，而辞意夷泰"（《文心雕龙·时序》），借此也足以概括此一时期诗歌的特点。不过，这时诗歌的平和夷泰一定程度上倒是以大唐的国威为基础的，尽管这时的宫廷斗争极端尖锐，但经过贞观之治，大唐的国威已经完全确立起来了。

永徽至神龙时期宫廷诗的写作类似于宫廷赛诗会，通常是以速度或质量作为评判标准。《唐诗纪事》中有不少关于当时宫廷诗写作情况的记载：

御制序云：陶潜盈把，既浮九酝之欢；毕卓持螯，须尽一生之兴。人题四韵，同赋五言，其最后成，罚之引满……是宴也，韦安石、苏瑰诗先成。于经野、卢怀慎最后成，罚酒。

这是中宗为一次宫廷赛诗会写的序。这里有三点应特别引起我们的注意：首先，以写作速度的快慢判定胜负优劣，速度慢的要罚一定数量的酒。其次，写作方式一般是由皇帝或宴会主持人出题，然后把不同的韵脚分给各位诗人。最后，在这种场合下，通常要由一位地位高或威望高的人写一篇序文，描绘场景，列举与会诗人名单及评判结果。有时也以作品质量，主要是艺术质量作为评判标准。如《全唐诗话》中记载：

中宗正月晦日幸昆明池赋诗，群臣应制百余篇。帐殿前结彩楼，命昭容选一首为新翻御制曲。从臣悉集其下，须臾纸落如飞，各认其名而怀之。既进，唯沈、宋二诗不下。又移时，一纸飞坠，竞取而观，乃沈诗也。及闻其评日："二诗工力悉敌，沈诗落句云：'微臣雕朽质，羞睹豫章材。'盖词气已竭。宋诗云：'不愁明月尽，自有夜珠来。'犹陟健举。"沈乃伏，不敢复争。

竞赛的裁判一般是由皇帝本人或由皇帝指定的某个有威望的诗人担任。昭容即上官婉儿，她是太宗朝著名宫廷诗人上官仪的孙女，是一位有才华的诗人，深得武后信任。从沈佺期、宋之问二诗本身来看，这里所说的"二诗工力悉敌"，可能是指这两首诗声律和谐，中间对句精巧。从上官昭容的评语还可以看出，尾联是十分重要的。沈诗尾联太露，不够含蓄，所以说"词气已竭"。而宋诗尾联巧妙曲折，韵味深长，词气轩昂，所以说"犹陟健举"，故宋诗胜沈诗一筹。由此可见，初唐时期对宫廷诗的要求是快速、精致、工巧。

从结构特点上来看，这一时期的宫廷诗在结构上大多采用三部式。开头部分，通常是由两句介绍背景的诗句组成，介绍天子驾幸的地点、情景。中间是可以延伸的部分，一般由描写景物或颂扬帝王德政的对偶句组成。结尾部分则是由两句概括性的诗句组成，或表达某种愿望、情感，或叙述活动的结束，或点出作品的主旨等。例如，沈佺期的《兴庆池侍宴应制》：

碧水澄潭映远空，紫云香驾御微风。

汉家城阙疑天上，秦地山川似镜中。

向浦回舟萍已绿，分林蔽殿槿初红。

古来徒奏横汾曲，今日宸游圣藻雄。

这首七言诗就采用了三部式的结构。开头部分写圣驾的光临，把皇帝看作驾云御风的仙人，这是当时最流行的表现手法。中间部分描写当时的场景：第三、四两句写水中的倒影，气象壮丽；第五、六两句刻画具体的景物，细致入微。结尾部分用汉武帝的典故，对中宗的诗作了高雅的评价，归于赞美。虽然三部式的结构并非首先在初唐宫廷诗中出现，但是这种结构在前代诗歌作品中只是个别现象，而在初唐宫廷诗中才被普遍采用，并成为一种固定的程式。在宫廷诗的创作过程中，常常是以创作的速度作为评判优劣的标准。而要做到快速创作，最有效的办法莫过于采用三部式的结构了。采用这种结构可以使即席赋诗变得十分便捷，使那些平庸的诗人不会因诗思迟钝而感到难堪。当然，一旦这种结构程式化了，就会抑制诗人的创新精神，使作品的结构变得呆板、单调，缺乏生气。

从语言色彩上来看，这一时期的宫廷诗继承了贞观宫廷诗十分讲究辞藻华美的特点，同时更追求诗歌中的巧思妙语。李峤《奉和初春幸太平公主南庄应制》的第三联就是一个巧思妙语的典型例子："还将石溜调琴曲，更取峰霞入酒杯。"在这里天子被看成饮甘泉、食云霞的仙人，设想他一边听着有石上流水声应和的琴曲声，一边喝着杯中有云霞倒影的美酒。诗人的想象十分新奇，对偶也很工巧。

（三）永徽至神龙时期宫廷诗的代表诗人

从代表诗人上来看，这一时期宫廷诗的创作主体仍然是宫廷文人，其中最著名的人物有许敬宗、董思恭等。他们与贞观诗人有很大的不同，没有参加过建唐的战争，对梁、陈以及隋代政治的腐败也没有深刻的总结和认识，因而对浮艳诗风自然也不警惕。对贞观诗人而言，诗歌活动是他们人生的"余事"，而这一诗派的主体倒是标准的宫廷文人，以文为业，以文事主。他们的人生态度具有某种程度的依附性，缺少昂扬进取的胸襟和抱负，以文事人使得他们无法在诗歌中表现、抒发个人真实的人生体验。他们继承了贞观宫廷诗的藻丽之风而又加以放大，为了方便写诗时查找辞藻典故，继续编写大型类书，许敬宗于龙朔元年（661年）领衔"采摘古今文章巧言语，以类相从"，编纂了《瑶山玉彩》五百卷。次年编成《芳林要览》三百卷，元兢从中选出《古今诗人秀句》二卷。不过，他们讲究并积极探索诗歌艺术，对六朝以来丰富的诗歌经验进行自觉的总结和归纳，对于近体诗的成熟、定型做出了很大贡献。

许敬宗（592—672）活跃的时间正是武后全力以赴巩固个人地位、控制高宗时期。武后为了达成个人政治目的，在乾封元年（666年）以修撰为名引文学儒臣径由北门入禁中，"共撰《列女传》《臣轨》《百僚新戒》《乐书》，凡千余卷"，显然是为其夺权造势。同时，这些文学儒臣被密令参议朝政，处理百司表奏，以分宰相之权，时称这个受武后倚重的政治团体为"北门学士"（《旧唐书·刘祎之传》），其中著名者如元万顷、刘祎之、苗神客、胡楚宾等。按照当时风气，文学活动是一个官员最基本的文化素质，因此，这个群体也进行了诗歌创作活动，他们写了不少应制诗。他们显然不是单纯的文士、诗人，而亲身参与了当时复杂的权力斗争，可是，他们在议政之暇赋诗唱和，格调却依旧是宫体诗。

许敬宗看到了武后夺权、上升的趋势，就颇识时务地靠上了这棵大树，趋炎附势。他不惜诬陷、扳倒了长孙无忌，又落井下石，造成上官仪被杀。而在上官仪被杀之后，他实际上成为宫廷文学活动的主导人物。在诗歌创作上，许敬宗迎合时代风气，作诗专究词采之美，如其《奉和过慈恩寺应制》：

凤阙邻金地，龙旂拂宝台。

云楣将叶并，风牖送花来。

月宫清晚桂，虹梁绚早梅。

梵境留宸瞩，掞发丽天才。

慈恩寺本是时为太子的李治于 648 年为追念生母长孙皇后所建，后捐施为庙。李治即位为高宗后，专为造访，作有《谒大慈恩寺》，高宗的诗纯是堆砌词藻以写物。"日宫开万仞，月殿耸千寻。花盖飞团影，幡虹曳曲阴。绮霞遥笼帐，丛珠细网林。寥廓烟云表，超然物外心。"许敬宗这首诗即是和作。从内容来看，丝毫看不出诗人个性，无非夸张渲染、遣词华美、属对精工而已。

第三节　文学创作之开元天宝时期

一、从开元盛世到安史之乱

经过唐太宗的"贞观之治"及唐高宗的"永徽之治"，唐朝在武则天的统治之后，迎来了玄宗的开元盛世。

唐玄宗李隆基（685—762）是睿宗李旦的第三子，他善骑射，通音律，晓历象之学，善写八分书，是一位多才多艺的封建帝王。712 年，李隆基筹谋策划，联合中枢机要朝臣，率总监羽林兵、左万骑、右万骑、梓宫宿卫，发动政变。在混乱的政局之中，李隆基英武果断地诛杀了临朝称制、擅权用事的韦后、安乐公主，最终平息了中宗、睿宗二朝内廷的黑暗动乱，顺利登基。玄宗继位之后，励精图治，任用贤相，整顿纲纪，发展经济，节省民力，开源节流；对西北、西南等少数民族，如突厥、吐蕃、回纥、南诏采取和亲政策笼络人心；并派出使臣和日本、新罗、波斯、锡兰、大秦辑睦邦交；这个时期国泰民安，四夷自宁，天下大理。于是，一个比"贞观之治"更为富足、美满、和谐、充裕的"开元盛世"出现了。"是时，海内富实，米斗之价钱十三，青、齐之间斗才三钱。绢一匹钱二百。道路列肆，具酒食以待行人；店有驿驴，行千里不持尺兵。"（《新唐书·食货志》）"家给户足，人无苦窳。四夷来同，海内晏然。"（《通典·选举典·历代制》）这真是前所未有的景象。它不仅是大唐帝国的黄金时代，而且是整个中国封建社会的鼎盛之年。

具体而言，"开元盛世"的"盛"与玄宗在以下一些方面的大力改革和整顿是息息相关的：

第一，引进名臣贤相，关注民生，政风廉洁，尤对财政、文化以及内宫进行改革。玄宗一方面进一步发展和提升庶族和中小地主阶层的政治和经济的利益，在中央和地方不断引进人才；另一方面适应正在兴起的以大皇族、大官僚、大地主、大商人为主的阶层，包括新起的庄园大地主、寺院大地主的政治、经济欲望。

第二，提出"重学尊儒，弘我王化，兴贤造士，在乎儒术"。在这样的提倡之下，玄宗敞开谏诤，广拓言路，集思广益，群策群力，展示较贞观时期更为清廉、勤政、自强又有不断进取的政风。

第三，提倡儒学，普建孔庙，抑制迷信佛教、大造佛寺的做法；打击新贵强族权争利夺，兼并土地的作风；严厉惩处富户逃避租庸赋役等社会中的严重时弊。

第四，节俭戒奢，从皇家和中枢做起。玄宗登上皇位的前五年，为了以俭治国，戒除武则天执政以来的奢靡之风，他下令"减膳彻乐""停诸陵供奉鹰犬""焚锦绣珠玉于前殿""禁女乐、废织锦坊""素服、禁丝缕器玩"等不下十余次。这在我国历史上，并不多见。

第五，兴修水利。开元年间，玄宗亲自规划督办全国各地大型的水利工程十余项，从开元二年（714年）至开元二十五年（737年），共建水利工程达40多处；唐玄宗执政四十五年中，光中原共建56处，全国280多处，相当于唐朝近三百年总数的20%以上。这对于当时的农业生产、漕运都产生了非常积极的作用。

第六，组织兵、民扩充屯田。玄宗在开元期间为了解决军粮，安顿农户，发展农业生产，使边境安宁，大量组织兵、民扩充屯田。《资治通鉴》记开元五年（717年）宋礼在营州屯田80多处，即称"数年之间，仓廪充实，市里浸繁"。总之，屯田措施效果极佳。

第七，集中地进行财税政策、制度等改革，增加财政收入，实行括户括田政策。这些政策大大增加了国家的财政收入，促进了经济的繁荣。

第八，开拓中外文化交流，发展经济贸易。开元都市繁荣，长安、洛阳、扬州、益州等都是名副其实的国际性都市。长安、洛阳城市规模宏伟，皇城、内城、外城、街坊、井邑、作坊布局整齐，人口集聚，有近200万之多。因此，当时中外文化、经贸、人才交流之盛，被传为世界历史佳话。大唐和东亚、南亚、西亚，以至北非、东非和东罗马等国家，包括漠北的黠戛斯、碎叶及西域葱岭以西的波斯、花剌子模等国，都有遣唐使者的频繁交往活动。加之当时交通运输业的发展，唐朝的经济贸易发展也呈现出了繁荣局面。当时，唐朝的铜铁、陶瓷、丝织、造船、矿冶、造纸、漆器等都居于世界前列，同时还远输国外，在国外有极高的声誉。

总之，在唐玄宗的励精图治之下，中国封建社会呈现出了前所未有的盛世景象。但是，在这样繁华的盛世背后，还是潜藏着非常严重的社会危机的。这主要表现为社会经济朝向畸形的两极分化，小农贫困破产，而地主阶级上层大皇族、大官僚、大地主、大商人、大庄园主奢靡豪富，他们集聚财货，势倾天下。对此，唐玄宗并没有生出居安思危的念头，反而奢侈心萌动，聚敛资财，肆意挥霍，尤其将能歌善舞、天资丽质、通晓音律的杨贵妃纳入内宫后，怠于政事，安于享乐。这就拉开了开元盛世的"悲剧"序幕。当时，唐玄宗不再求贤纳谏，而是志满意骄，喜奉迎，好谄媚，于是，百官失职，朝廷无贤，权相李林甫、宦官高力士和外戚杨国忠进入中枢，狼狈为奸，操纵内外政事。除朝廷内部黑暗混乱之外，大地主、大商人，兼并土地，私建宅，掠夺财富，欺压小农，社会风气急转而下。

开元盛世转为天宝大乱是经历了三四十年不断演变的。其先以唐玄宗和杨贵妃的恋情为开端，不断败坏了政风、官风和社会风气，后来李林甫、杨国忠为相乱政，统治阶级内部、统治阶级和被统治阶级之间矛盾尖锐，最后爆发了安史之乱。

安禄山是安史之乱的祸首。他是营州柳城人，"杂种胡人"，能说多种民族语言。他先在幽州节度使张守珪手下做一名默默无闻的下级军吏——互市郎，因在对契丹、奚族的战争中立有战功，由张守珪推荐，并得到唐统治者的信赖和赏识。他逢迎高力士，结纳杨贵妃，取得唐玄宗的信任，逐渐受到重用，兼领平卢、范阳、河东三镇节度使。同时，他利用天宝年间边塞战事，汉族和少数民族的隔阂和矛盾，排斥汉人汉将，私纳契丹、同罗、奚壮士八千为心腹骨干，以其五百人为将军，二千人为中郎将；又引用高尚为谋主，吸纳不得志的汉族地主为骨干，招兵买马，制械储粮，策划叛乱，企图夺取唐的最高统治权。天宝十四年（755 年），安禄山据范阳，率所部契丹、同罗、奚、室韦、突厥兵十八万，起兵反唐。唐最高统治集团长期过着骄奢淫逸的生活，庸弱无能，毫无应战的准备，中央禁军都是富家子弟、市井游手好闲之徒，地方将吏贪生怕死，也丝毫没有作战能力。面对安禄山的起兵，唐玄宗临时调兵遣将，仓促命令高仙芝、封常清军队东出讨伐，又命哥舒翰严守潼关，武备匆忙。由于调集之军都是乌合之众，自然很难抵抗安禄山经过训练的精锐番兵，虎牢一战，唐军大败。安禄山于是攻陷洛阳潼关，直逼长安。

天宝十五年（756 年），安禄山打败李光弼和颜杲卿的唐军之后，进入长安，大索三日。所到之处，火光冲天，烧杀抢劫，"民间之财尽掠之""无所不用其极"。这激起了河北、关中各地人民强烈的反抗，屯结为营，大者数万，小者万余。他们与唐朝官吏张巡、许远等互相配合，抗击叛军，牵制安禄山西进取四川。这时，以唐玄宗的第三子李亨为主的保皇军队，以郭子仪、李光弼为代表的唐朝统治中枢的军队，得以重新纠合，积极反攻。天宝十六年（757 年），安禄山内部发生分裂，安禄山被其子安庆绪所杀，唐将郭子仪以朔方军借来回纥兵十五万人，在各地汉族人民自卫武装的积极配合下，收复洛阳、长安，安庆绪退守邺城。天宝十八年（759 年），安禄山旧部史思明杀死安庆绪，并其部众，又攻陷洛阳，战乱由此重新扩大。天宝二十年（761 年），史思明又被其子史朝义所杀，内部矛盾加深，部将不服调遣，唐王朝趁机借用回纥兵力，克复洛阳。落后的回纥军队，又大肆纵兵劫掠。朝廷因他们平叛有功，默认他们在洛阳抢掠财物三日。朔方等官军也乘机洗劫郑州、临汝等地，富庶繁荣的中原、关东以及江淮大部分地区，经此浩劫，满目疮痍，人烟稀少。天宝二十二年（763 年），史朝义战败逃跑时，被部将李怀仙诱杀于范阳城东，首尾十年的安史之乱，到此便结束了。这不是一场简单的动乱，可以说正是自它开始，大唐往昔的强大、繁荣、昌盛慢慢消失了，从此步入了衰退、败亡的历史进程。

毋庸置疑，在这样一个特别的时代背景之下，文学创作也显示出了其特别的风貌。开元盛世造就了一代文人胸襟开阔、富有热情和自信的精神状态，也造就了他们的敏捷的才思和高超的艺术手段。虽然盛唐后期经历了安史之乱，"世运"发生了较大的转变，但是"文运"并没有立即发生重大变化，也许内容情调有变，但其本身的艺术风貌和内蕴之力却表现得更为丰满。尤其是杜甫、李白这两位大诗人，面对安史之乱以后的惨痛现实，心中那种拯时济世的内心被大大激发了出来，于是创作出了一首又一首为千古称颂的诗歌。

二、开疆扩土的戍边之战与边塞诗歌的兴起

（一）盛唐边塞诗歌兴起的现实基础——戍边之战

开元天宝时期，边塞诗歌勃兴，这与当时进行的开疆扩土的戍边之战是紧密相关的。正是在这样的现实背景之下，以边塞为题材的诗歌得到了大力发展。

在经过了西晋十六国和南北朝的大动乱之后，我国的民族融合进程又向前推进了一大步。唐王朝建立后，从中央政权政治、军事的构成，到边地居民的构成，都呈现出以汉民族为主体的民族结构特征。当然，民族融合的进程仍然在继续。大唐的东北、北、西北、西南各方，还存在着不少的少数民族政权。由于这些政权与唐政权既存在着一定的依附性，又存在着一定的离异性、敌对性，少数民族政权之间也存在着类似的关系，因而边境地区很不安定，矛盾冲突不断。唐王朝为了政权的巩固，必然要不断地通过一系列政策措施及战争来稳定边境局势。

唐玄宗继位后，大唐的东北主要为奚、契丹，北方主要为东突厥，西北主要为吐蕃，西域则有西突厥的突骑旄部。朝廷为了防御边外各国的入侵，也为了拓边以扩大国土，设立了一系列拥有重兵的节度使。然而，边境战事依然很频繁。这些战争要么因边外少数民族入侵，唐朝廷进行反侵略而发生；要么因唐朝廷想要收复被占的边陲要地而发生；要么因已归附的边境少数民族反叛，唐朝廷讨伐而发生；要么因边外少数民族政权之间发生战争，一方求助于唐朝廷，唐朝廷出兵支援而发生；等等。

开元盛世前期，唐朝廷对北边的突厥及西北的吐蕃基本上采取守势，来犯则战，战则能胜，又对东北的奚、契丹及北边的突厥实行羁縻及和亲的政策，边境虽时有战争，但总体上较为安定。从开元中期起，朝廷在政治上开始趋于腐败，玄宗除信用奸邪、侈靡无度外，还越来越好大喜功，逐渐制定了一些穷兵黩武的拓边政策。边将则为了讨好皇帝并谋取私利，甚至故意挑起或发动边境战争。开元十五年（727年）初，凉州都督就主动对吐蕃用兵。实际上，在这之前，吐蕃虽一再扰边，但也一再求和，希望与唐建立甥舅之亲。其虽然只是为了暂时解决内部困难，并没有永久和平的诚意，但是如果唐朝答应其求和，并实行加强防务的妥善政策，保持一个时期的和平还是可以的。然而，和亲提议几乎都遭到玄宗的拒绝。在凉州都督提出主动讨伐吐蕃的主意后，玄宗大力支持。战事确实取得

了胜利，但也让当地的百姓处于极端的困苦生活之中。

开元盛世后期，尤其是天宝年间，唐朝廷拓边的欲望越来越膨胀，不体恤士兵的痛苦和牺牲，更不惜劳民伤财，屡次对东北的奚、契丹及西北的吐蕃用兵。唐对吐蕃石堡城的用兵就很惨烈。石堡城又名铁仞城（今青海西宁市西南），位于唐朝与吐蕃的边境，这个地方之前被吐蕃所据有。开元十七年（729 年），朔方节度使信安王李祎发兵深入青海，取石堡城，"自是河、陇诸军游弈拓境千余里。上闻大悦，更命石堡城曰振武军"（《资治通鉴·唐纪》二十九）。开元二十九年（741 年）底，吐蕃又占石堡城，玄宗耿耿于怀。天宝六年（747 年），玄宗命陇右、河西节度使王忠嗣攻占石堡城。王忠嗣对玄宗说："石堡险固，吐蕃举国守之，若顿兵坚城之下，必死者数万，然后事可图也。臣恐所得不如所失。请休兵秣马，观衅而取之，计之上也。"（《旧唐书·王忠嗣传》）可以看出，王忠嗣更看重边境的安定和百姓的安危，这在当时是非常难得的。然而，玄宗听了他的话很不高兴，逼迫王忠嗣分兵助董延光攻占石堡城。王忠嗣在分兵上并未满足董延光的要求，觉得用数万将士争一座城，意义并不大，朝廷就是为了一己私欲而不顾国计民生，而一些官员则是为了自己的升迁而不顾士兵的生命。没过多久，王忠嗣就被李林甫诬陷下狱。玄宗任命哥舒翰为陇右节度使，天宝八年（749 年），哥舒翰率六万余人攻石堡城，吐蕃军数百人据险固守，唐军用了几天时间才攻克石堡城，数万士兵战死，显然所得不如所失。哥舒翰则因取石堡之"功"得到玄宗的欢心，"上录其功，拜特进、鸿胪员外卿，与一予五品官，赐物千匹、庄宅各一所，加御史大夫"（《旧唐书·哥舒翰传》）。当然，哥舒翰虽得到朝廷的嘉奖，却在士兵和百姓中引起了极大的愤慨。李白《答王十二寒夜独酌有怀》就发出感慨："君不能学哥舒，横行青海夜带刀，西屠石堡取紫袍！"对哥舒翰穷兵黩武，以数万人的生命和鲜血换取高官厚禄的做法进行了明确的谴责。

朝廷不断膨胀的拓边欲望鼓舞了一些想要讨好朝廷和升官发财的边将。他们积极发动战争，将战争看成最好的生财求名之道。加之朝廷在开元后期至天宝年间用人方面出现问题，任用的边将常常是安边无能，却能乱边。

总的来说，开元天宝时期的戍边之战具有多方面的内容和复杂的性质。其既有唐朝廷为了保卫疆土、反击异族入侵的正义战争，也有为拓边、为功名财力挑起的非正义战争。毋庸置疑，在正义战争中，将士们士气高昂、满怀壮志，焕发着英雄主义、爱国主义精神的光辉；而在非正义战争中，广大士兵是无奈的，是厌恶的、怨恨的。当然，不管什么样的战争，百姓的命运都是不堪的，频繁的边境战争使军费激增，而巨额的军费则主要由百姓来负担。据《资治通鉴·唐纪》三十一记载："开元之前，每岁供边兵衣粮费不过二百万。天宝之后，边将奏益兵浸多，每岁用衣千二十万匹，粮百九十万斛。公私劳费，民始困苦矣。"实际上，人民负担了巨额军费，但这军费却并非都用在边地士兵身上，很多都被边地将吏贪污、克扣了。

（二）边塞诗歌的勃兴

开元天宝时期的边塞诗歌正是对当时边塞战戍之事及战士情怀的高度反映。盛唐边境的自然环境、边塞战争形势、边塞将士的思想感情、百姓的生活面貌等都在边塞诗歌中得到了生动的艺术反映。这一时期创作边塞诗歌的诗人都曾游历或从军于塞上，这在我国历史上是空前绝后的，也正是因为实际体验了边塞生活，才创作出了一首首具有较高艺术水平的边塞诗，使边塞诗勃兴。

边塞诗歌就是以边塞地区汉族军民生活和自然风光为题材的诗歌。它自汉魏六朝时代得到初步发展，隋代开始兴盛，盛唐则进入了发展的黄金时代。开元天宝年间，边塞诗歌内容丰富多彩，艺术水平高超，涌现出了一大批名家名作。其中，高适、岑参、王昌龄、李颀、王维、李白、杜甫等是著名的边塞诗派的代表者。以下则主要对高适、岑参、王昌龄的边塞诗歌创作进行一定的论述与分析，以观盛唐边塞诗歌的独特魅力。

1. 高适的边塞诗歌创作

高适（704—765），字达夫、仲武，汉族，唐朝渤海郡人，后迁居宋州宋城。他出身官僚家庭，祖为名将，父为长史，但到他青年时期时，家境已很窘迫。高适少倜傥，好游历。《河岳英灵集》说他"评事性落拓，不拘小节，耻预常科，隐迹博徒，才名自远"。20岁时，高适游长安，以为功名唾手可得，但谁知并不容易，最后失意而归。开元十八年（730年）至开元二十一年（733年），高适北上蓟门，漫游燕赵，希望能从军立功边塞，但毫无结果。后寓居宋州近十年，贫困落拓。天宝八年（749年），他因人举荐，试举有道科中举，授封丘尉。三年后弃官入河西节度使哥舒翰幕府，掌书记。安史之乱后，他从玄宗至蜀，拜谏议大夫。自此官运亨通，做过淮南节度使和蜀、彭二州刺史。代宗即位后，他入朝为刑部侍郎、转左散骑常侍，进封渤海县侯。高适的边塞诗与岑参齐名，并称"高岑"，有《高常侍集》。

在盛唐开疆扩土的时代背景下，许多文人少士都热衷于追求功名勋业。而以从戎边塞为荣耀与进阶的文人中，高适的人生经历可以说颇具典型性。首先，从高适的诗中可以看出他强烈的超乎常人的功业理想；其次，高适将建功立业的实现途径明确地指向边塞疆场；最后，高适的期待最终成为事实，他确实走出了一条实现边功的成功之路。

高适年轻时生性豪爽落拓，不拘小节，功名心极强，又非常自负。开元十八年（730年）五月，契丹叛唐降突厥，东北边塞局势顿时紧张起来，唐王朝"制幽州长史赵含章讨之，又命中书舍人裴宽、给事中薛侃等于关内、河东、河南北分道募勇士"，这就为求仕不成的士人创造了一个由立功边塞以求进身的绝好机会。高适正是在这一年北游燕赵，并于燕地从军。这一段经历使得高适的文学生涯发生了较大的转折，促使其第一次集中写出了大量的边塞题材诗作。例如，《塞上》这首诗，诗人置身"亭堠列万里，汉兵犹备胡"的壮观军阵，既激发出"常怀感激心，愿效纵横谟"的雄心壮志，又明确提出"转斗岂长策，和亲非远图"的着眼于全局的见解策略，可见其想将自己的功业愿望付诸实施的迫切心理。《蓟门五首》不仅写出了"元戎号令严，人马亦轻肥"的壮伟军威以及征战将士"纷纷猎秋草，相向角弓鸣"的勇武豪情，而且展现出了"边城十一月，雨雪乱霏霏""黯黯长城外，日没更烟尘"的边塞风光。具体的景物不仅适应着"汉后不顾身"的精神气势，也全然呈现着一派"开拓穷异域"的雄浑壮阔的气象。

高适想通过立功边塞而封侯的理想和热情使他不畏艰险，两次北上蓟门，然而，他并没有因此而像汉代大将卫青、霍去病那样立功封侯，实现自己的愿望。反而，对边塞生活的实地体验和冷静观察，使他在第一次北上归来后，于开元二十六年（738年）创作出了非常著名的边塞诗《燕歌行》：

汉家烟尘在东北，汉将辞家破残贼。

男儿本自重横行，天子非常赐颜色。

摐金伐鼓下榆关，旌旆逶迤碣石间。

校尉羽书飞瀚海，单于猎火照狼山。

山川萧条极边土，胡骑凭陵杂风雨。

战士军前半生死，美人帐下犹歌舞。

大漠穷秋塞草衰，孤城落日斗兵稀。

身当恩遇常轻敌，力尽关山未解围。

铁衣远戍辛勤久，玉箸应啼别离后。

少妇城南欲断肠，征人蓟北空回首。

边庭飘飖那可度，绝域苍茫更何有。

杀气三时作阵云，寒声一夜传刁斗。

相看白刃血纷纷，死节从来岂顾勋?

君不见沙场征战苦，至今犹忆李将军。

本诗是高适由蓟北回封丘县尉任上作。诗作的内容十分丰富，表达的思想感情也极为复杂。他通过对塞外战争生活的描述，既表现了他豪迈的气概，抒发了强烈的爱国热情，也表达了渴望和平的愿望。全诗层次井然，主次分明，四句一转，极呈跳跃奔放之势，将塞外的自然环境、激烈的战争场面、士卒的心理活动和诗人的情感倾向融为一体，形成了深沉雄奇、悲壮淋漓的审美风格。此外，诗作一方面颂扬了边塞战士浴血奋战而忘我的崇高精神，另一方面也表达了对将领帐前歌舞作乐情形的不满，暗含讽刺意味。高适在《渡汉忆》中所构造的多维时空也具有独特的魅力。诗歌以刻画边防战士的集体形象为主，按其辞阙、赴边、激战、乡思、警戒和怅怨为主要线索展开描写，交织以天子送行、胡骑猖獗、将帅腐朽、少妇愁思等内容，有纵向发展，有横向延伸。就空间而言，涉及长安、榆关、碣石、瀚海、狼山、蓟北等，尺幅千里，坐役万景，气势非常开阔。

高适虽然两度求仕不得，"年过四十尚躬耕"，但他并未忘怀对功业的追求。到天宝八年（749年），他年届50，终得一封丘尉之低职。但这对于胸怀大志的高适来说，内心理想与现实之间的矛盾仍然非常激烈，这就客观上又激起了他胸中的志气。次年秋，高适送兵青夷军，就是在这样的心态中形成了第二次边塞题材的创作高峰。例如，《使青夷军入居庸三首》既描状出"匹马行将久，征途去转难。不知边地别，只讶客衣单。溪冷泉声苦，山空木叶干。莫言关塞极，云雪尚漫漫"的边地军行之艰难困苦，又表露出"登顿驱征骑，栖迟愧宝刀。远行今若此，微禄果徒劳。绝坂水连下，群峰云共高。自堪成白首，何事一青袍"的微禄徒劳之栖迟自愧，更流溢出"出塞应无策，还家赖有期。东山足松桂，归去结茅茨"的出处不合的矛盾心态。《赠别王十七管记》则通过描写边塞题材揭露了现实的黑暗。他写道：

星空汉将骄，月盛胡兵锐。

沙深冷陉断，雪暗辽阳闭。

亦谓扫欃枪，旋惊陷蜂虿。

归旌告东捷，斗骑传西败。

遥飞绝汉书，已筑长安第。

画龙俱在叶，宠鹤先居卫。

天宝年间，安禄山贪功邀宠，诬指契丹酋长欲叛，发兵 6 万出击，结果仅剩 20 余骑逃回，但依然向长安报捷，而唐玄宗更是对其恩宠有加。这首诗以现实主义的笔法真实地反映了当时的历史状况，具有尖锐的批判锋芒。

高适此时的诗歌显然仍保持着他之前诗歌壮大雄浑、慷慨激昂的风格，但与第一次北游燕赵时的思想感情已经有所不同，其艺术观察视角开始由理想世界向现实社会转变。高适这一阶段的心理状态，充分表现在《封丘作》一诗中。他在这首诗中表达了自己对"作吏风尘下""小邑无所为"的慨叹与失望，也表达了自己想归隐的内心。在天宝十一年（752 年）秋，他便真的去官归隐了。

后来，高适又进行了第三次出塞，为河西节度使哥舒翰的幕府书记。安史之乱后，官至淮南、剑南节度使。这期间，他创作了边塞诗的杰作之一《塞下曲》：

结束浮云骏，翩翩出从戎。

且凭天子怒，复倚将军雄。

万鼓雷殷地，千旗火生风。

日轮驻霜戈，月魄悬雕弓。

青海阵云匝，黑山兵气冲。

战酣太白高，战罢旄头空。

万里不惜死，一朝得成功。

画图麒麟阁，入朝明光宫。

大笑向文士，一经何足穷。

古人昧此道，往往成老翁。

写这首诗时，高适已在哥舒翰的幕府中，受到了哥舒翰的器重和推荐，因此情绪昂扬。诗作嘲笑书生的迂腐无用，歌颂了战争生活，表达了自己以身许国的开阔胸襟和昂扬乐观的爱国主义热情。全诗激昂慷慨，表现出了强烈的时代色彩与自觉的时代意识。

高适写诗以质实的古体见长，律诗好的不多，但也有一些与从军边塞相关的绝句，表现出了雄浑的气质、壮阔的境界。例如，他与李白、杜甫于梁、宋等地饮酒游猎，怀古赋诗期间，写下了令人叫绝的《别董大》：

　　千里黄云白日曛，北风吹雁雪纷纷。

　　莫愁前路无知己，天下谁人不识君。

这首诗歌虽是一首送别诗，作者写惜别之情，首先展现的却是一幅苍莽壮阔的边塞图景。

2. 岑参的边塞诗歌创作

岑参（715—769），南阳（今属河南）人，出身世家。他幼年丧父，家道中贫，但他非常努力，于天宝三年（744年）登进士第，授右内率府兵曹参军。天宝八年（749年），他弃官从戎，首次出塞，赴龟兹（今新疆库车），入安西四镇节度使高仙芝幕府。两年后，他返回长安，与高适、杜甫等结交唱和。天宝十三年（754年），他又再度出塞，赴庭州（今新疆吉木萨尔），入北庭都护府封常清幕中，任职约三年。后来他到灵武，经杜甫等推荐，任右补阙；又历起居舍人、虢州长史等职。大历元年（766年）为嘉州刺史，因蜀中兵乱，他两年后方赴任。次年秩满罢官，最后卒于成都客舍。著有《岑嘉州集》。

岑参是与高适一样有入幕经历而诗风相近的边塞诗人。他两次出塞深入西北边陲，有着强烈的立功志向和入仕精神。他第一次出塞就写了不少边塞诗，如《武威送刘判官赴碛西行军》《早发焉耆怀终南别业》《敦煌太守后庭歌》《碛中作》《武威送刘单判官赴安西行营便呈高开府》等，只是这些诗在当时并没有引起人们的注意。

第二次出塞让岑参彻底成为名留千古的边塞诗大师。他这次入幕的幕主封常清是他上一次出塞时的幕友，上下和同僚的关系都很融洽。所以，虽然边塞生活较为艰苦，自然环境也很恶劣，但岑参却乐观开朗，充满了昂扬进取精神。他这一时期所写的边塞诗具有较高的艺术水平。这些诗歌主要是用慷慨豪迈的语调和奇特的艺术手法生动地表现西北荒漠的奇异风光与风物人情，例如《走马川行奉送出师西征》：

　　君不见，走马川行雪海边，平沙莽莽黄入天。

　　轮台九月风夜吼，一川碎石大如斗，随风满地石乱走。

　　匈奴草黄马正肥，金山西见烟尘飞，汉家大将西出师。

　　将军金甲夜不脱，半夜军行戈相拨，风头如刀面如割。

　　马毛带雪汗气蒸，五花连钱旋作冰，幕中草檄砚水凝。

虏骑闻之应胆慑，料知短兵不敢接，车师西门伫献捷。

天宝十三年（754年），安西都护府所辖部族播仙反叛，北庭都护封常清统兵征讨。岑参当时是安西北庭节度判官，留守军府轮台而没有随行，因而专门作此诗道别。诗歌以三句一转韵的急促节奏与行军的紧张节奏相配合，有力地烘托出了战争气氛，显示了己方军威的强大，预示了必胜的结局。雪夜风吼、飞沙走石，本是边疆大漠中让人望而生畏的恶劣气候，但诗人却借此衬托战士的英雄气概，可以看出诗人善于以苦为乐、以悲为壮，这在当时真是非常难得。

再如，《白雪歌送武判官归京》：

北风卷地白草折，胡天八月即飞雪。

忽如一夜春风来，千树万树梨花开。

散入珠帘湿罗幕，狐裘不暖锦衾薄。

将军角弓不得控，都护铁衣冷难着。

瀚海阑干百丈冰，愁云惨淡万里凝。

中军置酒饮归客，胡琴琵琶与羌笛。

纷纷暮雪下辕门，风掣红旗冻不翻。

轮台东门送君去，去时雪满天山路。

山回路转不见君，雪上空留马行处。

这首诗是岑参再度出塞，充任安西、北庭节度使封常清的判官时所作。武判官可能是前任，要解职回长安，岑参作此诗相赠。这首诗写得大气磅礴，奇清逸发。"千树万树梨花开"一句最令人称绝。在辽远的西北边塞，本来是"春风不度玉门关"、八月就飞雪的恶劣天气，但是岑参并没有感到残酷和恐惧，反而引发了"梨花"的诗意联想。这就给人造成了一种新奇强烈的艺术效果。

在岑参的边塞诗中，有不少都对塞外的奇异风光进行了描写，这不仅成为岑参边塞诗的一个突出特点，也具有很强的时代意义。例如，《热海行送崔侍御还京》：

侧闻阴山胡儿语，西头热海水如煮。

海上众鸟不敢飞，中有鲤鱼长且肥。

岸旁青草长不歇，空中白雪遥旋灭。

蒸沙烁石燃虏云，沸浪炎波煎汉月。

阴火潜烧天地炉，何事偏烘西一隅。

势吞月窟侵太白，气连赤坂通单于。

送君一醉天山郭，正见夕阳海边落。

柏台霜威寒逼人，热海炎气为之薄。

这首诗歌是诗人在北庭为京官崔侍御还京送行时所作。他巧妙地将写景与送别相结合，采用大胆而奇特的想象，用比喻、夸张的手法将热海（伊塞克湖）的奇异风光表现了出来。他是想通过歌颂热海的奇特无比来为朋友壮行。

再如《火山云歌送别》：

火山突兀赤亭口，火山五月火云厚。

火云满山凝未开，飞鸟千里不敢来。

平明乍逐胡风断，薄暮浑随塞雨回。

缭绕斜吞铁关树，氛氲半掩交河戍。

迢迢征路火山东，山上孤云随马去。

这首诗歌再现了诗人丰富的想象力与较高的艺术敏感性。在他的笔下，真实的事物和场景都充满了夸张色彩。诗中所说的"火山"在诗人的想象中完全具有了灵动的生命活力，其不仅于辽阔空间凝火来云，而且似乎有意识地"斜吞铁关树""半掩交河戍"，真正体现了奇丽变幻的火山云。

此外，《优钵罗花歌》写边塞的奇异花草，《酒泉太守席上醉后作》写塞外饮酒的异域情调，《田使君美人舞如莲花北铤歌》写异域的舞蹈等，都为人们展现了西域边塞的奇情异彩。当然，诗人进行这样的描写不仅仅是想满足人们的猎奇心理，更重要的是想在此基础上表现唐朝那种并吞八方、涵容一切的气概。从这一层面来讲，岑参的边塞诗将汉唐的古拙与气势之美发展到了一个新的高度。

3. 王昌龄的边塞诗歌创作

王昌龄（698—757），字少伯，长安人，开元间进士及第，初补秘书郎，曾谪岭南，后任江宁丞，再因事贬龙标尉，世称王江宁、王龙标。王昌龄曾去过西北边塞，到过萧关、临洮、碎叶等地，因而也写了不少的边塞诗。由于他擅长七言绝句，喜欢用乐府旧题来抒写边塞情事，因而被称为"七绝圣手"。著有《王昌龄诗集》。

王昌龄的边塞诗既有对卫国将士的歌颂，也有渴望和平、反对扩张战争的思想倾向。其站在人民和士卒的立场言志抒情，对边塞戍卒寄予极大的同情，这是他诗歌的一个突出特色。他最著名的边塞诗是其《从军行七首》。其中，第一首和第二首最为出名：

其一

烽火城西百尺楼，黄昏独上海风秋。

更吹羌笛关山月，无那金闺万里愁。

其二

琵琶起舞换新声，总是关山旧别情。

撩乱边愁听不尽，高高秋月照长城。

这两首诗把高楼、烽火、黄昏、秋风、秋月等典型意象精心地组合在一起，并以琵琶、羌笛之声烘托渲染，将情感融入景物之中，使无端边声与不尽离愁相互融会，一齐散入关山皓月之中。此外，诗人还将征夫思亲与思妇念远相生发，凄清的物景和哀怨的乐声相映衬，营造出了深沉幽怨、婉曲凄清的氛围，达到了情景交融的高超艺术境界。

他的《出塞》一诗常常被人们视为唐人七绝的压卷之作：

秦时明月汉时关，万里长征人未还。

但使龙城飞将在，不教胡马度阴山。

这是表现诗人希望起任像汉代卫青、李广那样的良将，早日平息边塞战事，使人民过上安定生活的一首诗。诗歌从描写景物入手，起句便铺陈时空，通过勾勒一幅冷月照边关的苍凉景象，将人的思绪引向浩远的历史背景，增添了浓厚的悲剧色彩；第二句则从历史回归现实，边塞战争古今一贯，略无停歇，使其悲剧情怀落在眼前；第三、四句则用汉代的名将李广比喻唐代出征守边的英勇将士，歌颂他们决心奋勇杀敌、不惜为国捐躯的战斗精神，这充分体现出了诗人在悲剧情怀中的殷切希望。当然，也正是因为这种希望，使整首诗歌悲壮而不凄凉，慷慨而不浅露。

第四节　文学创作之大历时期

一、"安史之乱"的平复与动荡的唐王朝

经过八年的艰苦挣扎，唐王朝终于在广德元年（763 年）平息了"安史之乱"。可是，大乱虽平，整个唐王朝社会却由此动荡不安。在战乱中占据了地盘、蓄积了武力的藩镇纷纷割据，《旧唐书》记载："文武将吏，擅自署置，贡赋不入于朝

廷。虽称藩臣，实非王臣也。"这严重影响了唐王朝的财政收入，威胁了中央集权。一开始，史朝义部将降唐后依旧占据河北一带，朝廷既无心思也无实力解决藩镇割据问题，只能任其盘结自到固。《旧唐书·德宗纪》载："大历中，李宝臣、李正己、田承嗣、梁崇义等，各聚兵数万，始因叛乱得位，虽朝廷宠待加恩，心犹疑贰，皆连衡盘结以自固。朝廷增一城，浚一池，便飞语有辞，而诸盗完城缮甲，略无宁日。"到大历十年（775年），田承嗣便蠢蠢而动，开始公开与朝廷对抗。在这之前，还有永泰元年（765年）七月淄青副将李怀玉逐其帅侯希逸，朝廷只得授以节度留后。同年闰十月检校西山兵马使崔旰杀剑南节度使郭英义，朝廷派杜鸿渐镇西川，杜请授崔西川防御史。朝廷的姑息助长了乱臣贼子的觊觎之心：大历元年（766年），前虢州刺史庞充据华州；大历三年（768年），泸州刺史杨子琳袭据成都，幽州兵马使朱希彩杀节度使李怀仙；大历五年（770年）湖南兵马使臧玠杀观察使崔瓘；大历八年（773年），哥舒晃杀岭南节度使吕崇贲；大历十年（775年），昭义牙将裴志清逐其帅薛嵩；大历十一年（776年），李灵曜据汴州乱。与此同时，吐蕃、回纥乘边境虚弱，屡屡侵犯，兵锋直逼近畿州县，广德元年入大震关，尽占陇右之地，后又不断蚕食西北边州，对唐朝构成极大的威胁，可以说代宗时叛乱不绝。直到大历十四年（779年）三月李希烈逐李忠臣，占据淮西，终代宗之朝。

内忧外患、频繁的战争使刚遭安史之乱巨创尚未平复的唐王朝陷入极度的经济窘困之中。"征师四方，转饷千里，赋车籍马，远近骚然。行赍居送，众庶劳止，力役不息，田莱多荒。暴令峻于诛求、疲民空于杼轴。转死沟壑，离去乡里，邑里丘墟，人烟断绝。"（《旧唐书·德宗纪》上）这就是当时的社会现状。这使得百姓的生活更加贫困不堪。每逢虫害天灾，谷物踊贵，斗米动辄至千文。即使这样，朝廷还频繁增税。

代宗在位时，军权掌握在宦官手中：先是李辅国、程元振，后来是鱼朝恩，权倾朝野；政权则掌握在一帮奸臣手中：宝应元年（762年）六月，任命元载为相，两年后又以王缙、杜鸿渐同平章事。元载为人阴险贪婪，王缙懦弱，杜鸿渐圆滑，三人沆瀣一气，把持朝政，不附己者必加排斥。宦官奸臣当道，阁僚与阉寺之间、阁僚与阁僚之间的权力斗争日益尖锐起来。

肃宗、代宗两朝的社会生活虽然还是这样那样地不如意，但时局终究安定了许多。德宗当政时施行了一系列值得称道的善政，如罢邕府岁贡奴婢、剑南岁贡春酒，诏禁天下不得贡珍禽异兽，放文单国所献舞象及五坊鹰犬，停梨园伎及伶官之冗食者300人，出宫女百余人，诛暴臣兵部侍郎黎斡、宦官刘忠翼。加上以刘晏总领天下财赋，加郭子仪尚父号等，不到一月政举令行，社会氛围稍微振奋。接着，德宗又罢诸道岁贡若干种及不合时宜的奢侈用度，罢天下榷酒，诏王公卿士不得与民争利。同时，在杨炎倡导下，德宗在建中元年（780年）正月还颁布了新的赋税制——两税法，"人不土断而地著，赋不加敛而增人，版籍不造而得其虚实，贪吏不诚而奸无所取。自是轻重之权，始归于朝廷"（《旧唐书·杨炎传》）。这对乱后农村凋敝、人民逋亡的现实状况来说，不失为一项保证朝廷税收、杜绝"公托进献、私为赃盗"（《旧唐书·杨炎传》）之弊，使贫困之户稍得舒缓的有效措施。如此一系列开明举措使社会显出一种中兴气象。

然而没过多久，先是建中元年（780年）二月德宗听杨炎谗，贬刘晏为忠州刺史，七月复赐自尽，而刘晏的亲故属吏多罹贬谪，朝内弥漫着一股恐怖的气氛。建中二年（781年）二月，卢杞为相，知德宗察多猜忌，每曲意希旨，排斥异己，致功臣疑惧不安。在此同时，河北藩镇开始蠢动起来。自建中二年（781年）起，朝廷先后与梁崇义、田悦、李纳、李惟岳、朱滔、王武俊、李希烈作战。庞大的军费开支使朝廷难以支持，于是很快又恢复什一之税（十亩税一亩），建中三年（782年）正月减百官俸钱三分之一助军，四月诏索京畿富商，五月复于两税钱每贯增二百、盐榷钱每斗增一百，九月于诸道津要置吏税商货每贯二十文。建中四年（783年）六月，还税屋间架、除陌钱……德宗一心讨伐李希烈，结果危及唐朝统治的并不是李希烈等割据藩镇，却是内部的兵变。

建中四年（783年）冬，增援河南哥舒曜的泾原兵因伙食太坏在长安哗变，德宗狼狈逃往奉天。叛军迎朱泚为帅，围攻奉天，形势危急。值此人心向背之际，陆贽劝德宗下罪己诏，深表悲悯，朝野这才陡增同仇敌忾之心，终于在五个月后平定叛乱，两年内又平定李怀光、李希烈之乱。可是困境并未就此摆脱，连年饥馑相因，岁凶谷贵，衣冠窘乏，朝野一时还不能改变积贫积弱、萎靡不振的状态。

总之，大历时期前后，肃宗软弱，代宗平庸，德宗猜忌，他们既无能力力挽狂澜，也无才能整治朝纲，唐王朝处于风雨飘摇之中。

明代胡应麟曾一言以蔽之大历时期的诗歌："气骨顿衰。"这个评价虽然非常笼统，而且也只针对诗歌而言，但也在很大程度上准确反映了"安史之乱"对唐代中后期，尤其是大历时期文坛的深刻影响。通观大历文坛，其盛唐时期的慷慨之气消失了，不再有热烈蓬勃的激情、恃才傲物的狂态，被一种疲倦、衰顿、苍老而又冷淡的风貌所取代。

二、相对岑寂的大历文坛

大历时期，"安史之乱"被平复之后，唐王朝虽已度过最艰危的日子，却元气大伤。朝廷对于全国各地的控制力大为削弱。不少地方节镇与唐王朝分庭抗礼；西北边境的吐蕃也趁机派兵袭扰，攻城夺地、掳掠破坏，直接威胁唐王朝的统治。连年战争使农业生产和商业、交通等遭到严重破坏，经济损失巨大。总之，大历时期是处于一个百业荒废而重新振兴尚未见端倪的低谷时期。同整个社会生活氛围压抑低沉相应的，大历时期的诗文创作也十分萧条岑寂。另外的原因还有，大历初的前后几年间，高适、杜甫、岑参、元结等文坛耆宿相继亡故，而后来在元和、长庆文坛上叱咤风云、开宗立派的韩愈、柳宗元、白居易、刘禹锡、元稹诸人，或者刚刚出仕，或者尚未降生。

（一）难以得到长足发展的三大诗人群体

大历时期也有一批比较活跃的作家，如李益、钱起、郎士元、李嘉祐、韩翃等人。但他们的精神世界基本上处于安史之乱带来的巨大惶惑之中。他们在动荡不安的现实中深感忧危，非常留恋或向往辉煌的过去，对于国家和自身的前途，却感到十分渺茫、悲观，更缺乏那种支撑大厦、力挽狂澜的雄心和意志，因此他们的创作便失去了前辈诗人那样发自顽强信念、关切国家和人民命运的大声疾呼，而表现出逃避现实、遁入个人天地的倾向。他们既无力也无心于创作盛唐诗人那样元气淋漓、"既多兴象，复备风骨"（殷璠《河岳英灵集》评陶翰诗语）的鸿篇巨制，因此专攻字句的锤炼、格律的斟酌，追求幽微闲雅和清奇新赡风格。他们在诗艺上，尤其是在五言律诗艺术的完善上，做出了不可磨灭的贡献，但却肆力于偏锋，"才力既薄，风气复散，其气象风格宜衰；而意主于清空流畅，则气格益不能振矣"（许学夷《诗源辩体》卷二一），结果难入胜境。

大历文坛萧条，只有诗歌创作表现较为突出。根据大历诗人的身份与活动范围，明显可以划分为三个群体，即地方官诗人、台阁体诗人（以"大历十才子"为代表）、方外诗人。在安史之乱中，大历诗人虽然都面对一样的战争问题或在战乱中流离，但因生活在不同地域，面对不同的生活环境，诗歌处理的内容、处理的方式以及诗歌的功能就发生了分化。地方官诗风、台阁诗风（或曰大历诗风）和方外诗风正是在这样的情况下各自发展起来的。其中，台阁诗人在大历初入朝的创作适应了战乱甫平朝野上下苟安休息的心理氛围和送往迎来的交际需求，在当时格外有影响，后人论"大历体"也总是以这批诗人为代表。

在地方官诗人中，刘长卿与韦应物是大历时期仅有的两个能在诗史上开宗立派的名家。其中，刘长卿的创作"一方面保留着盛唐的范式，另一方面又最显著地体现出大历诗风的主要特征，他的诗中清楚地显示出盛唐诗向大历诗转变的轨迹"。刘长卿早年的诗作所表达的主要是久试不第的举子常有的希冀与失望交织的心态。他在青年时代创作的作品也见不到盛唐人惯有的那种慷慨意气。战乱中饱经流离，他的笔一再触及战后民生凋敝的惨淡现实。出仕后曾因"刚而犯上"，两遭贬谪，后愤慨地写下一系列诗作控诉"地远明君弃，天高酷吏欺"（《初贬南巴至鄱阳题李嘉祐江亭》）的黑暗现实，这在大历时期是很少见的。他早年的诗有很单纯的描述倾向，晚年转向主观性的情绪表达。"愁""悲""怜""惆怅""寂寞"等直接表达情绪的词语泛滥于诗中，使他的抒情方式明显具有写意的特征。刘长卿自称"五言长城"，但他早年的长篇五古五律明显功力不足，中年以后转以律绝为主，技巧也磨炼得精纯圆熟，而七律则是他在艺术上贡献最大的诗体。韦应物少时以门荫授御前侍卫，对唐王朝今昔盛衰的对比有最深切的体认。《骊山行》《温泉行》《逢杨开府》《燕李录事》《酬郑户曹骊山感怀》等一系列作品追怀盛世、不胜俯仰今昔之感，构成大历诗一个最令人伤感的主题。而他充满波折的一生，经历了由积极进取到消沉失望，再到满足安逸的精神历程，交织着仕隐的矛盾，《赠李儋元锡》"身多疾病思田里，邑有流亡愧俸钱"一联，典型地表现了那个时代地方官诗人的矛盾心情。韦应物掌握诗体的能力比较全面，既娴于长篇歌行，也擅长短篇律绝，但他最为人推崇的还是五言作品，白居易就称其"高雅闲淡，自成一家之体"。韦应物在人格、艺术理想上倾慕陶渊明，诗歌技巧则吸收了谢灵运、谢朓的优点，从而形成气貌清朗温润，意境淡远超诣，语言洗练自然，节奏舒缓不迫的风格特点。

戎昱、戴叔伦、李嘉祐几位诗人无论生平经历与诗歌创作倾向都很接近。他们长期任州县令长之职，对战争给广大农村经济造成的破坏，给人民带来的沉重苦难有深刻的体认，所以他们诗中最真切地反映了安史之乱中及乱后民不聊生的悲惨情景。在艺术造诣上，三位诗人各有不同：戎昱诗多直抒胸臆，气骨刚健，但才力稍弱，造语时有疵累，但其诗慷慨任气，在大历诗中独具个性特色；戴叔伦才能较全面，而以五律、绝句最长；李嘉祐诗风格清丽，时有齐梁余韵，但很少用典，而极力发挥景物描写的表情功能，其七律结构完整，笔调闲雅，遣词造句和对仗都达到很成熟的境地。

"安史之乱"平复以后，尽管社会矛盾重重，内外交困，但暂时的安稳使得朝野上下沉浸于"中兴"的幻觉中。正是在这个时候，以"大历十才子"为首的一批地位不高但富有才情的新进诗人入仕朝廷，充当中兴升平的歌手。据姚合《极玄集》记载，"大历十才子"是钱起、卢纶、韩翃、李端、耿湋、崔峒、司空曙、苗发、夏侯审、吉中孚。另外，郎士元虽未列名其中，也是同一流人物。饯送是"大历十才子"最擅长的题材，钱起、郎士元的送行诗竟成了一种装饰，"自丞相以下，更出作牧，二公无诗祖饯，时论鄙之"（《中兴间气集》）。这批诗人都有良好的艺术修养，擅长近体诗的写作，风格清空闲雅，韵律和谐流利，在技巧上颇为成熟。其中成就较高的是钱起、卢纶、韩翃、李端、郎士元。关于他们较为具体的诗歌创作实践情况，后文将进行详细的阐述。

大历诗坛还涌现了一批方外诗人，如诗僧灵一、皎然、灵澈，道士吴筠、韦渠牟、李季兰，隐士秦系等。方外诗人的作品大都写自己的修行、隐逸生活，以及空寂之情或山林之趣。适意放荡的生活作风决定了他们不再像早期禅僧那样一味寻求内心的空寂清净，而是处处在生活中感觉着活泼的情趣。在技巧上，他们与前两派诗人略有不同，不是侧重于写实的白描，而是侧重于写意的挥洒叙述。与此相应，他们在体式上也不像前两派诗人那样偏重于律诗，而是什么都写，作了很多杂体、俗体诗，联句中常有三言、四言、五言、六言、拟五杂俎等，带有明显的游戏性质。由于取材过于随便，抒写过于率意，他们这派诗人没能取得较高的成就，不足与前两个群体相抗衡。但凭着意诚，又有着真实的体验，他们也常常能在日常生活中捕捉到一些富有诗意的情景。

大历诗歌的产生，主要出于地方官诗人、台阁体诗人（以"大历十才子"为代表）这两大诗人群体。地方官诗人作品大多描写山水风景，台阁体诗人的作品多为题赠送别之作。就题材内容而言，他们的诗歌并没有比前人提供更多的新东西，其清雅闲淡的艺术追求，深受盛唐王、孟诗风的影响，有一脉相承的关系。然而，在与诗的风格情调和写作技巧密切相关的词语色彩和意象构成方面，大历诗歌也有自己鲜明的特色。

由于大历诗人多有生不逢时之感，意气消沉，受其特定心境和意绪支配的诗歌的词语选择，往往带有凄清、寒冷、萧瑟乃至暗淡的色彩。例如，刘长卿的"寒渚一孤雁，夕阳千万山"（《秋杪干越亭》）；"山含秋色近，鸟度夕阳迟"（《陪王明府泛舟》）；"万里通秋雁，千峰共夕阳"（《移使鄂州次岘阳馆怀旧居》）；"帆带夕阳千里没，天连秋水一人归"（《青溪口送人归岳州》）；"秋草独寻人去后，寒林空见日斜时"（《长沙过贾谊宅》）。秋风的冷色调与夕阳返照的黄昏，构成了刘长卿诗歌独特的底色，形成凄清、萧索的秋之色调。

类似秋风、落叶、夕照、寒雁等冷淡色调的词语，在大历诗人的作品中俯拾即是。例如，韦应物《自巩洛舟行入黄河即事寄府县僚友》中的："寒树依微远天外，夕阳明灭乱流中。"李嘉祐《承恩量移宰江邑临郡江怅然之作》中的："惆怅闲眠临极浦，夕阳秋草不胜情。"钱起《谷口书斋寄杨补阙》中的："竹怜新雨后，山爱夕阳时。"戴叔伦《李大夫见赠因之有呈》中的："江清寒照动，山迥野云秋。"卢纶《至德中途中书事却寄李僴》中的："路绕寒山人独去，月临秋水雁空惊。"暗淡清冷的词语色彩，使大历诗整体上给人以凄凉衰飒的风格印象。

在大历诗中，诗人寂寞冷落的情思，多通过象征性意象或描述性意象表达出来，形成了两种意象类型。象征性的意象在刘长卿的诗里用得较多，其诗中用得最多的一个意象是"青山"，如"荷笠带夕阳，青山独归远"（《送灵澈上人》）；"落日孤舟去，青山万里看"（《却赴南邑留别苏台知己》）；"惆怅暮帆何处落，青山无限水漫漫"（《送子婿崔真父归长城》）。"青山"似乎成了诗人坎坷愁苦的人生之旅中的归宿地，一种内心深处向往安宁的居所。象征性意象的特点是富于暗示性，意蕴丰富，运用时有弹性，较为方便；但也极易形成某种情绪类型的固定符号，成为程式化的表达。

相较而言，其他大历诗人更多地偏爱使用描述性意象，采用白描手法写诗，以求意象的创新。例如，钱起《湘灵鼓瑟》中的"曲终人不见，江上数峰青"；司空曙《喜外弟卢纶见寄》中的"雨中黄叶树，灯下白头人"；韩翃《酬程延秋夜即事见赠》里的"星河秋一雁，砧杵夜千家"；耿湋《晚夏即事临南居》中的"树色迎秋老，蝉声过雨稀"；李端《过谷口元赞善所居》里的"重露湿苍苔，明灯照黄叶"。这些诗句均具有追求精确和具体的写实倾向，其意象多由生活中常见的山峰、寒雨、落叶、灯影、蝉声、苍苔等组成。

在诗中运用具体的描述性意象，能保证作品的新鲜感，故大历诗人的写景更多面向现实物色，甚至连日常生活中随处可见的蚁穴、蜂巢等细琐事物也成为观察描写对象。他们的眼光能深入盛唐诗人忽略的细微角落，发现一些前人没写过的琐细幽美的自然物象和生活小情趣，开辟出新的诗境。但一味地采用白描手法作诗而偏重于描述性意象，也会使诗的境界流于浅近狭小。这也是"大历十才子"的诗往往构不成通篇浑融一气意境的原因。而且不少诗作过于讲究描写技巧而显雕琢，以致常常是有佳句而无佳篇。

（二）残留盛唐特色的李益

在大历诗风的主流之外，还有一些残留盛唐特色的诗作，如李益的边塞诗。李益有十多年的军旅生涯，其边塞诗写得很优秀，尤其是七绝，常常是壮烈、慷慨之中带一点伤感和悲凉，如《夜上受降城闻笛》：

回乐峰前沙似雪，受降城外月如霜。

不知何处吹芦管，一夜征人尽望乡。

诗写月下登上西受降城，望回乐峰，沙漠在月色里是一片清冷的雪白，脚下的西受降城同样是一片如霜的月色。就在这荒凉清冷的边塞之夜，引发了思乡之情。"一夜征人尽望乡"一句，是夸张之词，但又确切地表现了此时边关将士久成思归的心境。全诗从大处着眼，大概括，大描写，重在写情思氛围。《从军北征》也类似这种写法：

天山雪后海风寒，横笛偏吹行路难。

碛里征人三十万，一时回首月中看。

同样写由乐声引起的思乡之情，末句写法也相似，却无重复之感，原因就在于其中蕴含着浓烈的乡愁和悲凉的情调。《夜上西城听梁州曲》二首、《春夜闻笛》《扬州万里送客》也有此种情调。

此外，李益还有一些写得质实明快的诗，如《江南曲》。李益的诗带着盛唐诗的一些特色，可以看作是盛唐诗艺术上的一种残留现象。而他诗中的感伤悲凉情调应该是受大历时期的时代风貌影响的。

总体来说，大历时期是一个没有理想的时代，虽然活跃着众多的诗人，却没有第一流作家，许多诗人仅以一二名篇留名诗史，如张继以《枫桥夜泊》闻名，就是典型的例子。后人对大历诗的评价也不高，明代文学家胡震亨《唐音癸签》卷七还曾评曰：

详大历诸家风尚，大抵厌薄开、天旧藻，矫入省净一途。自刘（长卿）、郎（士元）、皇甫（冉、曾）以及司空（曙）、崔（峒）、耿（湋），一时数贤，窍籁即殊，于喁非远，命旨贵沉宛有含，写致取淡冷自送。玄水一斛，群醨覆杯，是其调之同。而工于浣濯，自艰于振举，风干衰，边幅狭，专诣五言，擅场饯送，此外无他大篇伟什岿望集中，则其所短耳。

这段评语还是比较精当的。大历诗人创作受时代限制，总体上缺乏激情，创造力不高。它的缺陷也非常明显：首先是群体倾向鲜明而个性色彩黯淡；其次是体制欠宏阔，取材偏狭窄，意象陈熟雷同。但大历诗以自觉的意象化方式确立了古典诗歌情景交融的美学特征，并通过深刻的理论反思形成以"取境"为核心的创作论，和围绕着"景"建构起来的诗歌美学。至于题材的日常化、艺术表现的纪实化，则将杜甫诗中露出的苗头发扬光大，演化成中唐诗中占主导地位的艺术倾向。

（三）长于制诰政论的陆贽

世乱多故，不仅需要诗歌来宣泄浓重的哀思，也需要文章来记录深沉的理性思考，陈述匡时救弊的良方。大历时期不少著名文学家的政论（如戴叔伦《述稿》）和文集（如刘长卿、韦应物）不幸失传，但有陆贽《陆宣公奏议》的传世。

陆贽（753—805），字敬舆，嘉兴（今属浙江）人。大历八年（773年）登进士第，又应博学宏词科，授郑县尉，后调渭南主簿，迁监察御史。德宗时授翰林学士，由祠部员外郎转考功郎中。陆贽感德宗的知遇之恩，尽忠报效，朝廷政有缺失，巨细必陈。德宗的罪己诏就是在陆贽的劝谏下并由陆贽拟写的。陆贽诗作得平平，赋却写得气势充沛，条理明晰，叙事写景也得心应手。陆贽的著作，据权德舆《陆宣公文集序》载，有制诰集十一卷、秦草七卷、中书奏议七卷、文集十五卷。今文集十五卷已佚，诗只存三篇试帖诗，秦草与中书奏议后人合刻为《陆宣公奏议》，流传极广。陆贽博学多才，精于谋略，是个真正有远见的政治家。读他的奏议如《奉天论赦书事条状》《奉天论李晟所管兵马状》《奉天奏李建徽杨惠元两节度兵马状》《兴元请抚循李楚琳状》《兴元奏请许浑瑊李晟等诸军兵马自取机便状》等，可以清楚地看到他那"识大体""有远虑"（刘辰翁语）而又见散察微的宰相风度。其他论财政之文也应时救弊，堪称治世良方。

陆贽的政论文都是骈体，语句工整、声韵铿锵，富有排宕偶俪之美，却绝无呆板僵滞之弊。《奉天论奏当今所切务状》中的一段尤有代表性：

顷者窃闻舆议，颇究群情：四方则患於中外意乖，百辟又患於君臣道隔；郡国之志不达於朝廷，朝廷之诚不升於轩陛；上泽阙於下布，下情壅於上闻。实事不必知，知事不必实；上下否隔於其际，真伪杂糅於其间；聚怨嚣嚣，腾谤籍籍，欲无疑阻，其可得乎？物论则然，人心可见。盖谓含宏听纳，是圣主之所难；郁抑猜嫌，是众情之所病。伏惟陛下神无滞用，鉴必穷微，愈其病而易其难，如淬锋溃疣，决防注水耳。可以崇德美，可以济艰难，陛下何虑不行，而直为此懔懔也？

虽是排偶骈俪，却流利顺畅一如散行，丝毫无牵拘生硬之感。陆贽的骈文，真可以说精纯圆熟，已到炉火纯青的境界。当然，陆贽并不因此就一律不用散句，像上引文字中末尾就是一句散句，在一段陈述结束时，它使语气变得纡徐舒畅，在整齐铿锵的韵律中制造了一点波折变化。《奉天奏李建徽杨惠元两节度兵马状》在论及处置两节度兵马的具体措施时也用散笔直叙，并不强作骈俪，由此可见陆贽以意为主，不拘泥文辞的通达态度。

陆贽不只是一个有政治家风度的文学家，也是一个有文学家眼光的政治家。他的政论文影响深远，以其"辞婉而意严，得告君之体"，所以"后世进言多学宣公一路，惟体制不必仍其排偶耳"。

第五节　文学创作之贞元至大中时期

一、危机四伏、内外交困的唐王朝

唐德宗在位的20多年，唐朝政局始终动荡不安，尤其是最初数年间，当时安史余部表面虽已归顺朝廷，受命为地方节镇，但割据之心犹存，虽然曾经称王的朱滔、李希烈先后败死，但河北三镇的割据局面一直未变。在此期间，朝廷平藩虽也取得过一些成效，但问题却未根本解决。具有严重离心独立倾向的藩镇割据使得唐王朝统治地位岌岌可危。

藩镇割据给广大人民带来巨大的危害。各藩镇要对付朝廷的征讨和防备邻道的劫掠，便不能不加重赋役的征发和财帛的搜刮，而朝廷调集各地兵马讨伐藩镇更是要耗费大量的人力、物力、财力。百姓的经济负担日益沉重。特别是南方江淮一带，因为战争较少，相对处于和平环境，成为唐政权筹集军饷赋役的主要依靠。元和年间平藩战争频繁，江南八道140万户百姓，负担唐朝80多万军队的供给。沉重的剥削迫使一部分破产农户当了逃民，离乡背井，这些流民一旦遇到农民起义，便是踊跃的参与者和主力军。因此，中唐以后逃户日增成为严重的社会问题，极大地动摇了唐政权统治基础。

　　唐代宗宝应元年（762年）浙东发生袁晃起义，此后规模大小不等的农民起义便此起彼伏，接连不断。大中十三年（860年）岁尾，浙东又爆发了一场规模更大的裘甫起义。以此为发端的农民起义贯穿整个晚唐，直到黄巢率领的义军于唐僖宗广明元年（880年）攻克长安，建立大齐国，推翻了唐王朝。

　　如果说藩镇割据和接连不断的农民起义是中唐以后两个从外部对唐政权威胁最严重的社会问题，那么，宦官专权和朋党之争便是从朝廷内部危及唐政权的心腹之患。

　　从德宗贞元初年宦官专典禁军制度化以后，宦官专权真正对唐政权和皇帝本人造成威胁。德宗忌惮于朱泚之叛，因此对节度十分戒惧，便把禁军之权全盘交付家奴宦官，从此形成固定制度。为了更好监视诸道节度使，又以宦官为监军使，凌驾于主将之上。后来又设立由宦官担任的枢密使、宣徽使等，执掌机要，传宣诏令，宦官俨然成了朝廷的代表。宦官掌握重权后，相伴于皇帝身旁，形成狐假虎威的态势，其危害越来越大。不但朝廷大臣的任免进退常被宦官操纵，就是皇帝的废立生死也几乎全在宦官掌握之中。德宗以下顺、宪、敬、文诸帝均由宦官所立，又均为宦官所杀。在民间，宦官大肆掠夺田产，建造园林，京城如此，州县地方更不必说。又设"宫市"，以宫中需要为名，直接在市上低价强买。至于宣徽院的"五坊小使"，更是仗势欺人，无恶不作。

　　唐朝官们基本上不满乃至意欲克服宦官专权。中晚唐之际，南衙（指朝官，因诸官署多在居南的皇城）北司（指宦官，因禁军衙署在北面的宫城）之争时松时紧、始终不断。王叔文、柳宗元、刘禹锡诸人"永贞革新"的一大矛头直接指向宦官。他们的新政宣布废止"宫市""五坊小使"，裁减宫中闲杂人员，停发内侍（宦官）俸钱，委派老将范希朝、改革派韩泰接管禁军兵权。但是，宦官勾结方镇和守旧官僚猛烈反抗，"永贞革新"夭折。唐文宗统治时期两次以朝官为谋主，设法革除宦官，使南衙北司之争达到了白热化的程度。但这两次也都以朝官失败告终。

　　唐朝廷内部除了有南衙北司之争，还有朋党之争。起于唐宪宗元和初，直到唐宣宗大中初年才结束的牛李党争，是唐史上公认的时间最久、反复最多、影响最大的朋党之争。而文、武两朝则是两党争斗得最激烈的阶段。所谓牛党，指牛僧孺、李宗闵、杨嗣复、杜悰等，人数相当多。所谓李党，指李德裕、郑覃、郑亚等，人数相对较少。一般史书都认为元和（808年）策试贤良方正直言极谏的制科考试是牛李党争之始。当时举人牛僧孺、李宗闵等尖锐指陈时政之失，语无所避，考官给予好评，置为上第，而宰臣李吉甫（李德裕之父）却以为是攻讦自己，向宪宗泣诉，贬逐考官，并压抑牛僧孺等，不予升迁。李吉甫死后，李德裕官位渐高，继续与牛僧孺等对立。在数十年的时间里，李德裕、牛僧孺、李宗闵及其党人曾几度分别入相或担任地方大僚，治绩各有长短得失，而李德裕的"会昌之政"（武宗会昌年间独任李德裕为相）比较突出。两党人士有时你沉我浮，有时是一方独掌朝政，有时平分秋色。两党同在朝廷，但相互之间攻击排陷。关于牛李党争的性质与是非，至今学术界仍未有一致看法。需要指出的是，牛、李两党中每一个人都有自己的具体情况，切不可以党划线，尤其不能将政治观点、政绩与文学观念、文学作为相混淆。牛李党争贯穿中晚唐数十年历史，许多文士、作家不可避免地与他们发生种种关系。其中情形极为复杂，因此既不可以古人的是非为是非，也不应简单套用今人政治路线斗争的概念。不过，可以确定的是，牛李党争绵延数十年而无法解决，从一个角度说明唐政权已从内部腐朽。

从政治上看，中、晚唐时期的统治地位已经在走下坡路。与此不同，经济生产和文化创造却依然有着向上的发展趋势。在农业生产发展的基础上，唐朝后期的手工业、商业、交通运输、对外贸易都有所进步，相当繁荣。手工业方面，制茶、酿酒、纺织、造纸、陶瓷、木版雕印、造船不但规模扩大，而且品种、质量均大为提高。物质产品的丰富必然刺激商贸和交通运输。除长安、洛阳外，全国出现许多商业集中、歌舞繁华的大都市，如扬州、广州、杭州、成都等。在那里，中外客商云集，进出口交易频繁。当时国内水陆交通相当发达，与国际联系则有多条途径。这在李吉甫所著《元和郡县图志》，特别是贾耽的《古今郡国县道四夷述》（原书已佚，宋人征引较多）等书中均有反映。

中西交通和贸易的发展，大大促进了中外文化的交流。一方面，辉煌的大唐文化使东南亚各国，尤其是日本，不断派来遣唐使节和留学生；另一方面，西域文化则从宗教、哲学、音乐、绘画各方面给唐人以滋养、启发，使这一时期唐朝的文化艺术创造带上了许多异域色彩。敦煌石窟艺术、壁画以及变文讲唱等便是具有代表性的成果。

贞元至大中时期的文士们虽然享受到了丰富的经济和文化生活，但对每况愈下的政治现实非常不满，尤其是狭窄的仕途和浑浊的官场使他们深感压抑，面对种种不合理的社会现象既愤慨又痛心，其心中积郁的块垒转投入文学创作当中。

这个时期,"新乐府运动""古文运动"是重要的文学现象。元稹、白居易、张籍、王建、李绅等人以乐府形式创作了许多新诗,其中除部分沿用乐府旧题外,具有革新意义的是杜甫式"即事名篇,无复依傍"的新题乐府,由此形成了一股诗歌创作潮流,史称"新乐府运动"。这场运动是《诗经》、汉乐府以来比兴、美刺传统的弘扬和振兴,同时也继承了杜甫、元结等人的现实主义创作精神。元、白二人,特别是白居易,以更明确的语言系统地阐发运动的纲领和理论依据:"诗者,根情,苗言,华声,实义","文章合为时而著,歌诗合为事而作"(《与元九书》);"为诗意如何?六义互铺陈,风雅比兴外,未尝著空文"(《读张籍古乐府》),并且有意识地相互唱和、鼓吹宣扬。元稹、白居易之间的诗歌往来以及各自对对方诗歌的评价和推崇,更是众所周知。这样就在一定范围内造成一种气氛和声势,形成了运动。由韩愈、柳宗元带动的古文运动以隋末唐初文体改革的要求和理论为前导,其矛头指向南北朝以来已流行了数百年的骈俪文体,号召恢复先秦两汉以来的散文传统。韩愈宣布"非三代两汉之书不敢观,非圣人之志不敢存"(《答李翊书》),柳宗元也要人向《六经》《论语》、孟、荀、老、庄诸子以及《离骚》《国语》《左传》《史记》等古代经典学习(《答韦中立论师道书》),表面上是复古,但其实质则是一次文体的革新。他们之所以提倡古文,真正的目的还在于发扬古道。而他们所谓的"道",其核心乃是指儒家经邦治国、为人处世、修身养性的根本原则。中唐之世,正是儒、道、释三教鼎立抗衡的时代,全社会从上而下信道、信佛的思潮很盛。韩、柳正是有感于儒教统治的危机,从而揭集儒学大旗,宣扬儒家精神。文体上的骈散之争,是其突破口,古文只是他们的"载道"之具而已。就这个意义而言,古文运动实质上是一场思想上的斗争。他们并不机械照搬经典上的古文,而是主张辞必己出,陈言务去,不蹈袭前人一言一句,要求文章写得朴实简洁,文从字顺。韩愈写诗追求险怪,但他的文则以达意为主,力求清通晓畅。柳宗元的文章也是既洗尽华靡,又不为古所限。他们散文创作的杰出成就,大大增强了古文运动的影响。

唐传奇的兴盛也是贞元至大中时期的重要文学现象。唐传奇作品,初盛唐时代已经出现,但贞元至大中时期的中晚唐则是唐传奇的全盛期,涌现了大批著名作家和优秀作品。例如,陈玄佑的《离魂记》,沈既济的《任氏传》《枕中记》,李公佐的《南柯太守传》,元稹的《莺莺传》,陈鸿的《长恨歌传》等。传奇小说在中晚唐之所以得到兴盛,从外部而言,城市繁荣、商品经济发达、城镇居民闲暇时间增多、对文化生活要求的普遍提高、西域文化的影响、宗教宣阐讲唱活动的刺激和启发，乃至进士行卷之风和士人的爱好等，均对传奇的发达有程度不等的促进。就内部而言，则叙事意识的抬头、叙事思维的成熟、文体发展趋于细密的自然趋势、民间文学叙事传统的滋养、说话（即说书）和戏弄（即萌芽期的戏剧）的兴起和受到欢迎、古文运动和新乐府运动均对小说家创作起到了推动的作用。

　　除了古文运动、新乐府运动的出现和传奇小说的兴盛外，必须提到的是，这一时期作家作品灿若繁星，流派甚多。例如，高举古文运动大旗的韩愈，便和他的一班诗友形成了一派。他们作风险怪，爱用僻字、拗句，想象奇特，常常出人意表乃至令人匪夷所思，与元稹、白居易的平易晓畅迥异，文学史上习惯称他们为"险怪派"。同属这一派的还有孟郊，他诗风寒瘦，喜用冰棱、雪刃之类意象，但怪异程度则与前述诸人不同。元、白、韩、柳之后诗坛的翘楚，无疑当推杜牧、李商隐，他们合称"小李杜"，共同把唐诗艺术推上了新高峰。

二、时代风云变迁与"新乐府运动"

　　早在天宝年间，杜甫、元结等人就已经提倡写实诗风。但在大历年间和贞元前期，写实诗风消歇。贞元后期，随着社会改革思潮逐渐兴起，人们对社会现实问题越来越关心，诗歌内容开始发生重大变化，民众生活和社会问题成为诗歌题材。白居易、元稹倡导的"新乐府运动"在唐代诗歌发展史上具有划时代的意义。从白居易、元稹的文论和诗歌中可以看出，这个运动受陈子昂、杜甫以来诗坛风尚、现实主义传统的影响非常明显，但这个运动之所以产生在贞元、元和之际，还有其更深刻的社会、思想原因。

（一）图变的政治氛围，革新的文学精神

　　依倚着政治图变氛围，贯穿着文学革新精神，可以说是"新乐府运动"最重要的两大构因和最根本的表现特征。尽管"安史之乱"已经过去了几十年，但那时暴露出来的尖锐而复杂的社会矛盾并没有解决：中央集权未得到恢复，藩镇割据势力窥视皇权；宦官擅权，作威作福；官僚明争暗斗，政治腐败；边境少数民族统治者不断侵扰内地，封建剥削加重，人民苦不堪言。面对这样的现实，统治阶级内部的进步势力和有识之士，倡言改革、推动改革的活动不断发生。其中规模最大的便是新乐府运动起来前夕，由王叔文集团领导的政治革新。在这前后，士子文人或直言进谏，或抨击时弊，这说明揭露社会弊病已形成一种时代思潮。这反映在诗歌领域就是促使一些诗人正视现实，产生不吐不快的思想感情。元稹

在《叙诗寄乐天书》里回忆元和以前现实生活对他的影响，就很有代表性。白居易在《与元九书》里的回忆也反映了类似的思想感情。

在唐代文化史上，贞元、元和之际表现出重要的变革与转型特征，作为大乱之后的整顿与自救。贞元年间推出了一系列政治改革措施，这些措施对文化的影响最重要的缘于土地关系的变化，"两税法可以说是分界点，以前属力役地租形态，此后为实物地租形态，等级的划分也由此而发生变化，由自耕农分化出来的庶族地主，由于九品中正制的废除和科举制度的建立和发展，跻身于封建统治的上层"。自此，进士科举才普遍为人所重，唐后期于是进入士庶混一时代。元和时期文人早年虽都经历了建中以来的战乱以及贞元年间的社会动荡与政治风波，但是文人政治地位的提高，社会在相对安定中形成中兴气象，皆极大地刺激了元和文人求仕的热望与激情。元和元年（806年），白居易和元稹为了参加"才识兼茂明于体用科"的制举考试，潜心研究广泛的社会问题，必然会引起他们更强烈的"心体悸震"和创作冲动。这时的政治气氛对新乐府运动的产生也有刺激作用。欧阳修在《新户书》里曾肯定唐宪宗"自初即位，慨然发愤"的平定藩镇叛乱的功绩。唐宪宗的"慨然发愤"也表现在他想要效法唐太宗的纳谏上。元和二年（807年）冬，他对宰相等人说："朕览观国书，见文皇帝（按即唐太宗）行事少有过差，谏臣论争，往复数四。况朕之寡昧，涉道未明，今后事或未当，卿等每事十论，不可一、二而止！"（《旧唐书》卷十四）唐宪宗虽然没有唐太宗那样的政治家风度，但这个愿望的传播，客观上却促使统治阶级内部位卑而思想进步的官员大胆揭露和批评当时封建社会黑暗现实，从而形成了一种良好的政治气氛。新乐府运动诗人也承认这一点，例如白居易就在《与元九书》中说他自己"自登朝来，年齿渐长，阅事渐多，每与人言，多询时务，每读书史，多求理（治）道，始知文章合为时而著，歌诗合为事而作。是时皇帝（指唐宪宗）初即位，宰府有正人，屡降玺书，访人急病。仆当此日，擢在翰林，身是谏官，月请谏纸，启奏之间，有可以救济人病，裨补时阙，而难于指言者，辄咏歌之，欲稍稍递进闻于上，上以广宸听，副忧勤；次以酬恩奖，塞言责，下以复吾平生之志"。在谈论创作讽喻诗的主客观原因时，白居易强调了政治气氛的重要作用，这样也可以看到当时较为宽松的政治气氛。从以上多方面看，产生新乐府运动的一切条件都已具备。

（二）渐成潮流的新乐府诗创作及理论主张

元和三四年间（808年、809年），白居易、元稹的友人李绅写的《新题乐府二十首》对"新乐府运动"的产生起到了触发的作用。元和四年，元稹读到李绅的诗，写了《和李校书新题乐府十二首》。诗序中他称赞李诗有意义有内容并择其"病时之尤急者，列而和之"，采用直抒胸臆的写法，不避时之忌讳。在李绅、元稹之后，白居易后来居上，写了《新乐府》五十首，其中不但包括了元稹选和过的十二首诗题，而且还增加了许多"病时之尤急"的篇章。它上承《诗经》、汉乐府、杜甫的优良传统，在艺术上则自辟蹊径，将视野朝向广阔的社会现实。因此可以说，李绅在这次诗歌革新活动中起着先锋作用，但运动的倡导者却是白居易和元稹。元、白倡导新乐府有系统而明确的理论。他们认为"文章合为时而著，诗歌合为事而作"（《与元九书》），应"雅有所谓，不虚为文"（元稹《和李校书新题乐府十二首》）。他们强调诗歌的讽喻作用："救济人病，裨补时网"（《与元九书》），反对"嘲风雪，弄花草"（《与元九书》）的风尚。在诗歌内容与形式的关系上，他们主张"根情、苗言、华声、实义""辞质而径""言直而切""体顺而肆"。在这些文艺理论的指导下，他们还通过自己的创作实践，写了一大批优秀的新乐府诗，得到了社会的承认，并促使其他诗人也投入新乐府运动中。

白居易、元稹倡导的新乐府运动是以写新题乐府开始的，但参加运动的诗人并不排斥能够"为事而作""讽兴当时之事"的古题乐府。后来，元稹也意识到"寓意古题"可以"刺美见（现）事"，便在同时人刘猛、李馀的几十首"古乐府诗"中，选和了"咸有新意"的十九首。这些诗虽名曰"古题乐府"，但实质上都可算作新乐府诗，所以《乐府诗集》也把《田家行》《采珠行》等和张籍、王建的许多古乐府都收入"新乐府辞"里。积极支持新乐府运动的除张籍、王建外，还有唐衢、刘猛、李馀、马逢等人。前三人的乐府诗已经失传，后人只能从白居易、元稹的诗文中了解他们的情况。元稹曾称赞马逢的作品，说他"旋吟新乐府，便续古《离骚》"（《送东川马逢侍御使回十韵》），但现存马逢的一首《新乐府》却是艳诗，其他真正的新乐府诗都已佚失。

晚唐乐府诗的作者队伍很大，杜牧、张祜、温庭筠、李商隐、刘驾、薛能、李昌符、曹邺、赵嘏、皮日休、陆龟蒙、聂夷中、杜荀鹤、罗隐、秦韬玉等均写过乐府诗。但是，他们有的离开了现实主义道路，有的继承了元、白的优良传统，皮日休等就是后者的代表。

从中唐至晚唐，新乐府运动波澜壮阔，成就灿烂辉煌，整个新乐府诗反映的生活面非常广泛，涉及当时社会的政治、经济、军事、文化等各个方面的问题。

（三）"新乐府运动"中心人物的诗歌创作

在新乐府运动中，除了白居易、元稹之外，张籍、王建与之齐名，其新题乐府诗影响也十分深远。以下就这几个代表人物的新乐府诗歌创作展开分析，以窥见当时的社会风貌。

白居易（772—864）字乐天，号香山居士，原籍太原，后迁居夏邦（陕西渭南县），祖、父都以明经（科举考试科目）出身。少年时代因战乱而经历了一段流离的生活，后三登科第，进入仕途。在任赞善大夫之职时，因所谓的越职奏事而被贬为江州司马。自大和三年（829年）至去世，白居易先后任太子宾客、太子少傅等职，会昌二年（842年）以刑部尚书致仕，此后游山玩水，直到去世。白居易自幼有"兼济"之志，但又向往所谓的"独善"，这也决定了他诗歌的复杂性。以被贬为江州司马为界，白居易前期仕途十分顺利，此时"兼济之志"在其思想中占据了主导地位，因此也写出了许多揭露黑暗现实，同情劳动人民，讽刺权贵的讽喻诗。后期从被贬到去世，"独善"思想占据了主导地位，在此期间写出了大量的"闲适诗"和"感伤诗"。

白居易的诗歌理论集中反映在《与元九书》中，一些诗、序也偶有论及。《与元九书》是他谪居江州写给好友元稹的一封信。当时新乐府运动的创作高潮（元和四五年前后）已过，这封信所提出的理论主张，实可看作他对自己和其他乐府诗人创作经验的总结。在信中，他用比喻说明诗的特征，也就是前文提到的"诗者，根情、苗言、华声、实义"。他把感情、语言、声韵、意义作为诗的四大要素，把抒情作为根本特征。他提出的"文章合为时而著，歌诗合为事而作"（《与元九书》），具体说就是"为君、为臣、为民、为物、为事而作，不为文而作也"（《新乐府序》）。他还认为诗歌是现实生活的反映，说："大凡人之感于事，则必动于情，然后兴于嗟叹，发于吟咏，而形于诗歌矣。"（《策林》六十九）他的《秦中吟》就是在现实中发现了"有足悲者"的事物才写的。他还强调诗的形式要为表现内容服务，要求"篇篇无空文，句句必尽规……非求宫律高，不务文字奇"（《寄唐生》）。在语言方面，白居易主张通俗易懂。他的这些主张对于横扫"大历十才子"以来的靡弱诗风起了积极作用。

白居易一生作诗3000余首，现存2800多首。白居易在44岁时将其诗分为讽喻诗、闲适诗、感伤诗和杂律诗四类，晚年则只分为格诗（古体诗）、律诗（近体诗）两大类。

白居易的讽喻诗有 170 余首，但讽喻性强，体现兼济之志，且写得生动、深刻者，自以《新乐府》50 首和《秦中吟》10 首为最。此外，尚有不少杰作，如《观刈麦》《采地黄者》。前一首诗写农民在丰年麦收季节尚有饥馁之苦，取材典型，用事实说明赋税沉重，农民不堪负荷。诗人拿自己"吏禄三百石，岁晏有余粮"和贫妇人遭遇做比较，引出不胜惭愧之情，显得自然、真实。后一首写旱年歉收，农民无粮度日，采地黄以换取富人家马料"残粟"充饥，仅写其实而不发议论。这两首诗都是寓讽喻之义于叙事中。其他如《宿紫阁山北村》，有云："晨游紫阁峰，暮宿山下村。村老见余喜，为余开一尊。举杯未及饮，暴卒来入门……"也是原原本本实记其事，用揭露事实鞭挞暴行。《村居苦寒》云："八年十二月，五日雪纷纷。竹柏皆冻死，况彼无衣民。回观村闾间，十室八九贫……乃知大寒岁，农者尤苦辛。顾我当此日，草堂深掩门。褐裘复绹被，坐卧有余温。幸免饥冻苦，又无垄亩勤。念彼深可愧，自问是何人。"诗从具体时间的气象特点说起，通过实记所感、实记其事，反映民生疾苦以作讽喻。上述诗歌或作于《新乐府》之前，或作于其后，和《新乐府》艺术特色有同有异。

《新乐府》50 首，即作者《与元九书》所说"自拾遗来……自武德讫元和，因事立题，题为《新乐府》者"。组诗中绝大多数诗篇，写于作者担任左拾遗的元和四年（809 年）。白居易作谏官，颇为耿直，以致当面对宪宗说"陛下误矣"，致宪宗与人言："白居易小子，是朕拔擢致名位，而无礼于朕，朕实难奈！"（《旧唐书·白居易传》）而他作《新乐府》，实将其作为进谏的补充手段。白居易积极创作新乐府，也是他主张为诗当"上以纽王教，系国风，下以存炯戒，通讽喻""惩劝善恶""补察得失"而君王应"采而奖之"（《策林》六八）的反映。

《新乐府》50 首，是诗人精心结构的组诗。其内容安排、组织结构，确如陈寅恪先生在《元白诗笺证稿》中所说的："……五十首之中，以《七德舞》以下四篇为一组冠其首者，此四篇皆所以陈述祖宗垂诫子孙之意，即新乐府总序所谓为君而作，尚不仅以其时代较前也。其以《鸦九剑》《采诗官》二篇居末者，《鸦九剑》乃总括前此四十八篇之作。《采诗官》乃标明其于乐府诗所寄之理想，皆所以结束合作，而与首篇收首尾回环、救应之效也。"大抵《新乐府》前 20 首写史事以讽，取材于《贞观政要》一类史籍者多，后 30 首写时事以讽，亦有从主题出发构思故事者。《新乐府》写作取法于《诗三百》，其总序即慕《毛诗》之大序，每篇一序即仿《毛诗》之小序。又取每篇首句或首二句之义为题，即效《毛诗》取首句为题。故陈寅恪先生称其"乃一部唐代《诗经》(《元白诗笺证稿》第五章)"。

白居易在《伤唐衢》其二中说:"遂作《秦中吟》,一吟悲一事。"《新乐府》也是一事一吟,每篇题目所云即该篇所吟之事,题下小序所云即该篇题旨。如《新丰折臂翁》,题下小序谓"戒边功也",诗即叙写新丰折臂翁故事,而以"戒边功"为题旨。各诗主题集中,取材典型,叙事往往径遂直叙到底,最后就势生发议论或抒发感慨或直作劝诫。例如,《红线毯》篇末即云:"宣城太守知不知?一丈毯,千两丝,地不知寒人要暖,少夺人衣作地衣!"《涧底松》《井底引银瓶》篇末也做类似的劝诫。组诗中也有插议论、愤慨之词于叙事中的,如《杜陵叟》伤农夫之困,中言"剥我身上帛,夺我口中粟,虐人害物即豺狼,何必钩爪锯牙食人肉"。

新乐府诗叙事性强,多有人物,有故事,如《上阳白发人》,实写上阳宫中一年迈宫女16岁入宫以来("今六十")的经历,说出她"少亦苦,老亦苦,少苦老苦两如何"的种种细节。《新丰折臂翁》实写新丰88岁老翁当年折臂自残以避兵役的故事。这两首诗叙述故事后都有议论。而完全以故事显示讽喻之旨,则是为"苦宫市"而作的《卖炭翁》。诗中所写当为诗人亲见亲闻,故摹写其事、其人生动之至。例如,诗句"满面尘灰烟火色"可谓形象鲜明,切合人物职业、年龄特点。而"可怜身上衣正单"云云,写老人异乎常人的心理,突出其生计的艰难,不仅写活人物,还为下言"一车炭"云云,积蓄批判力量。

白居易《新乐府》亦可称为七言古诗,其基本句式自为七言,但也常用"三三七"体式或"三七"体式,即重用两个三字句后,接以七字句,或出现一个三字句后,续以七字句。例如,《太行路》谓"行路难,难重陈,人生莫作妇人身",《道州民》《缚戎人》《海漫漫》《上阳白发人》皆有类似的句式。这类句式安排多见于变文、俗曲,因此,陈寅恪在《元白诗笺证稿》中说白居易"作新乐府,乃用《毛诗》、乐府古诗,及杜少陵诗之体制,改进当时民间流行之歌谣"。

《秦中吟》10首均为五古,也是白居易任谏官时的作品。组诗总序谓"贞元、元和之际,予在长安,闻见之间有足悲者,因直歌其事,命为《秦中吟》"。《秦中吟》直以时事入诗,所写事和讽喻之义有与《新乐府》相同者,名篇则有《重赋》《轻肥》《歌舞》《买花》等。其中,《轻肥》中的叙事、抒慨,直率而迫切,叙事尽写"内臣"骄奢之状,可谓周详、明直;抒慨挟怒带愤,不掩其恨,可谓气盛语激。末句"是岁江南旱,衢州人食人",所言惊心动魄,而出语陡然,有一落千丈之势。

其他诗作的末尾也有类似的愤慨之词，如《重赋》末谓"夺我身上暖，买尔眼前恩。进入琼林库，岁久化为尘"，《歌舞》末谓"岂知阌乡狱，中有冻死囚"，《买花》末谓"一丛深色花，十户中人赋"。

白居易的讽喻诗主题明确，语言通俗晓畅，明白易懂，对比鲜明，情感强烈，叙事和议论相结合，并善于以白描手法来刻画人物的心理等。这些特点在上面的引诗中都有典型的体现。

和讽喻诗意激言质不同，白居易感伤诗中的《长恨歌》和《琵琶行》，语气优柔，风致洒落，虽为长篇叙事诗，但抒情性强。《长恨歌》写于元和元年（806年）冬，作者时为周至县尉，当时与陈鸿、王质夫同游仙游寺，话及唐明皇与杨贵妃事，相与感叹，于是白居易作《长恨歌》，陈鸿作《长恨歌传》。《长恨歌》具有双重主题，一是讽刺唐明皇重色误国，二是歌颂他们真挚的爱情。"汉皇重色思倾国，御宇多年求不得"，而杨贵妃"天生丽质难自弃，一朝选在君王侧"，结果是"春宵苦短日高起，从此君王不早朝"，以至于"姊妹弟兄皆列土，可怜光彩生门户。遂令天下父母心，不重生男重生女"。最后导致了安史之乱的暴发。在兵谏之下，唐明皇只好赐死杨贵妃。但在杨贵妃死后，他们的爱情进入了另一个世界："上穷碧落下黄泉，两处茫茫皆不见。""在天愿作比翼鸟，在地愿为连理枝。天长地久有时尽，此恨绵绵无绝期。"诗歌在艺术上语言清丽晓畅，叙事层次清楚，情感细腻真挚，又兼取材于重大的历史事件，将历史巨变与个人爱情结合起来，所以取得了很大的成功，对后世的许多文艺作品产生了影响。

《琵琶行》作于江州，写诗人由京都琵琶女"漂沦憔悴，转徙于江湖间"的遭遇所引起的"迁谪"之感。诗中"同是天涯沦落人，相逢何必曾相识"乃一篇之柱，它表现了诗人对琵琶女的同情，也流露出自己谪居外地的痛苦。诗中描写音乐极为精彩，除用比喻描摹音响、通过写听者的感受来描述音乐效果外，作者还把演奏者的弹奏动作、心理活动同描写音乐形象结合起来，使音乐成为沟通诗人和琵琶女思想感情的媒介。作为叙事诗，《琵琶行》在材料的剪裁上也是匠心独运。作者在能抒情时尽量抒情，不便抒情的情节就一笔带过。"十三学得琵琶成"，"秋月春风等闲度"，概括了十分丰富的生活内容。此外，结构严谨，描写细致，诗句和谐流转，比喻新颖贴切，情景交融，层次分明，富有极强的艺术感染力。

白居易闲适诗的思想意义不高，艺术上则表现出明朗圆熟、自然流丽之美，受陶渊明、韦应物的影响比较明显。例如，《赋得古原草送别》：

　　离离原上草，一岁一枯荣。

　　野火烧不尽，春风吹又生。

　　远芳侵古道，晴翠接荒城。

　　又送王孙去，萋萋满别情。

全诗以生生不息的野草喻感情，清新而廓大，是闲适诗中的佳作。

白居易还有不少以表现友情、山水风光为主要内容的律、绝，流传甚广，如《钱塘湖春行》《暮江吟》《问刘十九》等。

在艺术成就上，白居易讽喻诗最突出的特点首先是"一吟悲一事"。《秦中吟》组诗就是"一吟悲一事"，其他的讽喻诗也具备这样的特点，如前文提到《卖炭翁》中的"苦宫市也"，还有《杜陵叟》中的"伤农夫之困也"等都是。不仅如此，还"首句标其目，卒章显其志"，使诗歌所要讽喻的主题特别集中鲜明，极大地增强了诗歌的现实性。其次是铺陈详尽，情节曲折完整。无论是《卖炭翁》《杜陵叟》还是《红线毯》都能将事情的来龙去脉交代得十分清楚，具有很强的叙事性，而且故事情节典型形象，曲折生动。白居易讽喻诗还善于运用心理刻画、服饰、外貌以及语言的描写来塑造鲜明的人物形象，运用寓言托物的方法来表达自己的社会政治见解，夹叙夹议；语言接近口语，既通俗易懂又锤炼精审。

白居易以《新乐府》为代表的讽喻诗以及他的诗歌理论在当时的影响并不大，"时人罕能知者"（元稹《白氏长庆集序》），但在后世却产生了巨大的影响，晚唐的皮日休、陆龟蒙、罗隐、聂夷中等人就是他的直接继承者。

元稹（779—831），字微之，又字威明，祖籍洛阳，生于长安。25岁与白居易同以书判拔萃科登第，与白居易交往十分密切。元稹功名欲望强烈，性格刚直，好上书论事，指摘时弊。曾任左拾遗、监察御史，后贬为江陵士曹参军、唐州从事、通州司马、虢州长史等，也曾历升至知制诰、宰相，后又被罢为同州刺史，53岁卒于武昌任所。元稹与白居易终生为友，其政治见解、诗歌主张高度一致。其诗论观点，主要见于《唐故工部员外杜君墓系铭并序》《乐府古题序》《叙诗寄乐天书》《上令狐相公诗启》和《和乐天赠樊著作》等诗中。白居易诗歌革新理论的形成，也曾受到元稹诗论主张的启发和影响。

元稹的乐府诗有50余首，除《和李校书新题乐府》12首外，其《乐府古诗》19首，和《连昌宫词》《有鸟二十章》等诗，并不直接标名为新乐府，而实际上都属于新乐府。

《和李校书新题乐府》12首，均为七言古诗，是元稹从李绅《新题乐府》20首中"取其病时之尤急者，列而和之"之作。《乐府古诗》19首，以五古、七古居多，亦有三、五、七言相间杂而成者，是元稹从刘猛、李馀所赋古乐府"咸有新意"者中选和的组诗，皆反映社会问题，讽喻性强，如《和李校书新题乐府·西凉伎》《乐府古诗·田家词》。

元稹后期创作乐府，确实受到白居易新乐府的影响，但其语言风格似乎变化不大。例如，《田家词》依旧题而发新意，主题集中，却词句简练、精妙，音节人古，而思致微婉，意至沉痛，较之白氏明白说尽，更有蕴蓄之趣。《田家词》深刻地反映了农民的艰难生活，对劳动人民寄予了深切的同情：

牛吒吒，田确确。

旱块敲牛蹄趵趵，种得官仓珠颗谷。

六十年来兵簇簇，月月粮食车辘辘。

一日官军收海服，驱牛驾车食牛肉。

归来收得牛两角，重铸锄犁作斤周。

姑舂妇担去输官，输官不足归卖屋。

愿官早胜仇早覆，农死有儿牛有犊，誓不遣官军粮不足。

诗歌写得细腻、泼辣、辛酸，结尾更是用反讽的笔法谴责了官军对人民的祸害。

元稹的《连昌宫词》，被陈寅恪在《元白诗笺证稿》中称，乃"微之取乐天《长恨歌》之题材，依香山《新乐府》之体制改进创造而成之新作品"。该诗借"宫边老人"之口说连昌宫故事，以讽时政。诗歌通过对连昌宫的兴废变迁的描写，对安史之乱前后唐代朝政的得失进行了考察。诗歌的前半部分从"连昌宫中满宫竹，岁久无人森似束"写起，引出"宫中老翁"对连昌宫盛衰的追述；后半部分借作者与老人的问答探讨"太平谁致乱者谁"，最后归纳出了"老翁此意深望幸，努力庙谋休用兵"的主题。诗歌叙议结合，将史实与传闻糅合在一起，蕴含着强烈的情感色彩。《连昌宫词》与《长恨歌》取材大体相同，但劝诫之意明显。《长恨歌》亦有讽喻之义，只是隐含于叙事中，人当思而得之；《连昌宫词》直言时政，明作劝诫，读之即能震动人心。虽然《连昌宫词》轻隽，《长恨歌》婉丽，但铺写细密，宛如画出，语词明丽、富艳。元稹另有一首短诗《行宫》："寥落古行宫，宫花寂寞红。白头宫女在，闲坐说玄宗。"前人谓《长恨歌》一百二十句，读者不厌其长；《行宫》诗才四句，读者亦不嫌其短，二者各臻其妙。

元稹的恋爱诗和悼亡诗也是很著名的，如恋爱诗《会真诗三十韵》《杂忆》《梦游春七十韵》《古决绝词》，悼亡诗《六年春遣怀》《遣悲怀》《江陵三梦》。元稹曾在《叙诗寄乐天书》中云："不幸少有伉俪之悲，抚存感往，成数十首，取潘子《悼亡》为题。又有以干教化者，近世妇人，晕淡眉目，绾约头鬓，衣服修广之度，及匹配色泽，尤剧怪艳，因为艳诗百余首。词有今、古，又两体。"艳诗既有写男女爱恋情事者（包括写夫妻"离思"之情），也有借写男女情爱事以作讽喻者。艳诗在当时影响大，仿效者多，且称其作为"元和诗体"。

总的看来，虽然元稹与白居易在创作主张等方面持相同的主张，但元稹的诗在反映生活的深度、广度、思想性和艺术性等方面与白居易的诗还有一定的距离。

张籍（约766—约830），字文昌，原籍苏州人。贞元十五年（799年）进士及第，曾任太常太祝、水部员外郎、国子司业，人称张水部或张司业。张籍所做多为散官，一生清贫，但其诗作很少描述个人的状况，多反映劳动人民的困苦，言之有物，充满正气。白居易在《读张籍古乐府》中称赞他说："尤工乐府诗，举代少其伦。……风雅比兴外，未尝著空文。"张籍在贞元后期就写作新乐府，其诗歌成就也主要表现在乐府诗的创作上。当时，与张籍同享盛名的乐府诗人有王建，二人所作被后人称为"张王乐府"。张、王写作乐府诗的意义和特点，或如明代文学家高棅在《唐诗品汇·七言古诗叙目》中所说的："大历以还，古声愈下，独张籍、王建二家，体制相似，稍复古意，或旧曲新声。或新题古义，词旨通畅，悲欢穷泰，慨然有古歌谣之遗风，皆名为乐府。虽未必尽被于弦歌，是亦诗人引古以讽之义欤，抑亦唐世流风之变而得其正也软？"总之，张王乐府所代表的写实诗风，是大历诗风新变、渐趋于古的重要表现。

张籍有乐府诗80多首，古题、新题参半。他的诗取材十分广泛，反映现实也比较全面深刻，其中以反映农民苦难生活的诗歌成就最为突出。例如，《野老歌》：

老农家贫在山住，耕种山田三四亩。

苗疏税多不得食，输入官仓化为土。

岁暮锄犁傍空室，呼儿登山收橡实。

西江贾客珠百斛，船中养犬长食肉。

诗歌以平易的语言，简约的诗风反映了农民一年的艰辛，对官僚商人的奢侈进行了无情鞭挞和揭露。

张籍的乐府诗往往以一种曲折的方式来讽喻，如上面的《野老歌》就是铺陈式的描述，没有像白居易的讽喻诗那样直陈其弊。又如《征妇怨》不直写战争给人民带来的灾难，而是写"夫死战场子在腹"；《牧童词》不写苛捐杂税之重，而是借牧童的呵牛之语说"牛牛食草莫相触，官家截尔头上角"；《促促词》不直接写战争的灾难和社会破败的状况，而是写"家中姑老子复小，自执吴绡输税钱"等。这些都表现了张籍乐府诗的特点。

张籍有些乐府诗讽喻之义明显，但也有以俗言、俗事、俗情为诗的特点。其乐府诗极少作点题式的议论，而所写事实，多为人们不大注意的普通民众（多为农民）生活中的小事，即"俗事"，如《樵客吟》《江村行》《白鼍鸣》等。其中，《白鼍鸣》里一句"夜闻鼍声人尽起"，把人们闻雨将至的欣喜和往日为旱所苦的焦虑写得十分生动。诗人只是客观叙写其事，但从诗中却能看出他与民同忧同喜的心情。《江南曲》也是以"俗事"入诗：

江南人家多橘树，吴姬舟上织白纻。
土地卑湿饶虫蛇，连木为牌入江住。
江村亥日长为市，落帆度桥来浦里。
青莎覆城竹为屋，无井家家饮潮水。
长干午日沽春酒，高高酒旗悬江口。
倡楼两岸悬水栅，夜唱《竹枝》留北客。
江南风土欢乐多，悠悠处处尽经过。

诗用白描手法，绘出"一幅江南水乡小镇的民俗画"（罗宗强语），张籍写实之工于此可见，因此姚合称其为"妙绝"之作。

张籍乐府多是自制新题，偶尔也用旧题写今事，如《短歌行》《凉州词》《白头吟》等。但对无论新题、旧题，均将古风、乐府合为一体，风格则显得朴淡、婉曲，能以冷语发其深意。其诗风婉曲、颇得古乐府神韵的名篇，如《节妇吟寄东平李司空师道》。当时，张籍已为他镇幕僚，郓帅李师道又以重币辟之，不敢峻拒，故作此诗以谢。诗用比体，托节妇之言以达意。难得的是，诗以节妇口吻言情之词（如"感君缠绵意，系在红罗襦""还君明珠双泪垂，何不相逢未嫁时"等），既能拒其聘，又不绝其情，深婉之至。从此诗也可看出，张籍乐府还有善于言情的特点。其实,这一特点也表现在他其他诗体(如五律、七绝等)的作品中。

王建(765—830),字仲初,颍川(今河南许昌)人。出身寒微,未进士及第,元和年间为昭应县尉,时已年近50。曾任县丞、校书郎、太府寺丞等闲官,官终陕州司马。王建与张籍契厚,二人唱答之作甚多。所作乐府,也是自制新题者多,偶用古题写今事。其诗不乏俗言、俗事、俗情、俗意,叙事实实在在,而讽喻之义明显。

王建所作诗歌古题乐府约30首,新题乐府170多首。王建的诗在题材方面有新的开拓,如《水夫谣》写一个"官家使我牵驿船"的水夫"辛苦日多乐日少"的生活,描写细腻生动,将一个水夫的痛苦生活刻画得栩栩如生。张、王乐府多为七言古诗,都有写实、尚俗的特点,但张诗多含藏,王诗多外露;张诗婉曲、蕴藉,王诗痛快、直截;张诗善言情,王诗善征事;"王促薄而调急,张风流而情永"(清代毛先舒《诗辩坻》)。然而,在描写人民生活的艰辛时,王建的诗往往并不显得直接和激烈,有时喜欢以一种语重心长的情态来加以表现。如《田家行》:

男声欣欣女颜悦,人家不怨言语别。

五月虽热麦风清,檐头索索缲车鸣。

野蚕作茧人不取,叶间扑扑秋蛾生。

麦收上场绢在轴,的知输得官家足。

不望入口复上身,且免向城卖黄犊。

田家衣食无厚薄,不见县门身即乐。

全诗写收获时的农村场景和农家心境,虽显得平和恬淡,但结尾二句还是道出了题旨。

当然,若论以俗事入诗,描叙细腻、生动,王建不在张籍之下,如《镜听词》。该诗写年轻夫妇分别,"镜听"以慰相思之心,即为当时民俗,而描叙女主人公举止、心态的笔触十分细微、真切。又如《新嫁娘词》其三云:

三日入厨下,洗手作羹汤。

未谙姑食性,先遣小姑尝。

这是用朴素语写民间极小事,"道出便妙,只是一真"(黄生《唐诗摘抄》)。若论以俗语为诗,张籍似有化俗为雅以求古淡的倾向,王建则一味从俗。这一点不单表现在乐府中,其他诗体作品亦有其例。例如,《田家留客》说"丁宁回语屋中妻,有客勿令儿夜啼。双冢直西有县路,我教丁男送君去",《园果》说"雨中梨果病，每树无数个。小儿出入看，一半鸟啄破"。

受乐府写实诗风影响，王建五律、七绝亦多就事直书之作，如《原上新居》其三、《雨过山村》。二诗同以"俗事"入诗，但"俗情""俗意"有异，故前者词气沉重，后者出语清新。王建七绝也有以唱叹口气抒发情怀的，如《十五夜望月寄杜郎中》云：

中庭地白树栖鸦，冷露无声湿桂花。

今夜月明人尽望，不知秋思落谁家。

诗中"秋思"为琴曲名。诗写自己感秋之思，却不明说己之感秋，而问月下听琴而动秋思者何在，且为之感慨无限。情致空灵，美在意境，自与写实者异。

王建还写了一些边塞题材的作品，如《饮马长城窟》《辽东行》《送衣曲》等，还有《宫词》百首，其中也有一些优秀的篇章。

第六节　文学创作之咸通时期

一、黄巢起义的爆发与唐王朝的灭亡

大中十三年（859年），唐宣宗李忱去世，残暴骄奢而又昏庸无能的唐懿宗李漼继位；次年，改元咸通。这使得日薄西山的唐王朝变得更加黑暗腐朽，加快了其走向彻底崩溃的步伐。从咸通元年到唐哀帝李祝天祐四年（907年）这段时间，唐王朝出现了藩镇割据、宦官专权、宦官与朝官之争，以及朝官内部的朋党之争等各种不可调和的社会政治矛盾。这些社会矛盾发展到咸通之后呈现出不可收拾的事态：统治阶级内部集团争斗的最终目的是最大限度地向人民掠夺榨取，以满足他们的贪欲。因此，统治阶级之间矛盾越激烈，社会就会越黑暗、动荡，转嫁到人民，尤其是农民身上的灾祸也就越惨重。于是，激发了人民的武装起义。大中十四年（860年）初以浙东裘甫为首的农民起义和咸通九年（868年）以庞勋为首的桂林戍兵暴动，是懿宗时期规模和影响较大的两次人民起义。虽然起义被先后镇压了下去，但更大的反抗浪潮正在酝酿之中。僖宗乾符初年，爆发了王仙芝、黄巢领导的农民大起义。王仙芝、黄巢先后起义，后协同作战，活动范围主要集中在今山东、河南、湖北一带。不久，王仙芝、黄巢又分兵作战。乾符五年（878年），王仙芝战死，其众投奔黄巢，黄巢的队伍不断壮大。黄巢军转战将近半个唐朝江山，建立了大齐政权，坚持斗争长达十年之久，导致晚唐势力大衰。广明元年（880年）七月，黄巢抓住时机，迅速向北渡过长江，于同年十一月占领东都洛阳，十二月攻入长安，唐僖宗逃往成都。这次农民起义给唐王朝带来了致命的一击，最终导致了唐朝统治的瓦解。叛变投降的朱温成为左右唐末政局的人物，他将内侍省数百名宦官全部杀掉，出使在外的宦官也就地正法，结束了宦官专权的局面。天祐四年（907年），朱温废唐哀帝自立，改国号为梁，定都开封。唐王朝灭亡了。

晚唐时期的举国动乱、民生多艰，在很大程度上影响着文学家们的精神世界及其创作活动。咸通至天祐的近五十年，对于日薄西山的唐王朝来说，夕阳已经没入地平线之下，文人们的眼中已看不到光明，他们耳闻目睹的是"千家数人在，一税十年空"（黄滔《书事》）的乱离景象；所亲身体验的是"蝴蝶梦中家万里，子规枝上月三更"（崔涂《春夕》）的流亡生活；痛切感受的是"大道将穷阮籍哀，红尘深翳步迟回"（李咸用《途中逢友人》）的暗淡前程。在灾难与痛苦不断的社会中，文人们四顾茫然，不知所措，他们的内心充满了空前浓重的忧患意识，这使得他们的作品中无法再现初唐的雍容华丽和盛唐的乐观昂扬，也无法摹拟中唐企望中兴、一心"挽狂澜于既倒"的悲壮精神，甚至也没有了晚唐前期残存的那点匡救衰世末俗的热情，剩下的只有茫然的喟叹与绝望的哀吟了。因此，咸通以后的文学缺乏一种令人感奋愉悦的精神力量。这一时期文坛的黯淡景象是与社会政治、经济和文化领域的混乱而萧条的景象相符的。

咸通以后，受到历史环境和文人心理的制约与影响，作为文学创作的主要形式，诗歌和散文都在不同程度上表现出感伤与愤世两大思想特征，感伤是一种注定了没有出路而倍感无奈的幻灭性的悲哀；而愤世更是一种看不到时代曙光而诅咒其快些灭亡的绝望。在这种思想倾向影响下，文人创作出现了两种看似矛盾、实则统一的基本内容：归隐求静与激烈骂世。这两种内容在当时大多数作家的创作中是同时并存的，比如罗隐一方面对于黑暗世界进行着深刻揭露，另一方面又热切希望超脱于这浊世之外；司空图一方面宣称"自此致身绳检外，肯教世路日兢兢"（《退栖》），另一方面却"愁看地色连空色，静听歌声似哭声"（《浙上二首》之二），对那衰乱之世难以完全忘怀。由此可见，这一时期的作家都有一种彼此相近的悲观失望的心理情态，对大势已去的唐帝国深感绝望。这种相近的心理决定了这一时期美学追求的主要倾向："作家的兴趣由现实转向历史，由外界转向内心，由广阔的社会转向江湖山林或闺阁庭院，极力在乱世之外觅出一小块净土，求得自己痛苦心灵的暂时平静与慰藉。"这种风尚的转移决定了这一时期的文学创作风格，除了一些骂世刺时之作外，大多数风格趋向绮靡或淡泊，意境趋向幽微和纤丽，技巧变得细巧以致琐碎。从体裁样式的采用上来看，这一时期的诗人已无法写出李白、杜甫、白居易乃至李商隐、杜牧那样大气包举的长篇歌行，而只能局促地创作一些短小的五七言律绝了；作家们写文章时也无法写出像韩愈、柳宗元那样操纵自如，长短、大小皆宜的作品，而只能创作出几百字甚至不足百字的即兴小品。这一时期的文坛之所以黯淡无光，并非是这些作家缺乏才气与风度，而是现实社会已经无法引发作家悲壮宏阔的激情远志，他们只能转移艺术的目光，去低声细吟地为行将灭亡的唐王朝唱一些短小的挽歌，或发出几声生不逢时的叹息。这是时代的不幸，也是文学的不幸。

二、黑暗中的烛光——皮日休与陆龟蒙

皮日休、陆龟蒙的诗歌创作直接继承和发扬了中唐新乐府诗风，从多个方面反映社会现实与民生疾苦，具有批判性和民主精神，同时，他们的诗歌创作又追求淡泊情思与通俗平易的境界，从而取得了一定的艺术成就，成为晚唐时期诗坛上的一抹亮色。

（一）皮日休的诗歌

皮日休（约834—883），字袭美，一字逸少，曾居住在鹿门山，因此自号鹿门子，又号间气布衣、醉吟先生，与陆龟蒙齐名，世称"皮陆"，今湖北天门人（《北梦琐言》）。咸通八年（867年）进士及第，但他并没有因此获得官职。咸通十年（869年），崔璞以谏议大夫为苏州刺史，聘皮日休为州军事判官。在这之后，皮日休结识了陆龟蒙。咸通末或僖宗乾符初，皮日休又到长安，任太常博士。黄巢起义后，他重回吴中，任毗陵节度副使。后参加黄巢起义，起义失败后不知所踪。

皮日休具有鲜明而系统的文学主张，他在《正乐府十篇》的序中明确地强调乐府诗的政治作用："乐府，盖古圣王采天下之诗，欲以知国之利病，民之休戚者也。……诗之美也，闻之足以观乎功；诗之刺也，闻之足以戒乎政。"又批评晚唐颓靡诗风说："今之所谓乐府者，唯以魏晋之侈丽，陈梁之浮艳，谓之乐府诗，真不然矣。"这些主张，直接继承了白居易的现实主义诗歌理论和中唐新乐府运动的进步传统，并与汉乐府民歌"缘事而发"的精神遥遥相通。

皮日休现实主义诗篇的思想性主要体现在对苦难人民充满同情，以及对剥削者、压迫者进行愤怒控诉上。唐末由于封建统治阶级加重了对人民的剥削和压迫，加上连年天灾无法抗御，平民百姓陷入水深火热之中。例如，皮日休在《三羞诗》

之三中以沉痛的笔触写出了淮右蝗旱、民多家破人亡的惨相：

天子丙戌年，淮右民多饥。

就中颍之汭，转徙何累累。

夫妇相顾亡，弃却抱中儿。

兄弟各自散，出门如大痴。

……

荒村墓乌树，空屋野花篱。

儿童啮草根，倚桑空羸羸。

斑白死路傍，枕土皆离离。

这首诗描绘了一幅惨不忍睹的灾民流离图。诗的后半部分，诗人沉痛地指出："厉能夫人爱，荒能夺人慈"，并将灾民的苦难与自己"一身既饱暖，一家无怨咨"的小康日子进行对比，感到深深的惭愧和不安。

皮日休所处的时代，正是唐王朝面临内忧外患、战祸频仍的时期，将帅们靠打仗发财升官，人民却承受了全部苦难。皮日休的悯民之作，愤怒控诉了战争给人民带来的深重苦难。例如，《三羞诗》之二：

军庸满天下，战将多金玉。

刮则齐民痛，分为猛士禄。

……

昨朝残卒回，千门万户哭。

哀声动闾里，怨气成山谷。

《正乐府十篇》中的《卒妻怨》更是声泪俱下地为死难士卒的家庭进行哀悼：

处处鲁人鬈，家家杞妇哀。

少者任所归，老者无所携。

况当札瘥年，求粒如琼瑰。

累累作饿殍，见之心若摧。

其夫死锋刃，其室委尘埃。

以上作品大都是从大画面上来表现人民的疾苦，而《橡媪叹》一诗则通过具体人物及其很有代表性的遭遇，深刻地反映了人民的悲惨命运：

秋深橡子熟，散落榛芜冈。

伛偻黄发媪，拾之践晨霜。

移时始盈掬，尽日方满筐。

几曝复几蒸，用作三冬粮。

山前有熟稻，紫穗袭人香。

细获又精舂，粒粒如玉珰。

持之纳于官，私室无仓箱。

如何一石余，只作五斗量？

狡吏不畏刑，贪官不避赃。

农时作私债，农毕归官仓。

自冬及于春，橡实诳饥肠。

吾闻田成子，诈仁犹自王。

吁嗟逢橡媪，不觉泪沾裳。

这首诗主要讲述了一个老农妇辛勤生产的粮米被官府剥削光了，只好拾橡子充饥的故事。橡媪的悲惨遭遇是当时农民受剥削受压迫命运的一个缩影。诗中反映出的封建官府对人民的掠夺以及人民痛苦的生活，具有高度的典型性和真实性。作品的思想内容和语言风格都具有民间歌辞的特色。

皮日休清楚地知道人民的疾苦从何而来，因此他在忠实地反映人民苦难生活的同时，把犀利的笔锋指向造成人民不幸的统治阶级。《橡媪叹》中强烈谴责了"不畏刑"的狡吏和"不避赃"的贪官，指出唐末的统治者连"诈仁而王"的田成子都不如。另外，《哀陇民》也是皮日休反映现实，同情人民疾苦、揭露统治阶级罪恶的代表作，诗中写道：

陇山千万仞，鹦鹉巢其巅。

穷危又极险，其山犹不全。

蚩蚩陇之民，悬度如登天。

空中觇其巢，堕者争纷然。

百禽不一得，十人九死焉。

陇川有戍卒，戍卒亦不闲。

将命提雕笼，直至金堂前。

彼毛不自珍，彼舌不自言。

胡为轻人命，奉此玩好端。

吾闻古圣王，珍禽皆舍旃。

今此陇民属，每岁啼涟涟。

诗人满怀悲痛地写出了陇山人民被迫捕捉鹦鹉进贡，以致"十人九死焉"的惨景，并质问只知荒淫取乐、不顾人民死活的权贵富豪："彼毛不自珍，彼舌不自言。胡为轻人命，奉此玩好端"，对地方官吏为了进奉这种玩好之物讨好上司而轻视人命，使人民堕入苦难的深渊进行了强烈谴责，充分体现了富于正义感的诗人对人民的深切同情。

《贪官怨》一诗更是集中地批判了代表统治阶级腐朽性、寄生性的贪官污吏，诗中前面一部分写道：

国家省阋吏，赏之皆与位。

素来不知书，岂能精吏理？

大者或宰邑，小者皆尉史。

愚者若混沌，毒者如雄虺。

诗中形象地描绘出窃踞封建国家机器的大大小小蛀虫的贪残昏庸之相，具有强烈的针对性。此诗的后面一部分是作者为改变这一弊政而提出的改良之策，反映出作者思想的历史局限性。

诗人在另一类诗中将"尽日一菜食，穷年一布衣。清似匣中镜，直如琴上丝"（《七爱诗·元鲁山》）的清官树为表率，希望多有这样的德行高洁之士出来挽回封建国家的危局。然而这只是作者一厢情愿的痴想。唐末时期，整个统治阶级都腐朽了，单凭个别清官廉吏的力量又怎么能够挽救唐王朝于危亡之中，因此，他的歌颂不如他的揭露来得深刻。不过皮日休比同时代作家高出一筹的是，他能尖锐地看出贪残凶狠是整个官僚富豪阶层的共性，而不只是个别官吏和财主的罪行，所以他能在《偶书》一诗中得出"为富皆不仁"这样闪光的结论。

皮日休还有一些咏物诗，借自然之物发端，寄托了自己对财产占有者的憎恶和对穷人的同情，如《金钱花》：

阴阳为炭地为炉，铸出金钱不用模。

莫向人间逞颜色，不知还解济贫无？

他还有一些咏史的短章，时标伟论，发表自己大胆的政治见解，这与其现实主义诗歌精神是一致的，如《汴河怀古二首》之二：

尽道隋亡为此河，至今千里赖通波。

若无水殿龙舟事，共禹论功不较多。

这首诗立论警策，诗人对隋朝开凿大运河之事发表了自己的看法。隋炀帝时，发河南淮北诸郡民众，开掘了名为通济渠的大运河，消耗了大量民力物力。唐诗中有不少作品是以这个历史事件为题材的，大都从隋亡于大运河着手。皮日休却反其道而行之，在批判隋炀帝开运河的主观动机的同时，也不抹杀这一工程在客观上的积极作用，这是很有见地的。

皮日休出身"寒门"，非常接近人民，当他青年出游时，又广泛接触了社会现实，看到阶级矛盾的尖锐，因此他前期的诗很自然地受到了白居易的影响。这些诗在艺术上与白居易的讽喻诗非常相近，主要表现为以下几点：第一，主题的专一和明确。一首诗只集中写一件事，不涉及其他事件，不另出新意，在题材上采取与《秦中吟》相似的"一吟悲一事"的写法。第二，叙事和议论相结合。每一首叙事作品总是先叙事，然后发表为议论，对所写之事做出明确的评价，"卒章显其志"。有的诗议论比较成功，如《橡媪叹》篇末略略数语，对官府痛加谴责；《三羞诗》之二、三通过灾民与自己生活的对比和议论，自然引出"羞愧"之意。但也有的诗议论过多，且流于呆板、枯燥的说教，成为败笔。第三，由于以立意为主，因此风格比较朴素，语言通俗、质朴、真切、不事雕绘（当然也有的诗句缺乏锤炼，且太尽太露）。这些都是有意采用的手段，以达到讽喻当事者的目的。

以咸通八年中进士为界，皮日休的诗分为前后两个时期。他现存的诗中没有参加农民起义后的作品，所谓后期诗是指他在吴中的作品。这类诗与前期作品风格迥异。其中的优秀之作也值得一提。比较出色的如《鲁望读襄阳耆旧传见赠五百言过褒庸材靡有称》，开头"汉水碧于天，南荆廓然秀"，以洗练的字句概括地描写出襄阳山水的秀美。下面先略举楚汉历史人物屈原、诸葛亮，然后着重写襄阳的当代名流张柬之、孟浩然，对他们的功业和品格赞颂备至，从而表现了作者对"民安而国富"的盛唐景象的向往和对唐朝中兴的渴望。此诗辞旨丰美，章法严密，情文并茂。又如《太湖诗》十二首，以精心锤炼的文字，历历叙写其亲身探赏太湖风光的所得，辞藻清丽，意境深美。但也应看到，皮日休的应酬作品有不少专门玩弄技巧、掉书袋和玩文字游戏的诗歌，既缺乏真情实感和深刻的思想，也缺乏生动鲜明的形象。

（二）陆龟蒙的诗歌

陆龟蒙（？—881），字鲁望，别号天随子、江湖散人、甫里先生，江苏吴县人。陆龟蒙出身官僚世家，其父陆宾虞曾任御史之职。到他掌家时，门庭冷落，只能算是一个藏身乡间的小地主。在荒年或者农活吃紧的时候，陆龟蒙还亲自参加一些农业生产劳动。早年的陆龟蒙热衷于科举考试，他从小就精通《诗》《书》《仪礼》《春秋》等儒家经典，自称有"致君术""活国方"（《村夜二篇》），但又认为"命既时相背，才非世所容"（《自和次前韵》）。屡试不第之后，跟随湖州刺史张博游，曾被聘为其幕僚，后来他就到松江甫里隐居。陆龟蒙曾与颜荛、皮日休、罗隐、吴融等人为友。其中，与皮日休的关系非常亲近，两人频繁交游，互相推许，经常唱和。陆龟蒙性情耿介孤高，隐居之后，只是喝茶饮酒，以读书论撰为乐。朝廷曾以高士征召，他辞而不就。陆龟蒙生平著述勤奋，但历年不整理。僖宗乾符六年（879年）底，他才将自己的部分诗赋杂文编纂为《笠泽丛书》，并亲自作了序，中和初年因病去世。昭宗光化三年（900年），韦庄上表请求追赐陆龟蒙等不及第才子进士及第，并赠官职。于是，陆龟蒙得到了进士空名和"右补阙"的虚衔。

陆龟蒙的现实主义诗歌与皮日休的精神是一致的，通过抒情述志来表达对黑暗现实的强烈不满。《村夜二篇》《杂讽九首》《五歌》（《放牛歌》《水鸟歌》《刈获歌》《雨夜歌》《食鱼歌》）等组诗就是他愤慨时事、同情人民的优秀代表作品。比如《村夜二篇》之二里，就揭露了阶级对立，反映了当时劳动人民的悲惨生活：

所悲劳者苦，敢用词为诧。
只效刍牧言，谁防轻薄骂？
嘻今居宠禄，各自矜雄霸。
堂上考华钟，门前仁高驾。
纤洪动丝竹，水陆供鲙炙。
小雨静楼台，微风动兰麝。
吹嘘川可倒，眄睐花争姹。
万户膏血穷，一筵歌舞价。
安知勤播植，卒岁无闲暇。
种以春鸟初，获从秋隼下。
专专望穜稑，揩揩条桑柘。
日晏腹未充，霜繁体犹裸。
……

诗中的"万户膏血穷，一筵歌舞价"警句揭示了统治阶级的淫乐是建立在对人民敲骨吸髓的剥削基础之上的。组诗《杂讽九首》乃刺世诗，其对黑暗的唐末社会里各种腐朽和不合理的现象进行了猛烈的抨击，同时表达了自己怀才不遇的牢骚苦闷。最后一首尤为愤激：

朝为壮士歌，暮为壮士歌。

壮士心独苦，傍人谓之何。

古铁久不快，倚天无处磨。

将来易水上，犹足生寒波。

捷可搏飞狖，健能超囊驼。

群儿被坚利，索手安冯河。

惊飙扫长林，直木谢楠枓。

严霜冻大泽，僵龙不如蛇。

昔者天血碧，吾徒安叹嗟。

诗中的慷慨悲歌，大笔淋漓，具有陶渊明"刑天舞干戚，猛志固常在"的"金刚怒目"之态。《五歌》之三《刈获歌》更具体地描述了灾荒之年农民的苦难："自春徂秋天弗雨，廉廉早稻才遮亩。芒粒稀疏熟更轻，地与禾头不相拄。我来愁筑心如堵，更听农夫夜深语。凶年是物即为灾，百阵野凫千穴鼠。平明抱杖入田中，十穗萧条九穗空。"并说："今之为政异当时，一任流离恣征索。"对统治者不顾人民死活，大灾之年还要横征暴敛的野兽之行提出了愤怒控诉。这些愤世之作，在强烈的主观抒情气氛中写出了那个时代遭遇坎坷的正直知识分子的精神面貌。

陆龟蒙以高士自居，隐于松江甫里，追求淡泊的境界。他的一些绝句，如《钓矶》三十首《自遣诗》，或抒写自己的高洁情操，或描摹如画的自然风光，或怀古、或忆旧，表现了多方面的生活情趣和内容，艺术上很见功夫，具有很高的美学价值。比如《白莲》：

素蘤多蒙别艳欺，此花端合在瑶池。

无情有恨何人觉，月晓风清欲堕时。

这是一首酬和皮日休的咏物诗，寄托深远，所咏的花遗貌取神，成了自拔于流俗、出淤泥而不染的作者自我形象的化身。前人赞它为"取神之作"（《唐诗别裁》）。另一首与皮日休的酬和诗《和袭美春夕酒醒》又别开生面：

几年无事傍江湖，醉倒黄公旧酒垆。

觉后不知明月上，满身花影倩人扶。

这首诗很典型地表现了诗人淡泊为心、了无牵挂的情怀。诗人不写红烛等物，不为原唱所拘，径自用闲放自然的笔调，写诗人放达潇洒的情怀和风度。"无事傍江湖"的处境中，推出一副"满身花影倩人扶"的悠然醉态，把诗人那种带世俗色彩的"江湖散人"形象表现得很逼真。又如《怀宛陵旧游》：

陵阳佳地昔年游，谢朓青山李白楼。

惟有日斜溪上思，酒旗风影落春流。

这首诗笔触清丽，意境幽远，尤其末句写景绝妙传神，有"佳句，诗中画本"（《唐诗别裁》）之誉，显出作者深厚的艺术功力。

当然，陆龟蒙的诗也具有一定的不足之处，其与皮日休唱和的作品，流于文人间无聊的相互吹捧，属于浪费才华的平庸之作。此外，他的一些诗刻意追求险怪，语言每每纤巧冷僻，缺乏优美的意境和健康的风格。

第三章　唐代文学——风俗文化

风俗是一个民族相沿积久的文化现象，是人们在长期社会交往中，在物质文化与精神文化生活中所形成的集体习惯。包括物质的（衣、食、住、行等）、社会的（家族、村落等）、精神的（民间信仰等）和语言的（称谓、神话、传说等）等诸多方面。各方面的风俗在社会生活中以多层次的结构存在着，虽然历来的研究著作所论述的范围不尽一致，颇有出入，但根据学界的一般性认定，可以按照其表现于生活的深浅程度而做一些区分、排列：存在于物质生产、生活的风俗文化，是最基本的生活内容，也最易于为大众所认识；其次为存在于社会交际、社会组织中的习俗；而积淀于人们心理结构中的一些信仰、价值观等心理积习，属于精神习俗，其表现于民众生活最为隐性，又难以确切界定和把握，但因所关涉的是心理、精神习俗，于文学与文体而言，是更相近的领地，故而也是我们关注的重点。

唐代是我国封建社会辉煌灿烂的时期，也是风俗文化大发展的时期。纵向来看，唐代风俗文化承继了以往的传统风俗，南朝旧俗和北朝胡俗在这一时期得到进一步整合。同时又增添了许多时代新风习，这些使唐代风俗文化较以往更为丰富而广泛。横向而言，唐代经济、文化处于世界领先地位，首都长安是当时世界上人口最多，最为繁华、最为富庶和文明的城市，开放的对外政策，使唐代风俗文化在频繁的中外交往中通过兼收并蓄进一步走向多元复合的发展。

这一时期，生产力空前发展，城市手工业和商业的发展带来了城市的繁荣；社会风气开放，民众空前摆脱礼教束缚，追求个性自由；各民族实现大融合，对外经济文化交流频繁；科举制度的确立，为文人步入仕途提供了机遇，也带来了社会风习的变化。

第一节　唐代风俗文化与唐代文人

一、唐朝崇文风习与诗满唐朝

一些文体本身即是当时风俗文化的载体和体现者，风俗的传承与文体的创作与传播密切相关，许多风俗文化中特有的民俗事项因进入文学作品中而成为典型的文学意象，使二者密不可分，在一定程度上构成同构同质的文化现象而流传。

研究者往往习惯于强调风俗对文体创作的影响，而忽略文体对风俗文化的影响。当然，相对于前者而言，后者并不十分直接、明显。文体对风俗文化产生影响，其前提是文学空前繁荣并对整个社会产生深远影响。历史上，文学空前繁荣且对整个社会产生深远影响的朝代为数不多，所以这种影响不易被人们所关注。唐朝是诗歌的朝代，文学的王朝，全社会被浓郁的文学空气所包围。重视、热爱文学的民俗风情遍布整个社会，文学传播普及社会各个阶层，这在封建社会历史朝代中是空前的。无论是文学作品的创作、传播、欣赏、消费还是诗人受爱戴的社会地位，唐代都到达了封建时期之巅峰。闻一多说："一般人爱说唐诗，我却要讲'诗唐'，'诗唐'者，诗的唐朝也，懂得了诗的唐朝，才能欣赏唐朝的诗。"诗的唐朝，诗的王朝，文学创作与消费已经渗透到社会各个阶层，普及到普通百姓中，文学运用深入到日常社会生活中，遍布民间；热爱和尊崇诗人已经成为一种普遍的社会风习。

这种重视、热爱文学的民情风俗是唐代具有典型代表性的风俗文化，是整个时代最为突出的社会风尚之一，深刻影响了唐人的社会观念、思维与行为方式、生活理念，也深刻影响了文人和文体创作。

（一）文人崇拜风习与创作心理的激发

唐代是中国历史上诗歌发展的鼎盛时代，社会各阶层对诗歌的喜爱，表现在日常生活的各个方面，尊崇诗人即是最重要的表征。唐代文人受到社会的普遍崇敬，许多文人因诗名享誉当时，成为民众敬慕的对象，其得到追捧和热爱的程度不亚于今日当红之明星：

"长安冰雪至夏月，则价等金璧。白少傅诗名动于闾阎，每需冰雪，论筐取之，不复偿价，日日如是"，"闾阎"，即民间、老百姓。白居易因为诗名在民间很大，受到了老百姓自发的尊重和爱戴，所以即使夏日冰雪价同黄金，他也可以从商家那里一筐一筐地白拿，可见其受追捧程度。

民间崇拜诗人的不仅仅是普通民众，连强盗打劫遇到久闻的诗人都转而弃财索诗，将其诗歌看得贵于黄金。

《唐才子传》载："（李）涉工为诗，词意卓荦，不群世俗。长篇叙事，如行云流水，无可牵制，才名一时钦动。初，尝过九江皖口，遇夜客方跧伏。问：'何人？'曰：'李山人。'豪首曰：'若是，勿用剽夺，久闻诗名，愿题一篇足矣。'涉欣然书曰：'暮雨潇潇江上村，绿林豪客夜知闻。他时不用藏名姓，世上如今半是君。'大喜，因以牛酒厚遗，再拜送之。"后来此盗贼隐居循州，一次向他人追忆自己人生轨迹，自言所获李涉此诗改变了其人生道路："老身弱龄不肖，游浪江湖，交结奸徒，为不平之事。及遇李涉博士，蒙束此诗，因而跧迹……"强盗都见诗人而忘劫财，又因诗而转变，足显诗人在当时所受追崇之甚和诗歌的影响力。

"旗亭画壁"的故事是唐代文坛的一段佳话，多被各种文学史所援引，薛用弱《集异记》所载："开元中，诗人王昌龄、高适、王涣之（应为之涣）齐名，一日天寒，三人于旗亭共饮，有梨园伶官十数人会宴，因相约密观诸伶所讴，以其诗入歌词之多者为优，三人欢噱异常，引起诸伶官惊奇，昌龄等因话其事。诸伶竞拜曰：'俗眼不识神仙，乞降清尘，俯就筵席'，三子从之，饮醉竟日。"引用此则材料者多关注三人的赛诗，实际上此处足见诗歌在社会传播之广泛，也说明民间对诗人的崇拜，在他们看来，诗人如同神仙一般，是仰慕的对象。事实上，唐代诗人很多被称为"谪仙人"，把诗人比作被谪居人世的"仙人"。

尊崇诗人之风普及整个社会，下遍于民间，上及于朝廷王相，诗人王维诗名盛于盛唐，王公贵族、帝王将相竞相追捧：

维以诗名盛于开元、天宝间，昆仲宦游两都，凡诸王、驸马、豪右、贵势之门，无不拂席迎之，宁王、薛王待之如师友。

代宗时，缙为宰相。代宗好文，常谓缙曰："卿之伯氏，天宝中诗名冠代，朕尝于诸王座闻其乐章。今有多少文集，卿可进来。"缙曰："臣兄开元中诗百千余篇，天宝事后，十不存一。比于中外亲故间相与编缀，都得四百余篇。"翌日上之，帝优诏褒赏。

此种社会风习并没有因为安史之乱而消退，直至晚唐依然盛行，通行整个朝代：

咸性明敏，达于吏道。伏膺儒术，招纳文人，聚书至万卷。每花朝月夕，与宾佐赋咏，甚有情致。钱塘人罗隐者，有当世诗名，自号"江东生"。咸遣使赂遗，叙其宗姓，推为叔父。隐亦集其诗寄之。威酷嗜其作，目己所为曰《偷江东集》，凡五卷，今邺中人士讽咏之。

社会尊崇文人之风习，提升社会上文人之地位，为文人的社会处境及社会地位奠定基础。这在当时有着一系列的社会现象表现，如文人四处出游得到友好的接待，有名望之文人的诗文价值不菲等，而其中最重要的社会反作用是引起作诗为荣的社会心理，从而激发民众的创作动力。

作诗为荣的社会心理从不会吟诗之人亦强要作诗中最能体现出来。唐朝武将史思明，本是一介武夫，但却以不识文字之文化程度强要附庸风雅："史思明忽然好吟诗，每就一章，便大肆宣扬，听者绝倒。史思明在东都洛阳，子在河北，尝欲以樱桃赐其子朝义及周贽，作《樱桃子诗》，以彩笺敕左右书之。诗曰：'樱桃一笼子，半赤一半黄。一半与怀王，一半与周贽。'小吏龙潭进曰：'请改为"一半与周贽，一半与怀王"，则声韵相协。'思明曰：'韵是何物？岂可以我儿在周贽之下。'宠其儿朝义，却随之被朝义所杀。事之好还，天道固然。"

这也从反面映衬社会喜爱诗歌，文人得到社会尊崇之时风。因文人得到社会尊崇，自然成为社会各阶层人士追慕、趋同之对象，因而会作诗也成为宣扬身份与素质的方式。

作诗为荣的社会心理激发的不但是附庸风雅的武将，更是激发了整个社会民众的创作心理，当然最主要的是调动了诗人的创作热情，整个时代诗歌创作数量惊人。众所周知，创作动机的产生首先依赖于客观情境的激发。外界信息被创作主体接受后，立即成为引发其内驱力的诱因和传媒，形成创作动机。这种内驱力是储存于作家内心的一种心理势能，一旦找到对应的外界客体，便通过媒介物得到释泄、抒发。可见，创作动机的动力结构主要由两个部分构成：一是外界刺激力，二是内部驱动力。而尊崇诗人的时代风气及其引导的作诗为荣的社会心理作为外界刺激力，充分调动了文人的创作热情，也刺激了民众的创作欲望。《全唐诗》收录五万余首诗歌，但这只是唐诗的一小部分，大量的诗歌没有流传下来。而总人口在最盛时期约为五千万的朝代，传世知名诗人就有两千三百多人，可以想见当时诗歌创作之巅峰状况，而这些无疑离不开尊崇诗人之时代风尚的影响。

（二）乐文之风与诗满唐朝

尊崇文人之风还是源自对诗歌的喜爱，唐人爱好诗歌阶层之普遍、程度之热烈，纵观中华文明史，可谓空前绝后。从王侯将相到普通百姓，从后妃宫女到家庭妇女，从青楼歌女到市井走卒，从文臣武将到僧人道士，无不爱诗、写诗，唐代进入了一个全民学诗、全民用诗的时代，我们从当时文人的记载中即可随意目睹其盛况：

> 自长安抵江西，三四千里，凡乡校、佛寺、逆旅，行舟之中，往往有题仆诗者；士庶、僧徒、孀妇、处女之口，每每有咏仆诗者。
>
> ——白居易《与元九书》

> 其有所得，多入佳境，迥拔孤秀，出于常情，每一篇绝笔，则人人传写，虽间里士庶，戎夷蛮貊，莫不讽诵吟习焉。
>
> ——杜确《岑嘉州集序》

> 李益，故宰相揆族子，于诗尤所长。贞元末，名与宗人贺相埒。每一篇成，乐工争以赂求取之，被声歌，供奉天子。至《征人》《早行》等篇，天下皆施之图绘。
>
> ——《新唐书·李益传》

> 自唐末，无赖男子以札刺相高，或铺《辋川图》一本，或砌白乐天、罗隐二人诗百首。
>
> ——《清异录》卷三

以上材料让我们足以窥见当时人人爱诗，无论出于什么阶层，无论在宫廷还是在边远地区，整个社会喜爱诗歌，阅读、传唱甚至以诗刺身的空前盛况。

除了流行范围与阶层的广泛之外，诗歌深入到民众生活的方方面面更是全民用诗的重要表现。唐人生活中用诗歌来表情达意，用诗换物，吟诗饮酒，歌舞传唱，行旅题诗，赠答、送别、游览观光、宴会，节日聚会，各种社交活动更是少不了诗歌的助兴，翻开唐代社会生活史，几乎每一个角落都可以窥见诗歌的影子。总之热爱文学、全民用诗的社会风气让这一时期的社会风俗渗透了诗一般的意境，使唐代社会风俗带上浓厚的诗意特征，是该时代风俗文化最为显著的特点。

上述诸方面早已习见于各类文学史，这里就不再赘述。诗歌更是应用于教育领域。欧阳修幼时还诵得晚唐诗人的诗句，而所记诗句已失传，可见我们通过文献记载所窥远远不能全面反映当时诗歌之兴盛。

> 郑谷诗名盛于唐末，号"云台编"，而世俗但称其官，为"郑都官诗"。其诗极有意思，亦多佳句，但其格不甚高。以其易晓，人家多以教小儿，余为儿时犹诵之，今其集不行于世矣。
>
> ——欧阳修《六一诗话》

宋代人在生活中犹感受到唐代诗歌之现世流传，显见唐人诗歌流传民间影响时间之久。诗歌在民间的普遍运用之时风世俗，让社会的文艺需求陡增，社会风气带来接受群体的普及，而群体的需要将反馈和影响诗人的创作。所谓"天意君需会，人间要好诗"，诗满唐朝、诗满人间的社会文化风尚必然促进文学消费的增长，读者的呼唤和要求，直接促进诗歌的创作，从而普遍运用于日常生活。无疑诗歌比其他朝代在审美功能、文化功能之外更发挥交际功能、娱乐功能。唐人在相互赠送、联络感情、应制献诗、节日应景等各方面，也创作了大量的诗歌。几乎凡是语言文字能表达之处，都有诗歌的存在，诗歌进入了唐代社会生活的方方面面。文学创作与消费已经渗透到社会各个阶层，普及到普通百姓中，文学运用深入到日常社会生活中，遍布民间。文学生产与文学消费的关系告诉我们，文学消费与文学生产相互促进，文学消费制约着文学生产的方式与规模，因此唐代全民用诗的社会风俗既是诗歌繁荣的推动力，也是诗歌繁荣的社会表征。

同时，文学消费的扩展，阅读群体的普及，使文人重视其作品在民间的传播，以民众之喜好作为衡量作品的重要标准。许多诗人都先在市井中声名鹊起，诗歌为妓女乐工所传唱，获得民众的承认和传扬，从而在社会上获得诗名，因此诗人都广泛重视民众阅读群体对自己诗歌的认同，如白居易诗成先令以老妪解之，让自己的诗歌贴近百姓，因此才有"童子解吟《长恨曲》，胡儿能唱《琵琶篇》，文章已满行人耳"的普及民间效果，白居易本人也看重自己的诗歌遍于民间："凡乡校、佛寺、逆旅、行舟之中，往往有题仆诗者、士庶、僧徒、孀妇、处女之口，每每有咏仆诗者。"诗人们都因自己诗歌在社会上广为传播而获得成就感，如元稹就曾说："禁省、观寺，邮候墙壁之上无不书，王公、妾妇、牛童、马走之口无不道。至于缮写模勒，衒卖于市井，或持之以交酒茗者，处处皆是"，对自己和白居易的诗歌在当时产生广泛影响而颇为自豪。市井是传播诗名的重要场所，诗人陈子昂即深谙此道，文学史上有关他摔琴博名的一段佳话，即选择在市井场所，正是因为市井民众的广泛传播，让他从携诗文百轴，四处求告而无人赏识之境，而转变为一日之内，便名满京城。其摔琴之举旨在博取关注，赢得宣传机会；而其诗作工巧，得到大众认同，民众争相传看，才是赢得诗名的关键。因而诗人重视市民的认同即是获得诗名的重要基础，下达于上，是文名传播的一条重要途径，故而诗人多竞誉于市井，重视民众的评价和品味。民众热爱文学之风加强了文学受众对文学创作的影响。

（三）贵文心理与诗文价值的商业认同

唐代文学的商业气息较少被学者关注。事实上，唐代尊崇诗人，热爱文学之社会风气必然带来对一些文体的重视，而好的文学作品自然得到追捧，高昂的文学热情刺激了文学消费的高涨，诗文出现商业化趋势。

1. 贵文心理与诗文价值的商业体现

隋唐以来，随着疆域的开拓、交通业的发展以及城市的繁荣，商业经济迅速崛起，"扬一益二"的民谚道出的是全国繁华都市众多，而扬州与成都成为翘楚。王建的一首《夜看扬州市》："夜市千灯照碧云，高楼红袖客纷纷。如今不似时平日，犹自笙歌彻晓闻"，足以让人从当时夜市之盛况窥想其时商业之繁荣。社会意识是社会存在的反映，商业活动以及商业文化的影响已不容忽视，作为社会信息载体的文艺，也自然出现商业意识的萌发。而民众对诗文作品的高度热情，让诗文作品广受追捧，造就民众商业意识中的贵文风习。

有这样一则民谣："十金易一笔，百金偿一篇。"此谣的背景是唐末彭玕通《左氏春秋》，尝募求西京《石经》，厚赐以金。广陵笔工李郁者善为诗什，彭玕赠书于郁，以白金十两市一笔；又令郁访石本《五经》，卷以白金百两为直。此谣是出重金求石刻之文，其出金之重，显示对经文的重视，同时也显示唐人心中文的商业价值。诚然，一字千金的重金求文之事早在先秦即已出现，但那更带有悬赏意味。唐代喜爱诗文的群体心理趋势，带来以文为贵的价值取向，造就好文无价的思想观念，从而引起包括商界在内的各个阶层的追捧。

贵文观念在谣谚中的反映，更映衬出这一观念乃民众的诗文价值反映。盛唐时期流传的一则民谣以黄金来喻美文之贵重："前有胡楚宾，后有李翰林，词同三峡水，字值万黄金。"胡楚宾，高宗时文学家，参与朝廷机密要事，时人称为"北门学士"。他才华睿智、文思敏捷，而且有酒中撰文的习惯。高宗每令作文，必以金杯盛酒令饮，便以杯赐之。无独有偶，李白曾得到玄宗重金赏赐。后人将其与李白比譬，称为"前有胡楚宾，后有李翰林"，其文价值都是"万黄金"。万黄金的虚指，代表的是好诗好文的无价思想。

好文价同黄金，显见时人对文学的看重，故而学得诗之人也会因此而更高一筹："及再来长安，又闻有军使高霞寓者，欲聘娟妓，妓大夸曰：'我诵得白学士《长恨歌》，岂同他妓哉？'由是增价。"唱得《长恨歌》的妓女价格不同。因为能背诵白居易的作品，故而自觉身价不同他人。贵文心理带给民众广泛的影响，事物可因文而贵。

社会心理的影响无形而强大，给同时代的社会成员以共同的意识和情绪。唐人对诗歌的热爱和追捧是引起文学商业价值意识不可忽视的促进因素，李白曾作过一首《赠黄山胡公求白鹇》，在诗序中交代缘由："闻黄山胡公有双白鹇，盖是家鸡所伏，自小驯狎，了无惊猜。以其名呼之，皆就掌取食。然此鸟耿介，尤难畜之，余平生酷好，竟莫能致，而胡公辄赠于我，唯求一诗，闻之欣然。"胡公赠白鹇，所求唯诗，无疑表明对李白诗歌的追崇，事实上也形成了以诗歌交换物品之行为。商业流通就是从最初的物物交换开始。我们不排除唐代商业发展对诗文换物的刺激与推动，但社会的贵文理念会造成广大民众对美文好诗的大力追捧，不惜重金购买，从而促进诗文进入商业流通。

2.诗文价值的商业认同

社会对文学作品的高度追捧，达到泛化与普及，必然带来文学作品进入商业流通，这一社会现象在初唐即已形成。文人可通过创作获得商业报酬，王勃省父途中经过南昌为滕王阁作记，"顷刻而就，文不加点，满座大惊。酒酣辞别，帅赠百缣，即举帆去。"王勃平时就靠作文而获利："勃属文绮丽，请者甚多，金帛盈积，心织而衣，笔耕而食。"杜甫亦有诗云"故人南郡去，去索作碑钱。本卖文为活，翻令室倒悬"，描绘卖文所得甚少的文人之寒酸，却也透露出文人靠鬻文为生的社会现实。

中唐时期文学作品更广泛地进入商业流通，白居易等人的诗歌可以直接参与市场交换，冯贽《云仙杂记》卷四《物价至微》条载："开成中，物价至微，村落买鱼肉者，俗人买以胡绢半尺，士大夫买以乐天诗一首与之"；用诗歌直接交换鱼肉，体现唐人喜爱诗歌的感情，也说明文学的价值用金钱来衡量已成为一种大众接受的社会现象。

进入商业流通领域的诗歌，因为传播普及、需求旺盛，市场交换的形式，由单一的买卖文学作品内容到以之缮写、模勒后再买卖，形式更多样化。

此种风气不仅仅是在本土流传，在新罗，更是宰相都出重金购买白居易的文章："又鸡林贾人，求市颇切，自云：'本国宰相，每以百金换一篇。其甚伪者，宰相辄能辨别之。'"

相对于诗歌和其他作品而言，碑志文进入商业流通更是普遍现象。皇甫湜就曾因所给的报酬不满而大怒，直接提出高价，而得到满足：

皇甫湜，字持正，睦州新安人。擢进士第，为陆浑尉，仕至工部郎中。辨急使酒，数忤同省，求分司东都。留守裴度辟为判官。度修福先寺，将立碑，求文于白居易。湜怒曰："近舍湜而远取居易，请从此辞。"度谢之。湜即请斗酒，饮酣，援笔立就。度赠以车马增彩甚厚，大怒曰："自吾为《顾况集序》，未常许人。今碑字三千，字三缣，何遇我薄邪？"度笑曰："不羁之才也。"从而酬之。

综上，文学作品的价值得到社会广泛认同，从而进入商业交换，这已非个别现象，而是一种流行的世风。即使白居易与元稹这样交情甚厚的老友，也是如此。白居易为元作墓志，"白乐天为元微之作墓铭，酬以舆马、绫帛、银鞍、玉带之类，不可枚举。"

诗文得到重视与商业认同，作为连锁反应，文人也会因创作而获利。此种趋向达到一定程度，引起了文学的商业化，唐代文学作品进入商业流通日趋普遍，因此对文学的影响不单单是文人创作后所获得的酬劳，在应用文领域，它所带来的更是创作的商业化，因利而为文，应求而作文。

据《旧唐书·李邕传》载："邕早擅才名，尤长碑颂。虽贬职在外，中朝衣冠及天下寺观，多赍持金帛，往求其文。前后所制，凡数百首，受纳馈遗，亦至巨万。时议以为自古鬻文获财，未有如邕者。"李邕是所求不断，应求作文而获利颇丰，直接进行商业化创作。这已类似出卖商业产品，更是先收定金，而后应求而创作所需之文章。

出钱求购文章的社会风气，连远离世俗社会的方外之侣也受其影响："元和十一年春，庐山东林寺僧道深、怀纵、如建、冲契、宗一、至柔、诸、智则、智明、云皋、太易等凡二十辈，与白黑众千余人，俱实持故景云大德宏公行状一通，赍钱十万，来诣浔阳府，请司马白居易作先师碑，会有故不果。"

创作商业化随之而来的少不了商业竞争，市场红火的碑志文领域同时也竞争颇为激烈。王说《唐语林》卷一载："长安中争为碑志，若市贾然，大官亮，其门如市，至有喧竞构致，不由丧家者。"

（四）时风所尚与文体的兴盛

社会风俗所带来的民众在某个时期特别的信仰、追崇会引起一些应用文需求的增多，而引起此种文体的兴盛。

应用文体与社会现实联系最为密切，最为明显地反映出这种影响，例如碑志文、祭神文等应用文体就是很好的例证。碑志文在唐代的兴盛即与当时的社会风俗有着密切关系。首先，厚葬的社会风气引起修撰碑石之风。唐代厚葬之风盛行，墓志作为丧葬附属品，自然受到厚葬之风的影响，丧葬之家纷纷刻石撰碑，稍有身份的人，都会修撰墓志作为随葬品。封演《封氏闻见记》卷六载："近代碑稍众，有力之家，多举金帛以祈作者之谀，虽人子罔极之心，顺情虚饰，遂成风俗。"由于丧葬风俗的影响，墓志的修撰蔚然成风，唐代墓志在数量上远远超过了前代。

其次，墓葬信仰风俗决定了墓志的实际功用，使其成为墓葬中重要的附葬物品，担当起墓主进入冥界的身份说明书的功能，成为推动墓志的普及与繁荣的原动力，并深入影响到墓志文体的标题定位与内容构架。

有唐一代是我国封建社会思想最为开放活跃的时期，同时也是民间原始信仰极为发达的一个时期。形形色色的神物崇拜充塞了社会生活的方方面面，鬼神信仰风俗盛行于整个社会，普及于民间，唐代社会随处可见神灵崇拜现象、活动。从泰山神、华山神、土地与城隍等各种自然神，到二郎神、紫姑神等人格神，林林总总的各路神仙都被民众所信仰和祭祀。因天地崇拜、山川崇拜、动植物崇拜而进行的祭祀活动从社会上层到民间普遍开展，官民共同参与。正因为祭神风俗的盛行，有祭祀活动的地方就有祭祀文学的参与，祭祀文学在唐代走向高峰。

除了碑志文、祭神文等文学样式外，词的繁荣也受到社会风俗的深刻影响。沈松勤先生即认为："唐宋词从它的产生到发展的相当长的一段时期内，主要表现为具有世俗特征的宴乐风俗的一种载体。"他指出："文人士大夫在'一张一弛'中形成的日常风尚习俗，也是唐宋词赖以繁荣的原因之一。"如果说，节日是短暂的，表征节日风俗行为的，除了词体外，还有杂技、戏剧等富有表现性的文艺样式；那么，士大夫在日常生活的风俗行为，则随时随地发生着，不时地编织着"生活文化之网"。而这张"生活文化之网"的构成，主要是按谱填词，付诸歌妓，歌以佐觞。

事实上，由于唐代尚文的社会风习，多种文学样式的社会功能得到加强，除了直接应用于社会生活的一般应用文之外，诗、词等普遍参与社会文化生活、日常生活，成为时代生活不可缺少的文化事项，与时代风俗共生同长。如唐人之行旅风俗中所伴生的题壁诗，婚姻风俗中所应用的催妆诗等，无不说明唐朝的时代风俗与文学是互促共长的。社会风俗渗透了诗一般的意境，文体在风俗中繁荣，多种文体在唐风中走向创作高峰。

二、风俗文化与唐代文人

风俗文化对文体的影响，都通过中介——文人来实现，探讨文人与风俗的关系是分析风俗与文学关系的基础和前提。作为社会成员的组成部分，文人并不例外地成长、生活于风俗文化的土壤中，从物质生活到行为方式再到思维习惯、价值观念、人生观、审美观等精神文化都是在风俗中浸润形成，这些都是文艺民俗的最基本原理，毋庸赘述。但所有的宏观理论在具体的条件下呈现何种状态，其特点如何，则是需要探讨的问题。风俗文化如何影响唐代文人，就是这样的一个具有时代特点的问题。

（一）时代风尚与唐代文人

风俗文化是孕育文人的土壤，唐代的时风世俗带给文人什么样的生活方式？

确立于唐朝的科举制，对当时的社会和文化产生了巨大影响，翻天覆地地改变了文人们的生活，文人开始了以应举为中心的一系列求官活动，这也是他们踏上仕途之前整个生活的中心。唐代文人生活风尚的时代特色也与此相关，我们从两方面来透视这种特色：一是应举—漫游等求名之旅，二是郊游—赏花—纵酒的游乐生活。这两类具有时代特色的文人风尚，显而易见地体现出时风世俗。

科举带给唐代文人仕宦之途的同时，极大地影响了文人生活的方方面面，与以往诸朝相比，可以说是空前的。时代以此形成的新的对文人的评价标准，渗透到各个角落。妻子对丈夫的评价就是以是否登第来衡量，如《南部新书》丁卷载：

杜羔妻刘氏，善为诗。羔屡举不第，将至家，妻即先寄诗与之曰："良人的的有奇才，何事年年被放回。如今妾面羞君面，君若来时近夜来。"羔见诗，即时回去。寻登第，妻又寄诗云："长安此去无多地，郁郁葱葱佳气浮。良人得意正年少，今夜醉眠何处楼？"

今天读之，似觉刘氏过于功利世俗，但回置于当时社会风气之中，她所代表的是时代风尚，一种普遍心态。唐代文人处于这样的时代氛围中，应举自然成为头等大事。

为应举求官，或为求荐游走，构成了唐代文人漫游的最主要原因——宦游，王勃的一句"与君离别意，同是宦游人"，道出了离开亲友远出求仕的文人共同的心声。高适的宦游在唐代比较具有代表性。他入仕前隐迹渔樵，漫游各地，数赴长安应举，游蓟门、卢龙一带求取功名；后游历边塞，投奔河西节度使，终因平叛乱有功而平步青云。高适的生平，折射出唐代文人宦游之影。宦游是为求仕，而在此风带动下的边塞游、山水游等其他漫游亦很流行，漫游是唐代文苑颇为流行的社会风尚。文士漫游范围很广，漫游去的最多的地区，无疑是长安、洛阳两地，对渴求仕进者而言，是必游之地。不管哪种目的之漫游，客观上所达到的对文人的影响不可忽视，所谓行万里路并不逊色于读万卷书，开阔视野，增长见识，广结友谊，认识社会，陶冶情操，带给文人人生体验，提升其思想境界，丰富其思想文化内涵。于其他朝代而言，漫游对唐代文人提供的丰厚的人生体验，无疑是他们创作的高效营养液。

赴举之路，一方面带给文人的是寓居游历之旅，另一方面则造成长久的夫妻分离，甚至生离死别之痛。很多文人因为远出求功名而离家别妻，常常数年未归，演绎了许多别离伤情。《唐摭言》卷八"忧中有喜"条记载：

公乘亿，魏人也，以辞赋著名。咸通十三年，垂举三十矣。尝大病，乡人误传已死，其妻自河北来迎丧。会亿送客至坡下，遇其妻。始，夫妻阔别积十余岁，亿时在马上见一妇人，粗衰跨驴，依稀与妻类，因睨之不已；妻亦如是。乃令人话之，果亿也。亿与之相持而泣，路人皆异之。后旬日，登第矣。

这种长年寓居游历在外而与妻子离散的情况，在唐代文人中并不少见，"五十少进士"所反映的低下录取率，让举子们一次又一次、一年又一年地奔波于应举路上，长期离家别妻造就他们寓居旅途特殊的孤独、伤感、怀人的情怀。故而唐人重离别，严羽慨叹："唐人好诗，多是征戍、迁谪、行旅、离别之作，往往能感动激发人意"，是有社会现实生活做基础的。

科举带来的巨大影响之外，整个时代的社会风习对文人人生情趣的影响也不可小视。刘勰说："文变染乎世情，兴废系乎时序，原始以要终，虽百世可知也。"它强调时风世情对文学的影响，这种影响通过文人这一中介而实现。社会风习是通过文人的生活而进入作品的。有了科举取士的社会制度的保障，唐代及第文人步入仕途，这些文人的生活与开放、奢靡的时风相应，以娱乐、声色为主导。郊游、赏花、纵酒、狎妓……在悠闲娱乐中几近奢靡。《唐国史补》云："长安风俗，自贞元侈于游宴，其后或侈于书法图画，或侈于博弈，或侈于卜祝，或侈于服食，各有所蔽也。"作为世俗风习的集中体现者之文士，就是此种风俗演绎的主力军。

"天宝以来，海内无事，京师人家多聚饮"，饮酒成为彰显文人风度的诗酒风流。唐代文人乐饮之风在历代文人中是卓绝的，酒助诗兴，诗扬酒德，文人的诗酒因缘成为普遍情结。饮必有宴，饮酒之风必然伴随游宴之俗。天宝十载下敕："百官等曹务无事之后，任追游宴乐。"游宴之风，得到朝廷的公开支持，可以想见流行之广。科举之朝，每年进士科举发榜之后，及第者都要举办曲江游宴活动，以示庆贺。《唐摭言》卷三载："曲江游赏，虽云自神龙以来，然盛于开元之末……曲江亭子，安史未乱前，诸司皆列于岸浒……进士关宴，常寄其间。既撤撰，则移乐泛舟，率为常例。"曲江游宴是及第文士的标志性活动，也是游宴之风的集中体现。

宴会自然需要歌舞来助兴，唐代是一个酣歌恒舞的朝代，全民善歌乐舞，作为文化的代表之文人士子，岂会处于此风之外？《隋唐嘉话》卷中："太宗之平刘武周，河东士庶歌舞于道，军人相与为《秦王破阵乐》之曲，后编乐府云。"文人日常诗酒之中，亦以歌舞琴书助兴，《旧唐书·裴度传》载："度视事之隙，与诗人白居易、刘禹锡酣宴终日，高歌放言，以诗酒琴书自乐，当时名士，皆从之游。"

身处声妓繁华都市的文人，风流才情免不了演绎风流韵事，唐代文人狎妓之风是其生活方式的典型特征。《开元天宝遗事》卷上《风流薮泽》载："长安有平康坊，妓女所居之地，京都侠少萃集于此，兼每年新进士，挟红笺名纸游谒其中。时人谓此坊为风流薮泽。"有些文人的生活方式甚至于走向放浪，《颠饮》条载："长安进士郑愚、刘参、郭保衡、王冲、张道隐等十数辈，不拘礼节，旁若无人。每春时，选妖妓三五人，乘小犊车，指名园曲沼，藉草裸形，去其巾帽，叫笑喧呼，自谓之颠饮。"其放浪程度，至今天看来亦是惊世骇俗之举。

除歌舞、游宴等风习外，文人们的其他游艺活动亦不少，如斗鸡、打球、赏花等。

郑处诲《明皇杂录》云："唐玄宗在东洛，大酺于五凤楼下，命三百里内县令、刺史，率其声乐来赴阙者，或谓令较其胜负而赏罚焉。……教坊大陈：山车旱船、寻橦走索、丸剑角抵、戏马斗鸡。"

《唐摭言》卷三云："乾符四年，诸先辈月灯阁打球之会，时同年悉集。无何，为两军打球，军将数辈，私较于是。新人排比既盛，勉强迟留，用抑其锐。"

舒元舆《牡丹赋》序云："今则自禁闼洎官署，外延士庶之家，弥漫如四渎之流，不知其止息之地。"《唐国史补》卷中"京师尚牡丹"条云："京城贵游尚牡丹三十余年矣。每春暮，车马若狂，以不耽玩为耻。"《南部新书》丁云："长安三月十五日，两街看牡丹，奔走车马。"

娱乐已不是帝王贵族的专利，从宫廷到民间，声势煊赫的娱乐活动，数不胜数，声律歌舞，赏花、纵酒，游宴豪饮，打毬、拔河、百戏、斗鸡、书法、绘画……唐代文人沉浸在都市文化的繁华中，在开放、奢靡的时代风习里消受着现世之乐。

别林斯基在《文学的幻想》一文中指出："习俗是一种神圣的，不可侵犯的，除环境和文化进步之外不屈服于任何权力的东西。"此话在强调习俗的独立性的同时，也揭示出习俗的影响力。生活在群体中的个人，自觉不自觉地受到集体无意识的习俗的洗礼，唐代文士生活在开放、奢靡、胡化的时代环境中，时代风尚在他们的生活中体现得淋漓尽致。在时代风习的潜移默化中，文士成为世风时俗的集中体现者。这不仅仅体现在日常生活行为、方式上，更体现在价值观念、审美取向、思维习惯等深层次的意识积淀里。

因此，在作家的创作意识中自觉不自觉地渗透了民俗的视角、表达方式和特定内容，作为民俗文化的深层渗透实际上是一种民俗文化传统和历史感对文学的影响，是一种民俗价值观对作家作品的制约。

（二）风俗文化对文人创作的影响

人类在生存活动中感悟式地把握着文化创造，对创造艺术的作家而言，他们将生存活动提升为以生命、生活审美为内涵的生命活动。风俗文化，作为一个民族共有的文化样态，将其精髓输入生活于其中的每个个体，文学家也必属其中。美国著名的人类学家、文化人格专家本尼迪克特指出："个体生活的历史首先是适应由他的社区代代相传下来的生活模式和标准……其文化的习惯就是他的习惯，其文化的信仰就是他的信仰，其文化的不可能性也是他的不可能性。"作家的生活理念、价值信仰等意识形态必定受到民族共性文化的影响。本书以风俗和文学的相关性为研究对象，因而在关注这种个体承继民族文化共性的现象时，必然要投射到文学的焦点上。这样就有一个问题迎面而来，文学是以鲜明个性的艺术形象为生命力的，我们在此强调的却是创作的共性，因此需要指出，我们探讨唐代文人对共性文化的接受，并不否认其艺术个性。我们认为其艺术个性是在风俗文化的共性前提下，将生命、人性的文艺审美与时代特色、文人思想情感相融合的结果。风俗文化与文艺审美在现实生活中达到内在统一。

风俗文化以其传承性和集体性的特征，影响和约束着人们的心理和行为，塑造了人们的群体行为模式和群体心理模式。风俗文化形成一种文化氛围，对生活于其中的个体产生约束力。唐代文人在其文学创作中所表现出的思维方式、审美心理、语言习惯，都渗透着时风世俗的熏染。

1. 对思维方式的影响

鲁丝·本尼迪克特认为："谁也不会以一种质朴原始的眼光来看世界。他看世界时，总会受到特定的习俗、风俗和思想方式的剪裁编排。即使在哲学探索中，人们也未能超越这些陈规旧习，就是他的真假是非概念也会受到其特有的传统习俗的影响。"风俗习惯对文人思维方式的影响，是以一种潜移默化的形式持续发生作用的，它不停留于事物的表面现象上，但存在于意识深处不能忽视。

唐代开放、奢靡、务实之风俗特点造成文人思维的感性化趋向。当然，今天我们会普遍认为文人是感性的，但这个前提是现代化的分工造就行业与专业的日益专门化。中国封建时代，知识阶层绝大多数都以文求取仕途，故而多以文士称之。完善于唐朝的科举制度，影响了中国一千多年的历程，以诗赋取士的唐代几乎使知识人才都奋斗于吟诗作文的道路上；在一个诗化的繁华国度里，整个时代的精英为吟风弄月、推敲字句投入全部热情和精力，科技进步滞缓，同时也造就了唐代文人的诗化思维。相对于前朝后代，我们不能不承认，唐代是一个缺乏理性思维的朝代，不仅仅是科技进步滞缓，就是与文学创作密切相关的理论总结，唐代也没有取得多大成就。有文艺研究者指出："与前后繁荣兴盛的魏晋南北朝及宋代文学批评相比较，唐代文学批评在中国文学批评的历史长河之中，基本上处于历史的低谷，呈现出与唐代文学创作不相协调的相对落后的一种态势，于魏晋六朝之后表现为'马鞍形'。"作为朝代的标志性文体的诗歌，所蕴涵的理性思辨色彩也很少见，较其他朝代而言，如续起的宋朝，可谓之低谷。而其中的风发意气、高昂的热情、细腻的体物、丰富的情感，则是诗歌史上的巅峰。诗性思维之豪情与理性思辨之缺乏是唐代诗人思维之特征。

作为知识分子的他们被诗化了。一方面科举考试的官方标准与由此形成的社会以文为尚的风习诱导他们集毕生之力于文赋之上；另一方面身处大唐盛世，繁盛的时代容易让感性主义充斥于个体意识，国势的强大、经济文化的繁荣、思想和政治上的开明，人们大都注重形而下的外在事功和直觉的满足，热情与自信洋溢让人思维趋向感性，同时，感性、享乐为主导的社会生活风尚促使人们注重现实，而不去发挥理性思考。

诗性思维通过一些特征体现出来：情感、感官、直觉、体验。思维方式上重视直觉顿悟，情感体验占据内容与主题，浓郁的情感色彩淹没理性思考，直觉感悟压倒逻辑分析、推理。

如山水田园诗，唐代诗人体现出的多是一种直觉关照与内心体验，体现出一种物我交融，而不是理智地观察和分析所见的景物，如孟浩然之"山光忽西落，池月渐东上，散发乘夕凉，开轩卧闲敞。""移舟泊烟渚，日暮客愁新，野旷天低树，江清月近人。"王维"松风吹解带，山月照弹琴""古木无人径，深山何处钟。泉声咽危石，日色冷青松。"常建的"竹径通幽处，禅房花木深。山光悦鸟性，潭影空人心。"所写景物无不包含着诗人的直观感受和情感体验。

强调感性思维，实际上就是强调形象性，强调听觉向视觉享受的转换，诗文中的事物色彩、形象以及生动性则会强化，所包含的感受、体验也是通过感性的景物和现象来传达。同时，哲理性分析、思辨色彩则黯淡缺乏。唐人重感性的思维，还明显地在传奇小说里流露出来。《柳毅传》的爱情故事，想象丰富，它的浪漫色彩和最终柳毅的得道成仙，就是一种浪漫想象的艺术表现。《李娃传》等传奇在叙事中用了大量生动、感性的描写。

2. 对形式方面的影响

对于文人而言，时风世俗对他们创作形式方面的影响，大抵是指语言的通俗化与方言土语之语言的民俗特色。吸收口语、方言、灵活的句法进入各种文体，借鉴民歌民谣的通俗、灵活的语言形式。

林庚先生说："唐诗的语言不过是唐代文化生活中最有代表性的一个组成部分而已，它是诗的，也是生活的；其不同于一般语言的，只是它更为深入于形象的领域。"诗人的语言来源于生活，受到时风世俗的影响。语言范式也就成为语言活动的实境，成为一个社会的文化生态的直观反映，甚至成了一个时代的精神面貌的真实折光。

唐代诗人们广泛采用了民间口语、俗语、方言来充实诗歌的语言形式。典型的如当时的通俗诗，采用大量的民间谣谚俗谈及口语词汇，并直接采用一般口语的句型结构，不做深入的艺术加工，以王梵志、寒山、拾得等几位诗人著称。除了通俗诗之外，其余大多数诗人作品中的俗语方言亦俯拾即是。如柳宗元《柳州峒氓》："青箬裹盐归峒客，绿荷包饭趁虚人。""趁虚"字下自注："岭南人呼市为虚。"这里，诗人将岭南方言采入诗中。顾况《送少微上人还鹿门》："少微不向吴中隐，为个生缘在鹿门。"《山中》："庭前有个长松树，夜半子规来上啼。""为个""有个"，这样的遣词造句，完全是口语直接入诗。薛涛《解石山书事》："王家山水画图中，意思都卢粉墨容。""都卢"：统统，全，为当时口语。又如齐己《怀巴陵》："此时欲买君山住，懒就商人乞个钱。""乞个钱"就是巴陵一带的方言。总之，唐诗中保存了大量俚俗生动的口语词，例如，是物、争、可中、遮莫、隔（格）是、若个、可能、不分、不调、不妨、乍可、造次、迁次、取次等，数量是比较可观的。

另外，文人们学习民歌民谣的形式来创作作品。他们借鉴民歌的表现手法和语言，扩大了自己的诗歌创作领域，写出带有民风民情的清新活泼风格的诗歌，如李白的《子夜吴歌》、刘禹锡的《竹枝词》《踏歌词》《杨柳枝词》，崔颢、储光羲、刘希夷等人也都纷纷取材民歌，其中最有代表性的是竹枝词。文人所作的竹枝词，作为诗歌中独树一帜的诗歌样式，就源自民歌"竹枝"，在艺术形式和艺术风格上保留了民歌"竹枝"的特色。这些借鉴民歌民谣的诗歌，语言形式上明显通俗化、口语化。如刘禹锡："江上朱楼新雨晴，瀼西春水縠文生。桥东桥西好杨柳，人来人去唱歌行。日出三竿春雾消，江头蜀客驻兰桡。凭寄狂夫书一纸，住在成都万里桥。两岸山花似雪开，家家春酒满银杯。"其中"桥东桥西""人来人去""两岸山花""家家春酒"都是直接采用口语入诗，而"住在成都万里桥"，今天看来就是通俗白话一句。这种活跃于社会生活中的生活话语的选择，在语言形式上将俗语民歌与艺术话语之间的距离缩小到最低程度。

3. 民俗心理结构对文学创作心理的影响

一个民族的风俗不仅仅是一个民族生活方式的凝结，从深层次讲，更是该民族思维模式的淀积，审美观念的再现。它一方面表现为生活形式，另一方面又表现为意识的形式。各民族都按照自己特定的思维形式去构造自己的生活习惯，按照积淀的心理去评判生活中的现象。这种心理结构上的风俗文化，由千百年的历史积累而成，在潜移默化中又逐渐依时代风尚而变化，从而是承继性与时代性并存，是久远历史智慧的传承，时代精神的展露。这种民俗心理结构对作家创作心理的影响不可小视，它往往影响文人的时空观、生活利益观、价值取向、生活追求等。

唐代开放的时代观念深入人心，各民族融合，各种文化交融，开放、繁华、融合的时代特点，拓宽了唐代文人的视野，造就唐诗人海纳百川的宽广胸怀，对域外文化与习俗表现出宽容、兼收并蓄的态度。如文人在作品中表现出对域外音乐艺术的赏识，传奇与诗歌中大量的豪爽、诚信胡商形象的出现，无不反映出文人对外来文明接纳的胸怀。再如民族观上，唐代文人不像以往以及后来诸朝文人那么讲华夷之辨。他们都主张各民族和睦相处，对外国使者、留学生表现出热情与关怀的态度，在作品中都表现出这种民族友谊，如张籍的《送新罗使》《送金少卿副使归新罗》、许浑的《送友人罢举归东海》、刘得仁的《送新罗人归本国》、沈颂的《送金文学还日本》等大量的诗篇充分说明了唐代文人与新罗、日本友人的深厚友谊。

繁华昌盛的时代同时还造就了文人们恢宏进取的胸怀，又由于科举制度的确立，文人更有机会谋求进身之路，因而更有进取意识，时刻寻找机会展现自己的才华。丹纳曾经说过："如果一部文学作品内容丰富，并且人们知道如何解释它，那么我们在作品中所找到的会是一种人的心理，时常也是一个时代的心理，有时更是一个种族的心理。"唐代大量的投献之作，反映了在行卷温卷等时风影响下，文人公关意识的增强。过着隐居生活的孟浩然也都写下了《临洞庭湖赠张丞相》："欲济无舟楫，端居耻圣明。坐观垂钓者，徒有羡鱼情"，表达仕进之意，更不用多说干谒诗歌之繁盛，即使"安能催眉折腰事权贵"的李白，也曾作《上韩荆州》之干谒文章表达攀附求荐之意。

此外一些传统的风俗文化也在影响着唐代文士，如安土重迁、入土为安、叶落归根，这些乡土意识都渗入文人的灵魂深处，既表现在其生活方式中，也表现在其作品的内容里。如入土为安等乡土意识在生活内容上则表现为重视归葬，这是无论文士还是民众都重视的风俗，如《旧唐书·褚遂良传》就记载了褚遂良于显庆三年被贬死于爱州，而两百年后，最终得以"寻访苗裔，护丧归葬"。而表现于作品中的无数乡思、乡愁，则显然是文人乡土意识淋漓尽致的表述。贺知章的《回乡偶书》"少小离家老大回，乡音无改鬓毛衰"传唱千百年而不衰，就深刻折射出中华民族的故乡情结。这是一种以意识形式存在的风俗文化，根基深厚，往往植根于民族精神中承继数千年而不衰，唐代文士是这数千年承继的重要一环，自然也是此种风俗文化的载体。

第二节　唐代风俗文化与唐代诗歌

一、风俗文化对唐代诗歌影响综论

关于风俗文化与唐代诗歌，相对于其他文体而言，是风俗文化与唐代文学关系研究中的热点，时贤的研究主要集中于此。先锋之作当推程蔷与董乃斌合著的《唐帝国的精神文明》一书，该书从民俗学视角研究唐代文学，多侧面、多角度地展示唐朝的民俗画面，利用以诗歌为主的文学资料再现唐人的生活情境。刘航的《中唐诗歌嬗变的民俗关照》通过对风俗诗所蕴含的文化信息的分析，探讨了中唐风俗的若干特点，对风俗诗兴盛的现象做了全面、系统的考查，是研究风俗诗的一部新著作。复旦大学朱红的博士论文《唐代节日民俗与文学研究》则专门从节日民俗这一方面来研究唐代节日民俗及其与文学的关系。此外还有相关的单篇论文，探讨某个诗人诗歌中的民俗因素，如《略谈刘禹锡笔下的土风民俗》《杜诗中的民俗文化因素研究》《漫谈张祜诗歌中的唐代民俗文化》等。综观以上著述，专论某一民俗方面或专论某一文人作品的较多，对风俗文化对唐代诗歌影响的整体探讨不多，缘此，我们需要做综合影响的探讨。风俗文化对唐代诗歌的影响，就二者直接发生联系的方面来看，唐代信神崇道的信仰风俗、缤纷多样的岁时风俗、丰富多彩的生活风俗，对诗歌的创作与传播，从内容到形式上都产生了较为明显的影响。

（一）风俗文化促进了唐诗的创作和传播

李唐盛世，经济繁荣、政权统一、对外经济文化交流频繁、科举兴士，生产力得到大的发展，人民生活相对富足，儒释道三教并行，种种时代现实，酿就了唐代开放、奢靡、胡化、享乐的风俗文化之时代特色，也形成宴会、节日、游赏、集会普遍流行的社会风尚。

唐代盛行宴饮风习，尤其于士族文人间颇为流行。在皇帝赐宴与官员中实行的会食制度等的带动下，唐代公私宴会异常兴盛。而都市饮食业的发展，让置办宴会变得容易，《唐国史补》载："两市日有礼席，举铛釜而取之，故三五百人之馔，成立办也。"故而唐代各种关宴、家宴、游宴异常盛行。士子登科或官位升迁就要举行各种宴会，《唐摭言》卷三记载了与进士登第相关的各种宴会，有大相识、次相识、小相识、敕士宴、樱桃、牡丹、关宴等，其中尤以关宴最为重要。在同类时风影响下，唐代家宴也是如火如荼，从婚丧嫁娶、时令节序，到士人朋友相聚、接风洗尘，甚为繁盛。长安市中此风甚浓："长安市里风俗，每至元日以后，递饮食相邀，号为传坐。"这类题材的壁画在出土的唐代文献中可谓屡见不鲜：敦煌473库唐代壁画《宴饮图》就清楚地反映了当时宴饮风习之盛。西安附近发掘的一座唐代韦氏家族墓中，墓东壁见到一幅《野宴图》壁画，描绘了一组春意盎然的郊野聚宴图景。

文人雅士的"文会""野宴""游宴""传宴"等聚会宴游之风就在整个社会的宴饮风俗大环境中孕育而生。而文人的这种聚会宴饮之风又是许多诗篇孕育而出的契机母体。毋庸讳言，无论是曲江关宴，还是各类家宴、游宴、节日宴会，但凡文人相聚而饮之宴，大量诗篇就会在聚饮中产生，这即是诗酒之会、即席而作的唐代诗歌的创作特色。明代的胡震亨即明确指出唐代游宴激兴创作的事实："于时文馆既集多材，内庭又依奥主，游宴以兴其篇，奖赏以激其价。"值得指出的是，游宴之风并不只在长安等朝中之地盛行，地方在野之士的聚宴丝毫不相逊色，如吴筠"尤善著述，在剡与越中文士诗酒之会，所著歌篇，传于京师"。文人聚会宴游因在特定场合而产生自然具有自身特点，关于此点的研究，吴在庆先生《论唐代文士的集会宴游对创作的影响》一文已做详细论述，这里不再赘述。

宴会之中往往少不了歌舞音乐的助兴，宴饮风俗的盛行必然与歌舞风习的兴盛相伴而行。唐代历来以音乐舞蹈文化而著称，音乐歌舞风俗，构成了当时社会风俗的重要内容。

唐代宫廷燕乐盛行，在吸收少数民族音乐形式，如胡乐、高丽乐等，和融合民间音乐的基础上，吸纳新的外来音乐文化血液，在开元、天宝时期走向繁荣之巅。李泽厚在《美的历程》中指出："从宫廷到市井，从中原到边疆，从太宗的'秦王破阵'到玄宗的'霓裳羽衣'，从急骤强烈的跳动到徐歌曼舞的轻盈，正是那个时代的社会氛围和文化心理的写照。"当时诗歌形容为："城头山鸡鸣角角，洛阳家家学胡乐。"与燕乐的盛行同步，民间歌舞方兴未艾。唐代民歌从劳作中产生的山歌、樵歌、田歌，从祭祀中产生的娱神曲、祭神歌、挽歌，从地域方言孕育而生的吴歌、楚歌、巴歌、秦音等，无不是唐代音乐歌舞风俗的民间显现。而流行于各地的踏歌风俗，更是将舞蹈之风遍布于乡野村头。一面是"诗唐"的社会背景，另一面是繁兴的音乐歌舞，自从产生就与音乐、舞蹈、歌声有着天然联系的诗歌，在唐代这样一个二者俱兴的朝代，"诗"与"歌"相辅相兴，走向了共同繁荣的道路。

就在音乐歌舞盛行的时代风气中，与音乐相关的文学样式得到充分发展。王小盾先生在《隋唐五代燕乐杂言歌辞研究》中指出："隋唐五代是一个音乐风尚遍及城乡，曲子、大曲、讲唱和各种器乐曲盛行的时代，是诗歌成为各阶层的普遍爱好、各种题材的文学品种蓬勃生长的时代。隋唐五代谣歌的第一个特点，便是它在这种环境中，作为一个音乐品种得到了繁荣，并且是其他歌辞品种繁荣的基础。"事实上，唐代音乐歌舞风俗的兴盛，大大催生了相关诗作与散文的产生，《唐诗纪事》所记1150诗家中，诗作与音乐有关的，共200家。《全唐文》中有关音乐之作有241篇。而民间的集体音乐活动，在踏歌、祭祀、祈禳等风俗的盛行中如火如荼地进行着，也产生了数量可观的风俗歌。音乐歌舞风俗渗透诗歌之印证，还表现在唐人对诗歌的文学观念，盛唐时期是唐代"声诗极盛时期"，天宝间芮挺章辑《国秀集》，收录"自开元以来，继天宝三载，谴滴芜秽，登纳著英，可被管弦者，都为一集"。任半塘先生认为："以盛唐人选'近代词人杂诗'，竟突出'可被管弦'之标准如此，足见对于声音之要求，盛唐诗坛已甚普遍；选家从严，声、辞并重，始登二百余首耳。"任老在《唐声诗》中指出："唐诗及唐代民间齐言（诗）中确实曾歌唱、或有歌唱之可能者约二千首。"

唐代音乐的繁荣与诗歌的兴盛，让音乐与诗歌这两种自产生以来就有着千丝万缕联系的艺术形式，在唐代更紧密地联系在一起，形成了浓厚的音乐文学风俗。诗配乐而歌唱，在唐代是颇为流行的社会风气。"以此知李唐伶伎，取当时名士诗句入歌曲，盖常俗也。"这一风俗从初唐及至晚唐，一直兴盛不衰，胡震亨在《唐音癸签·卷二十六》中说："唐人诗谱入乐者，初、盛王维为多；中、晚李益、白居易为多。"

探讨唐代风俗文化对诗歌创作的促进，则无法避开节日风俗，虽然这是一个学界已经多有论述的热点。有唐一代，节日繁多，节日风俗文化非常丰富，作为参与这些节日风俗的感性群体，唐代文人怎能不对此感慨良多？宋人蒲积中的《古今岁时杂咏》选录唐朝的节俗诗1009首，相当于选录魏晋南北朝557首的两倍，足可印证节日风俗文化对诗歌创作之促进。唐代诗人随顺民众之节日风俗而又加以文雅化，在节日的各种风俗活动程序中，发掘各类节日所蕴涵之艺术价值、审美特征，笔者认为此为风俗文化促进诗歌创作之一。而在节日风俗所酝酿的具有浓厚特殊气氛的环境中，文人在此备受"每逢佳节倍思亲"心理的驱动，节日时分之内心感触显而不同于常日，颇为敏感，产生创作冲动或创作灵感，往往借节日契机而抒发由此产生的感触，形之为诗文，此为风俗文化促进创作之二。再次，唐代一些节日风俗中，聚会是必不可少的内容，聚中有游，聚中有宴，娱乐、歌舞、诗酒则相伴而行，这种聚会中应制而作、竞诗而吟所产生的文学作品，则可视为风俗文化促进创作之三。以上三类，因各种节日之特点，各个诗人创作之特色等在具体展开分析中又具有各种特点，但就唐代节日风俗与诗歌创作而论，大体以此三类为主。

上述都是以唐代风俗对诗歌创作的促进为立论点，探讨二者作为分别之个体的相互作用。事实上，因唐代诗歌的兴盛，诗歌进入唐人日常生活的方方面面，故而当时除了风俗与诗歌相互影响之外，诗歌与风俗文化中的许多行为方式在现实中的直接结合行为，更直接与明显地印证二者之密切关系。一些风俗的现实需要和仪式的需求，直接成为这些诗歌的创作动机。唐代民间的许多风俗活动，都有诗歌的直接参与。具体而言，唐代行旅风俗中的题壁诗，婚姻风俗中的催妆、却扇诗，音乐风俗中的入乐诗歌，祖送风俗中的祖饯诗，都是诗歌直接参与习俗活动，这些诗歌成为行为风俗的组成部分。

如催妆风俗，段成式认为是源于北方风习。《聘北道记》云："北方婚礼必用青布幔为屋，谓之青庐。于此交拜，迎新妇。夫家百余人挟车俱呼曰：'新妇子，催出来。'其声不绝，登车乃止。今之催妆是也。"然至唐朝，由于诗歌的繁兴，催妆的呼唤仪式，改由诗歌来承担，渐渐演变为一种固定的风俗。唐代传奇小说中有不少婚礼仪式中催妆诗的记载，《太平广记》"嵩岳嫁女"条载："有仙女捧玉箱，托红笺笔砚而至，请催妆诗。于是刘纲诗曰：'玉为质兮花为颜，蝉为鬓兮云为鬟。何劳傅粉兮施渥丹，早出娉婷兮缥缈间。'茅盈诗云：'水晶帐开银烛明，风摇珠珮连云清。休匀红粉饰花态，早驾双鸾朝玉京。'巢父诗曰：'三星在天银河回，人间曙色东方来。玉苗琼蕊亦宜夜，莫使一花冲晓开。'"这条记载嵩岳嫁女，众仙、帝王共同赴宴的聚会，重点描写仙人的聚谈而略去婚礼的叙述，却提到了催妆风俗并附其中催妆诗三首，可见催妆诗在当时的婚姻礼俗中是重要的组成部分。全唐诗收录直接以催妆为题的诗歌数首，是应为催妆诗的代表之作。这种诗歌与习俗活动合而为一，是唐代诗歌兴盛之时代特点与风俗相结合的自然结果。诗歌广泛运用于社会生活的风俗，毫无疑问促进了诗歌的创作，既是一种结果也是一种动因。

又如祖饯诗，唐代祖送风俗盛行，从官方到民间，在文人士子中广为流行。与此俗密切相关的祖饯诗也同时进入创作盛期，《全唐诗》中祖饯诗歌俯拾皆是。

我们可以从当时之人对诗歌的选录标准，即唐人选唐诗的选集之题材消长来看风俗对诗歌创作的影响。盛唐《国秀集》中的集会宴饮诗歌达到 14 首,《河岳英灵集》的祖饯诗歌选有 16 首,都是祖饯风俗兴盛的印证。

综上,唐代开放的时代氛围,享乐、丰富多彩的社会时代风习、礼俗,成为诗歌繁盛的土壤;丰富的物质生活风俗,为诗歌题材的扩充酿就了源泉;祭礼、婚仪、祈禳等仪式和岁时节日、宴饮聚会、游艺、交通行旅等活动风俗,大多以聚会群作、赛诗、因仪礼等文化氛围之感怀等形式,提供了诗歌创作的繁多契机和极好的传播场所,大力地促进了诗歌的创作与传播。

(二)风俗文化影响唐诗的艺术形式

1.喜诗风尚与诗歌应用功能的加强

毋庸讳言,作为一种文体,诗歌在唐代走向了巅峰。在整个唐朝,诗歌对社会的浸润和影响可谓空前绝后。如果以朝代论风俗,唐代风俗的显著特点,即在于诗歌渗透了社会风俗的方方面面,前贤早已有"诗唐"之确论,前前后后的文学史、各类社会生活史、数量不菲的学术论文都以流传之文献与出土之史料,多重证据、多方位、多侧面地展示了诗歌在唐代的繁荣情景。本书也已在前面论述唐朝热爱文学的民情风俗与文学的繁荣,这里再次强调唐人对诗歌的喜爱已经是一种普遍的社会风俗。《中国风俗通史·隋唐五代卷》在导论中分析整个唐代风俗中最突出之方面,将诗歌对社会风俗的浸润和影响列在首位,从唐人饮食、行旅、婚礼风俗中诗歌的融入,各类平民百姓对诗歌的痴迷以及唐人生活风俗中诗意的呈现,再现唐代风俗充满诗意的特征和时代风貌。

痴迷于诗歌的民情风俗,对诗歌的创作与传播无异于强大的催化剂,那对诗歌的艺术形式之影响呢,这里笔者想略陈陋见。

唐代诗人多主张诗歌为现实政治服务,如从陈子昂到杜甫再到白居易等代表性诗人皆然。作为文学主张,它是一代诗人文学理想的反映,但并不代表整个社会现实就是如此。白居易的"文章合为时而著,歌诗合为事而作"体现了诗歌现实主义。历来我们强调"为事"是指诗歌的政治讽喻性,当然,讽喻、教化作用是不容置疑的,但它却并不是"事"的全部。回到时代文化背景中,这句诗歌理论话语出自于诗歌得以在现实中广泛运用的朝代,它更多的是指出诗歌的现实运用功能方向,如果只强调讽喻,那更侧重于传统以来的诗歌意识形态功能,而诗歌在唐代有别于其他朝代的突出特点,即在于广泛的现实运用。唐代社会热爱诗歌之时风让它渗透于生活的各个角落,刺激了它在各个领域的现实应用。饮食、行旅、婚姻礼俗、干谒自荐及至日常生活表情达意，都有诗歌的参与。

诗歌全面参与唐人生活，从饮酒吟诵唱和、行旅题壁、浏览传抄诗板、送别赠诗，到婚礼程序中以诗歌伴随每步礼仪，作画奏乐配诗，以诗干谒问名，以诗交友会友，墙头马上传情，红叶题诗表意……唐人社会交际离不开诗，抒情言志也离不开诗。再就文体而论，诗歌渗透到墓志、判词、奏议、祭文等多类应用文体中，无疑也加强了其应用的广泛性。诗歌渗透到社会生活的方方面面，唐人生活需要诗歌，唐人生活被诗歌所填充，唐代生活充满诗意。

2. 乐诗之风与诗歌文体题材和表达

诗歌大量地应用于现实生活，因其应用性特点而形成一些艺术特质。这类诗歌大量存在，渗透大众生活的方方面面，加强了唐诗所描写社会生活的广度和深度。从文艺社会化角度而言，这对文学应用于社会，发挥其社会功能起到了极大的推动作用，同时也让其自身更具社会生活性，以更接近生活的姿态普及于民众，得到更加广泛的传播。这里分析诗歌的现实应用给诗歌带来的艺术形式上的一些特点，仅就其应用性带给诗歌的影响而言，而不代表整个唐诗的艺术特点。

首先，现实应用性带来题材的生活化。生活中广泛应用诗歌，诗歌与生活各个方面密切相关，劝酒、婚礼以及生活中表情达意都用到诗歌。

将日常生活物象纳入审美意象，唐代诗歌一改以玲珑兴象为主要描写对象的传统，从雅文化拓展到俗文化，这在题材上是对前朝诗歌的开拓和弥补。唐诗中描写饮食、妆饰、茶艺、酒宴、男女衣装、婚姻礼俗等日常生活物象的诗篇比比皆是，诗歌应用于其中是这些描写的原动力和源泉。如陆畅《云安公主下降奉诏作催妆诗》中"云安公主贵，出嫁五侯家。天母亲调粉，日兄怜赐花。催铺百子帐，待障七香车。借问妆成未，东方欲晓霞"，即是婚礼中催妆风俗中应需而作，其中的描写内容又充分展示婚礼中新娘化妆、铺帐、障车的细节。

唐诗中涉及生活事象的描写多与诗歌代言达意分不开：张贲《以青食迅饭分送袭美鲁望因成一绝》中"谁屑琼瑶事青食，旧传名品出华阳。应宜仙子胡麻拌，因送刘郎与阮郎"，以诗博歌的形式表达自己对朋友的情意，也描述了当时道士所食之青食迅饭的特征。诗歌的广泛应用，让诗人们会因生活中的细节而吟咏，这首绝句的写作缘由也仅是以饭赠人，而被赠予者皮日休则因此又有答谢诗。此个例所表现的是唐代诗歌风行之社会风尚中的常见现象，诗歌深入生活，生活需要诗歌；大量的诗歌具体、详细地描绘、展示唐代繁兴、多样的生活，缤纷、诗意的生活风尚则孕育了难以计数的诗歌。正是生活中的应用让诗歌与生活物象亲密接触,才有了唐诗世界中的唐人生活世界。

唐诗对生活的描写几乎面面俱到,生活物象成为其中的重要角色,如诗歌中的常用饮食意象就有米、饭、鱼、肉、羹、蔬、菜、瓜、脍、汤饼、乳酪……日常生活的衣食住行以及婚姻、丧葬、祭祀、游艺、节日风俗无一不是诗歌中集中描写的对象。这些意象多以描写的形式存在,充实了唐诗内容的现实客观性。以生活物象为意象,相比而言,其主观象喻性、递相沿袭性和多义歧解性逊于他类,但正是因为这类描述性生活物象的存在,为其他情感意象、主观意象奠定了升华的基础,营造了唐诗丰富的文化库存。

其次,诗歌叙述表达的强化。生活物象多以描述状态处于唐诗中,而唐代生活并非只是静止之物象,全面反映生活风俗文化,描述其动态过程,势必带来诗歌叙述表达的强化。

从《诗经》赋比兴就开始的诗歌叙事,带来以抒情为基础的中国诗歌传统叙事方式,到唐之前的魏晋南北朝时期,玄言与山水诗的勃兴,让诗歌中的叙事一度告退。时至唐朝,就唐诗整体而言,初盛唐诗歌大多仍以兴象抒情为主体审美范式。安史之乱时期,从杜甫诗歌转向叙事,开始了对生活事象的叙写,有研究者将此种叙写称为诗性叙事,即从抒发情感的需要选取情感包孕最丰富的生活场景、片段、细节、人物言动,经过提炼、加工、熔铸,以诗的语言予以艺术的再现。我们这里所强调的诗歌叙述的强化,同样是一种诗性叙事,但这种叙述是为叙事而叙事,是描述生活细节之动态和过程,不以抒情为出发点。

我们以皮日休的《茶中杂咏》十首中的两首为例:

阳崖枕白屋,几口嬉嬉活。棚上汲红泉,焙前蒸紫蕨。

乃翁研茗后,中妇拍茶歇。相向掩柴扉,清香满山月。

——《茶中杂咏·茶舍》

南山茶事动,灶起岩根傍。水煮石发气,薪然杉脂香。

青琼蒸后凝,绿髓炊来光。如何重辛苦,一一输膏粱。

——《茶中杂咏·茶灶》

以诗歌形式叙述制茶的详细过程,从汲泉、蒸蕨、研茗、拍茶到生火、煮水、冷凝……一步步描绘茶饼制作过程。

叙述化的加强还表现在诗歌在现实应用中,直接成为表情达意之交流方式并承载叙述信息。如杜羔应举累次不中,其妻寄诗称:"良人的的有奇才,何事年年被放回。如今妾面羞君面,君若来时近夜来。"此诗就是以诗歌的形式,叙述和传达信息。

最后,诗歌在社交场合的广泛应用使其成为一种交际工具,此种实际应用要求表达精练,不太讲求艺术的回环往复,因而在形式上更侧重于诗体较为短小的绝句,如姚合《杏园宴上谢座主》:"得陪桃李植芳丛,别感生成太昊功。今日无言春雨后,似含冷涕谢东风。"作者作为进士在专门的宴会上感谢主考官,宴会的社交文化背景已蕴涵谢恩韵味,诗歌以七绝形式,直接铺叙,直接抒情,每句直指主题。又如文学史上有名的干谒作品:朱庆馀《闺意献张水部》云:"洞房昨夜停红烛,待晓堂前拜舅姑。妆罢低声问夫婿,画眉深浅入时无?"虽以隐喻表达询问目的,却以七绝晓畅简洁地表达试探之意。总之,诗歌在现实生活中的广泛应用,给唐诗艺术形式带来新的特点。

二、风俗文化与唐诗文化内涵之扩张

(一)风俗文化的广泛性与诗歌审美的丰富性

如果我们将风俗文化大致分为物质文化层面、行为方式层面和心理信仰层面,那么唐代空前丰富的风俗生活,纷繁多样的时代文化风习,以及无处不在的多神信仰、自然崇拜等信仰风俗,丰富了唐人社会生活的同时,与繁荣的诗歌相遇在同一时空中,互渗密透、同生共长,风俗的广泛性造就了审美客体的丰富性,从而带来了诗歌审美的丰富性。

唐代的统一、开放、融合的时代氛围造就了纷繁多样的文化生活,作为其中重要组成部分的风俗文化与生活,在承继以往传统之风俗的同时更增添了时代之风习,二者的同时空融合,较以往更为丰富而广泛。尽管风俗文化更多的是以一种质化的文化因子存在,但我们不否认可以从量化的角度来谈其涉及面的广度与内容的丰富,尤于物质文化层面更为显而易见。仅以生产风俗为例,手工业部门就有采铁、冶铁、采铜、铸铜、铸镜、铸钱、采金、采银、冶锡、冶铅、烧陶、烧瓷、烧砖瓦、织棉、织绫、织罗、刺绣、制毡、制衣、制帽、制鞋、印染、造纸、制砚、制墨、雕版印刷、采玉、玉作、造车、造船、制秤、乐器、制盐、建筑、酿酒、制糖……其数目和种类已远远超过前代,而城市生活的夜市、草市、矿市、蚕市以及商业组织米行、肉行、油行、果子行、炭行、磨行、布行、绢行、生铁行、杂货行,各种酒肆、酒楼、饭馆昭示着饮食业的兴盛,这些共同显示出当时商业的繁华。从整体上来说，衣、食、住、行等物质生活文化，各个方面无一不是较以往空前丰富与繁荣。

物质生活风俗的繁复，自然带来生活方式的变化，唐代新出现的许多生活风俗，就诞生于物质生活发展的基础上。以饮食为例，唐代产生了许多新的饮食习惯和风俗。从战国以来，中国一直采取分餐制的饮食方式，即使聚餐，也是每位就餐者一人一食案，各人分餐而食。这种状况在唐代发生了革命性变革，敦煌壁画就表明大桌合食制的出现，合食制的出现和流行为当时会食、聚饮、宴会的兴盛无疑起到推波助澜之用。也正是在各类物质生活的悄然变化中，唐人各类家宴、赐宴广泛盛行，唐人"长安市上酒家眠""笑入胡姬酒肆中""一杯当属君当歌"……这些因物质风俗而产生的饮酒风俗、酒令艺术、歌舞艺术等各类风俗带来了唐人生活方式的丰富多彩。这种风俗客体使作家与自然、社会发生联系，是被利用了的客观存在。文学是再现与表现的统一，其表现的内涵是彼时彼地客观现实的反映，文学客体是创作主体与自然、社会发生的审美联系，它是被作家用来描写的对象。这些丰富的物质风俗以及由此相伴而生的生活风俗，都是当时的一种客观现实，是文学客体的来源母体，也是文学客体的重要组成部分。风俗文化与文学客体相互交叉，在某些条件下还可以相互转化，风俗客体自然也成为作家笔下的文学客体。当然，文学客体是有限的，它小于现实客体，虽然它有着适用创作主体审美的前提条件，但其依赖于现实客体的本质不会改变，因此现实客体的丰富与繁多，必然带来审美主体相同条件下的文学客体的丰富，表述与深化风俗生活的唐代诗歌，自然受时代繁荣的物质风俗与纷繁的风俗文化所熏陶，表现出描绘对象的丰富多彩。

构成作家与客观事物的审美关系的因素很多，也很复杂，审美客体的特征就是诸多原因中的重要因素。中国古代文学审美中，因物而感怀、因物而起咏，即由物之特色而引起审美体验的创作，是一种基本的模式。唐代丰富的物质风俗文化，为触发诗人创作奠定审美客体基础，如大量的咏物诗，许多描写客体就是具有时代风情的事物，从雍容与瑰奇的时代裙装到民俗意味浓重的汤饼与药粥，从具有天地象征意味的庭、堂，丹味浓郁的道观到折柳言别之行旅风俗，这些纷繁的风俗文化丰富了唐代诗歌的文学客体世界，带来了唐诗中审美客体的丰富性特色。

唐代的物质民俗、节日民俗、生产民俗等，广泛地、大量地成为诗歌中的审美意象、审美客体，其丰富和广博非只言片语能道尽。如单以节日民俗为题材的诗歌数量就达 1800 余首，内容范围涉及时代各个节日之风俗、文化内涵、节日心理等。民俗学家王献忠说："离开了生活图画和人物形象，就无所谓对风情民俗进行了成功的描写。"因此，唐诗中对物态化民俗文化类唐代生活画面的描绘，因其全面而丰富，可谓成功地展示了风俗文化的诗歌画卷。

（二）风俗文化的开放与审美趣味的开阔

前面讲到审美客体的特征是构成作家与客观事物的审美关系的重要因素，与其同样重要的，还有审美情趣问题。一代文学作品呈现出一代之特色，原因固然很多，作品中审美情趣的变化也是其中不可忽视的因素。以情为主导的唐诗与主理的宋诗，之所以在整体风格上各趋所向，时代历史现实及产生的文化氛围的不同是经常为人所强调的原因，然于其中，风俗文化依据时代现实之变而变，对诗歌的审美情趣的影响，值得重视。

风俗习惯孕育了民族的审美情操，文学中的风俗描写则蕴含了创作主体丰富的审美情感与审美趣味。对六朝诗的扬弃中，唐诗适应唐代社会现实风貌而产生自身特点，统一、开放的唐王朝，经济繁荣、国力强盛，风俗文化表现出豪放、阔大的时代特色，渗透到唐诗中则显示出高华远韵的华章风采，透露着典雅大气。唐诗在整个朝代之具体时代又各有变化，但是与其他朝代相比，其重气象、雄浑、深远、博大之气魄与胸怀，是其他朝代诗歌无法比拟的。

雄浑、开阔，是唐代诗人偏爱的一层审美风格，这一风格在唐诗中的体现，是多方面的综合反映，通过意象的运用、意境的表现，性情、声色的结合等共同蕴藉而形成。而风俗文化对唐诗审美风格的影响，也正是在潜移默化中渗透到上述各个方面。

我们先看意象的运用。唐代诗歌尤其是体现盛唐气象之诗，常常喜欢选用连绵的群山、广袤的沙漠、气势奔放的江河、峻险挺拔的山峰、广阔的旷野以及星月日等体现状况气势的自然景物。从边塞诗歌的"长河""大漠""瀚海""烽烟""流沙"……到送别诗的"千里黄云""碧空远影""沧海""暮天"……这些具有深远气势的意象，在空间上有着广阔性，在意境上浑厚、恢宏，其多处之运用营造出汪洋宏阔、恢宏壮观之意境。对于空间景观，辉煌的时代，造就了开阔的胸襟与昂扬向上、朝气蓬勃的时代心理，这一心理在空间景观的审美中体现出来，规范着诗歌审美风格的统一性和差异性特征。这一规范是通过稳定地制约和影响着主体文化心态定式和惯性而作用的。这些意象从审美意义而言，更具有公共审美情感，能唤起和触发更多的公共空间意识，让读者感受大眼光与大格局，所以即使是同样的愁、同样的儿女情长，唐代诗歌更多地给人以大胸怀与大气魄的感觉，我们在盛唐诗歌中感觉尤甚。

声色的结合，在唐诗中是绚丽多彩的。以色彩而论，五彩斑斓的唐诗世界，注定是让人眼花缭乱的，这里我们并不注重展示其缤纷多彩，我们需要注意的是现实物态审美风俗是如何引领诗歌的声与色之和谐。物质风俗，多以直接的审美对象存在于诗歌中。以服饰为例，唐代女子裙装以雍容华贵为风尚，并逐步走向开放和暴露，史载："开元初，从驾宫人骑马者，皆著胡帽，靓妆露面，无复障蔽。士庶之家，又相仿效。"女子所穿多为裙、衫、帔，追求绚丽多彩，以红、黄、绿色为风尚，这些生活风俗之审美倾向左右着文学创作者的审美情趣。他们在诗歌创作中，所追求和蕴藉的审美情趣，与民风世俗的审美倾向有着一致性。因而唐人在服饰中的审美追求在诗中表现出来："眉黛夺将萱草色，红裙妒杀石榴花"，显出裙装的艳丽之美。诗歌中的这些裙装也凸显着现实中的华贵之气："玉镫初回酸枣馆，金钿正舞石榴裙。"裙装与金器玉器相映衬，展示出雍容华贵之美。在颜色绚丽之中，诗人不会忘记声与色的结合，如"楼中别曲催离酌，灯下红裙间绿袍""银烛忍抛杨柳曲，金鞍潜送石榴裙"。如果说繁华最直接的是一种物态表现，那么声与色的绚丽则是两个最直接的显示面，物态风俗文化是民俗与生存活动的最明显最密切的关联点，作为风俗文化的具体样式，它同时也是承载民俗审美的载体，如果我们单一地罗列出唐诗中所描写的丰富的乐器世界，从钟、鼓、箫、管、笙到笛、琴、瑟、筝、琵琶、箜篌，再到筋、笙、方响、杂乐……那么只是显示其审美客体的丰富，而诗歌中无处不在的绚丽缤纷的声与色的融合，才更显示出唐人追求华美、艳丽的审美趣味。

唐代诗歌中磅礴气势与力量的显现，情感上的豪放与高迈，所体现的文化精神氛围和情趣、风调，正是其时代风俗美学风格之所在，是风俗审美心理在诗歌艺术精神、审美趣味上的反映。开放的时代、统一和繁华的唐代民俗文化氛围所凝结的深厚力量在诗人深层心理结构中产生了一定的审美反映定式，发之笔端，借助民俗事象、文学意象的描写而承载与蕴藉这一审美情感与趣味。正是唐人爱牡丹、赏牡丹之风习的盛行，才有唐诗中国色天香的牡丹盛貌，从而集中出现对牡丹的雍容华贵的审美趣味的追求。

第三节　唐代风俗文化与谣谚

一、谣谚与唐代风俗文化

谣谚产生于人民大众之中，民众的日常生活是其重要的内容来源，因而谣谚中留存了不少的民众生活风俗的记载，涉及各个方面。相对于风俗志的记载，它更有主观情感，处于其中，所书己事，自然有情有感。故研究唐代风俗，谣谚是不可忽视的宝贵文献。

（一）谣谚中的唐代物质生活风俗

唐代是封建社会的繁荣时期，安史之乱给唐代历史带来转折性变化。中唐以来，唐朝难现昔日辉煌。综观整个朝代，无论繁荣稳定还是动荡飘摇，谣谚从各个方面描绘出当时人民心中的历史画卷。

1.经济风俗

唐高祖时，沧州刺史薛大鼎开河通渠，以舟楫之利让百姓免除了昔日艰苦的跋涉，交通便利，商贾通航，百姓歌之曰："新河得通舟楫利，直达沧海鱼盐至。昔日徒行今骋驷，美哉薛公德滂被！"民众表达的是对薛大鼎的歌颂，今天我们通过颂歌可以想象，当时的沧州，通过所开通的河道，从海边运来大量的海产品和盐。交通便利带来商业繁荣之景象。

贞观之时，社会经济繁荣，人民生活富足，民谣曰："得宝弘农野，弘农得宝那。潭里船车闹，扬州铜器多。三郎当殿坐，听唱得宝歌。"天宝二年韦坚引浐水为潭，以通江淮运船。唐玄宗观新潭，韦坚集合新船数百艘，每艘上写出郡名，于船头陈列郡中珍贵货物。同时组织群众唱这首民谣。当然作为封建官僚奉迎和吹捧统治者的工具，我们并不否认此歌谣的浮夸之处，但是我们依然可以从中管窥到当时社会的繁华景象，扬州物产之丰饶。

长安，作为唐代首都，是繁华之中的繁华，当时民谚曰："不到长安辜负眼，不到两浙辜负口"，直白地道出作为都城的长安，藏珍聚宝，遍汇名物。两浙之地饮食业昌盛，从西到东，共现一片安乐繁华之景象。

生产的富足，经济的繁荣也带来精神生活的丰富多彩，江陵在唐号称是"衣冠薮泽"，人言其地是"琵琶多于饭甑，措大多于鲫鱼"，可见当地文艺生活之繁盛，读书人亦异常之多，生活安定祥和。

经济繁荣的社会有着稳定的特征，民得以治，民风淳朴，道德水平较高。这在吴地的民谣中就反映出来。贞元末，吴人歌曰："朝判长洲暮判吴，道不拾遗人不孤"；其歌是为了歌颂吴县地方官腾遂而作，不过从侧面也让我们看到当时良好的治安状况。经济的发展势必伴随开明的统治，初、盛唐时期的唐朝政治比较开明，注意查看民风民情，当时有谚云："街谈巷议，倏有裨于王化。野老之言，圣人采择。"民众享有较为宽松的言论环境，一些出自民间的建议也被统治者所采纳。

繁华的同时，民生疾苦依然存在，即使是在唐前期。高宗永淳元年，夏季洛阳大雨，涝灾导致农业歉收，许多困苦农民被饿死。有童谣曰："新禾不入箱，新麦不入场。迨及八九月，狗吠空垣墙。"就描绘出了一幅灾害导致饿殍遍野，人去房空的凄凉图景。农民在自然灾害面前是首当其冲的受害者，而同样是处于社会底层的工匠，更难以逃离悲惨命运的结局。唐代神龙元年到开元十八年，杨务谦开陕州三门，凿山烧石岩，侧施栈道牵船，河流湍急，所雇夫未与价值。苟牵绳一断，栈道一绝，则扑杀数十人。三门峡是黄河运输中经常出现覆舟的地方，《新唐书》载："岁漕经砥柱，覆者几半。河中有山号'米堆'，运舟入三门，雇平陆人为门匠，执标指麾，一舟百日乃能上。谚曰：古无门匠墓。谓皆溺死也。"一句"古无门匠墓"的谚语，道出了多少工匠的辛酸血泪史！

中唐，唐朝经历转折性变化，安史之乱，京城被攻占，士庶多投靠叛逆之军，等到唐统治者收复京城，诸旧僚朝士，系于三司狱，鞠问罪状。当时两京童谣曰："不怕上兰单，唯愁答辩难。无钱求案典，生死任都官。"即反映他们倾家荡产、妻离子散，无路申冤雪耻。在群众的眼中，他们是无辜的，是被逼无奈的，遭遇是悲惨的，是值得同情的。这与受统治者支配的史家视角和观念是截然不同的。群众的眼睛是雪亮的，因而我们得以在民谣中搜寻真实的历史画面。

2. 饮食风俗

唐代饮食比前代更加丰富多样，主食以麦、粟、稻为主，间以多种杂粮。小麦面食是最主要的食品，无论贵贱皆食之，以饼类形样最多，有汤饼、胡饼、蒸饼、煎饼、凡当饼、红绫馅饼、赍字五色饼等。所以饼在唐代是很受欢迎的，谚语"金易得而饼不易得"，用黄金来比衬饼的地位，这里所说的饼特指当时用熟茶叶碾碎成末，做成的茶饼。

茶成为唐人须臾不可离之物，自开元初年，饮茶之风风靡全国，各地茶肆林立，茶道大行。品茶、斗茶成为士人的雅好，而劳动人民也已离不开茶。茶器随之而得到发展，从茶碗、茶托到茶盂以及茶瓶，并讲究茶器制作的材料，因为这影响到泡茶的效果。谚语"茶瓶用瓦，如乘折脚骏登高"就说明使用不施釉的陶器，渗水而有土气，这样的茶瓶会严重影响茶汤的质量。

唐代洛阳种植一种桃，名王母桃，十月始熟，俗语曰："王母甘桃，食之解劳。"这与汉武帝会见西王母的神话传说的流传有关。

《群居解颐》记有一岭南冬令俗语"踏梯摘茄子，把扇吃馄饨"，记载当时岭南有高大的茄子树，因为栽种的茄子苗往往长两三年，渐成枝干，竟成大树。每当夏秋熟时，搭梯摘茄子，一栽可采摘三年，但今已罕见。此外岭南的另一饮食风俗是冬天好吃馄饨，而入冬时天气仍烦热，吃馄饨须打扇子。

3. 衣饰民俗与尚美之时风

唐代是一个尚美风气浓厚的社会，国富民强所提供的物质保障让人民有高涨的热情追求生活之美。妇女服饰用以美化和装饰的目的十分突出。唐代谣谚所言女性服饰，就充分反映了尚美的时代风气。

在唐代女装中，裙装始终是最重要的服装。唐初盛行条纹裙，尔后色彩浓艳的裙装渐盛，唐武后时童谣"红绿复裙长，千里万国闻香"则向世人展示当时的内宫女服红绿复裙的盛行。唐代女子普遍着裙，裙子花色繁多，缝制精细，颜色以红、绿、黄居多。

杨贵妃常以假髻为首饰，喜欢穿黄裙。天宝末，京师童谣曰："义髻抛河里，黄裙逐水流"，是以谶谣的形式预言杨贵妃的悲惨结局，但是从另外一侧面也让我们知晓杨玉环的服饰特点，而作为集宠爱于一身的贵妃，其装扮无疑引领当时潮流。可见，当时用假发做头饰和穿裙装的流行。

饰物方面，时兴贴花钿，将剪好的花样贴在额前眉心处。王定保《唐摭言》卷十："乾符中，蒋凝应宏辞，为赋止及四韵，遂曳白而去。试官不之信，逼请所试，凝以实告。既而比之诸公，凝有得色，试官叹息久之。顷刻之间播于人口。或称之曰：'白头花钿满面，不若徐妃半妆。'"

花钿之外，戴真花也是潮流。谚语"不戴金茎花，不得在仙家"正是此类写照。沧州岛上的妇女流行戴金茎花，它的花形像蝴蝶一样，每当微风吹来，金茎花就会摇荡起来，像会飞一样。妇女们人人竞相采集金茎花，用它作为首饰，打扮自己。

谣谚真实和具体地再现了唐代服饰，同时映衬出当时社会生产水平的发展，人民审美情趣的提高。与其他相关文献相比较，它更能说明尚美风气已普及于民众，是整个社会的普遍习气。

4.农业生产风俗

农民在千百年的劳动中积累了丰富的生产经验，而谚语是他们将这些经验与知识表达和传递下来的最基本的载体。自古以来皆然，唐代亦不例外。

古代农业生产，气候与年成是密切相关的，所以农谚中有着大量反映天气节令变化对农作物收成影响的谚语。下雪就直接影响农作物的生长："若要麦，见三白"，"正月三白，田公笑赫赫"。此二谚表达的大体上可以认为是一个意思，前者说明头一年腊月以前如果下三场雪，第二年的麦子就有一个好收成。后者则将时间界限推到正月，正月三度见雪，对农作物的生长是十分有利的。

二十四节气是劳动大众在长期劳动中总结出来的时节与农业生产的关系。朝廷举行祭天大典，阴阳生卢雅、侯艺等建议十二日冬至吉日举行典礼。唐中宗引民谚"冬至长于岁"，不敢在冬至这天举行，改在十三日。说明当时这类谚语已经广泛流行于各个阶层，由生产性谚语而影响到上层政治事件。

雨水的多少与农业更是息息相关。而各个时节的雨水对农作物的影响又不尽相同。谚语"春雨甲子，赤地千里。夏雨甲子，乘船入市。秋雨甲子，禾头生耳。冬雨甲子，牛羊冻死"就针对每个季度的甲子日的雨水，详尽说明其影响：春天甲子日下雨，就要千里大旱；夏天甲子日下雨就会发大水；秋天甲子日下雨，庄稼的头上就会长出枝杈；冬天甲子日下雨，对牛羊的存活则会不利。

正因为雨水的重要性，农民对适量的雨水是十分渴盼的，因此而有祷雨等活动，甚至与对官员的崇拜相联系。太和四年，段文昌为检校左仆射，徙帅荆南。州或旱，解必雨；或久雨，遇出游必霁。民为语曰："旱不苦，祷而雨，雨不愁，公出游。"

对农作物的播种，收成预兆，劳动大众也积累了不少经验。如谚语"枣子塞鼻孔，悬楼阁却种"，是说如果枣子小得可以塞进鼻孔，那么种子就要悬挂在楼阁上推迟耕种。而"蝉鸣蛞蝼唤，黍种糕糜断"则将蝉鸣叫作为种植黍米能否丰收的预兆。

劳动人民逐步熟悉各种植物的不同物性，并根据其与人体的关系记载其特性。民谚"韭是草钟乳，茭是水硫黄"就是此类，言韭药性温补。按《孙公谈圃》卷中载："陆生韭，叶柔脆，可俎，名为草钟乳。水产之茭，其滑可食，名为水硫黄。"

唐代水运比较发达，造船和航海技术已达到了当时的世界先进水平。代宗大历至唐德宗贞元年间（766—804 年），有所谓"俞大娘航船"，形制最大，船上"居者养生、送死、嫁娶，悉在其间"，甚至可以在甲板上种植菜圃，操驾之工多达数百人。不过就一般河道而言，大多数的船只是达不到那种规模的，李肇所撰《唐国史补》卷下记载说，江湖上通常流行这样的说法："水不载万。"最大的舟船，也不过装载八九千石，这是从安全而言对行船经验的总结。

（二）谣谚中的唐代社会生活风俗

1. 信仰民俗与崇神信鬼之社会心理

唐代流行狐神崇拜，唐初以来，百姓多事狐神，房中祭祀以乞思，食饮与人同之，事者非一主。当时有谚曰"无狐魅，不成村"，可见狐神崇拜普及于各个民间村落。

事实上，唐代神灵崇拜广泛流行，万物有灵思想深入民心。有一类谣谚将天象变化、灾害及动物行为等自然现象与国家政治事件、个人命运联系起来，将前者所表现出来的一些特征看成是后者将要发生变化的预兆。例如民谚"树稼，达官怕"即是凝霜封树，预兆大官死之意。《旧唐书》载二十九年冬，京城寒甚，凝霜封树，玄宗之兄李宪见而引此谚，并认为是预兆自己之死。相类的还有"狐向窟嗥，不祥""朱雀和鸣，子孙盛荣"等。这就是万物有灵观念之反映，认为自然界的某些异常现象是上天对于人事的信号。

与此同时，有关鬼怪的信仰悄然增长，扬州青溪当地谚云"扬州青，是鬼营"，是说青溪和青扬都是"鬼营"。而与此相关的有一民间传说：檀道济居清溪，住的是吴国将领步阐的旧居，他的二儿子夜里忽然梦见有人来把他绑上了，想喊也喊不出来，到天亮才解开。一看，被绑过的绳印子还在身上。而步阐及檀道济都被诛杀，更让这一谚语蒙上神秘色彩。《龙城录》中记载了一则三人夜坐谈鬼而怪至的故事，作者觉得俗谚"白日无谈人，谈人则害生；昏夜无说鬼，说鬼则怪至"是至言，不可不信。

神灵信仰与鬼魂信仰无疑是唐代民间信仰的中心内容，社会的崇神信鬼心理成为一种普遍的风气，民众对鬼神深信不疑，不仅延续了前代的自然神信仰，而且通过各种方式让死人变成了神，造成鬼神的泛滥。民间流传的鬼神来源多样，名目繁多，难以计数，深入民众观念，而且鬼神观念相互影响，滋长人们对神秘力量的畏惧心理以及祈求神灵的庇佑心理，从而导致神灵信仰的不断升级，几乎可以说在唐代真实的社会生活之外，还与之平行存在着一个虚幻的神灵、鬼怪世界。

2. 丧葬风俗

唐时丧葬讲究归葬先茔。对于客死他乡之人，则需千里护丧还乡。在唐玄宗时期因斗鸡而名噪一时的贾昌，民谣称其曰"生儿不用识文字，斗鸡走马胜读书，贾家小儿年十三，富贵荣华代不如，能令金距期胜负，白罗绣衫随软舆。父死长安千里外，差夫治道挽丧车"，末二句就反映贾昌在其父死后，千里护丧还乡之事。

古代的悬棺葬，在三峡一带较为流行，将棺木悬于峡壁之上。唐时谣谚"九子不葬父，一女打荆棺"述说了一个传说故事：一老父生有九子一女，死时九子互相推诿，袖手或弃去，不谋葬父。其女独采荆条编棺，葬其父于悬崖。

3. 社会伦理

唐代重视孝道，彭城刘师贞，怀念去世的母亲至亲至诚，以孝道闻名于当时，感动了大众，当时有谣曰"孝于何？通神明。汉有丁兰，唐有师贞"，就是盛赞其孝行。

初唐贞观时谚语"贫不学俭，富不学奢"指贫穷的人不学节俭也会节俭，富有的人不学奢侈也会奢侈。表明环境、习惯对人的思想行为有很大的影响。此谚语在侍御史马周上疏建议减少优赐时引用，得到太宗采纳。

"千里井，不反唾"是一条古谚，杜甫曾在诗中引用，此谚谓尝饮此井，今舍而去千里之外，亦不忍唾也。心怀感恩的情愫在此中呼之欲出。

唐代公主多娇宠，驸马是郭暖郭子仪之子，常与升平公主吵架，公主告状到其父代宗，郭子仪将郭暖捆绑起来，等待圣旨降罪。没想到代宗却对郭子仪说了一句民间谚语"不痴不聋，不作阿家阿翁"，意谓不装聋作呆，当不好家翁、家姑，儿女们闺房中的口角是非，不必去听，不必当真，这样将矛盾化解了。代宗引用民间处理婆媳关系之谚语，足见谚语普及于社会各阶层。

4. 吏治腐败之政治时俗

唐代朋党之争，导致唐代晚期政治败坏，是晚唐政治的显著特色。其中规模最大、时间最长的要算牛、李党争。牛僧孺与杨虞卿明争暗斗，各自拉帮结派，中立者则无处容身。京师传语曰："太牢笔、少牢口、东西南北何处走。"太牢代指牛僧孺，少牢代指杨虞卿，二党用笔用口相互中伤诽谤，中立者处境尴尬，不知"何处走"。另外，长安城中有谚曰："门生故吏，不牛则李。""李"就是指李宗闵，"牛"便是指牛僧孺，这句话是说，他二人取士，大多数都是自己的门生故吏。官场上的钩心斗角绝对不仅仅只存在于朋党之间，它是封建官僚体制中难以克服的弊端，广泛存在于整个官场。唐代的谣谚"遗补相惜，御史相憎，郎官相轻"就勾画出了官场上的"相酬图"。

唐崔湜为吏部侍郎，贪纵。其亲属仗势四处卖官鬻爵，兄凭弟力，父挟子威，咸受嘱求，赃污狼藉。时崔湜、岑义、郑愔，都在吏部任职。京中民谣曰："岑愔獠子后，崔湜令公孙，三人相比校，莫贺咄骨浑。"

懿宗朝的宰相贪污腐化相当严重，曹确、杨收、徐商、路岩同为宰相，杨、路以权卖官，曹、徐但备员而已，长安城中的居民根据他们的姓名编了一首歌谣："确确无馀事，钱财总被收。商人都不管，货赂（路）几时休。"讽刺官场之腐败至极。

以上谣谚所反映的多是晚唐时期。唐末社会黑暗，民生痛苦，整个政局糜烂，贪官当道，残酷地盘剥百姓。贪官污吏相互勾结，人民几乎无路可走，生活在水深火热之中。作为百姓心声的这类谣谚，反映出的官场拉帮结派、相互勾结、卖官鬻爵、腐败成风，凸显了唐末统治已经走入穷途末路。

5.科举风俗

唐代科举兴盛，统治者大力倡导科举考试，使大批地位低下和出身寒微的优秀人才脱颖而出。影响之大，家喻户晓，妇孺皆知。谣谚中即有不少反映出当时科举考试情况。唐太宗看到新考中的进士鱼贯而出的情景有"天下英雄入吾彀中"之叹，而民众见到的更多是落榜之士，一次又一次地参加科考，时云："太宗皇帝真长策，赚得英雄尽白头。"而"三十老明经，五十少进士"的民谚，通过对比凸显中进士之难的同时，也道出了所有举子们的寒窗艰辛。一年一度的科考是他们的大业，"槐花黄，举子忙"的谚语也正说出了举人们以科考为务的时况。举子们忍受十年寒窗之苦，是为了等待及第的那一刻，鲤鱼跳龙门，命运由此完全得以改变。民谚所形容的"进士初擢第，头上七尺焰光"的荣耀和锦绣前程是他们无穷的动力源泉。当然作为考试制度，科举总会有人欢喜有人忧，谚语"及第进士，俯视中黄郎；落第进士，揖蒲华长马"就突出了及第与否所带来的天地之别，当然同时也阐明了进士在科举中极受重视的情形。

及第带来的是仕途的一片光明，这对于寒士出身的举人来说，其感受无疑是一步登天，李德裕就颇为寒进开路。元和十一年，进士考试及第者自李凉公以下三十三人，皆取寒素。时人曰："元和天子丙申年，三十三人同得仙。袍似烂银文似锦，相将白日上青天。"

科举考试在当时无疑是选官制度中最先进、民主的方式，然因其尚不完善且涉及参考者命运前途，难免滋生腐败，营私舞弊成风。这自然也被群众的眼睛捕捉到。当时举人间所流传的谣谚"欲趋举场，问苏、张；苏、张犹可，三杨杀我"，就形象地揭示了科场腐败。文宗太和中期，苏景胤、张元夫做翰林学士。杨汝士和他的弟弟杨虞卿、杨汉公，在文林中大有名声。杨虞卿等人佞柔，操纵选举，举人们纷纷投靠其门下，出钱财即可得到所想的官职。此谚意为"三杨"在文林中的影响比苏、张还厉害。太平郡的王崇、窦贤两家，很有权势，足以推荐后进的学子成名。故科目举人相谓曰："未见王窦，徒劳漫走。"意思是说不经王崇、窦贤推荐，有才学也白搭。

及第进士要经过铨选才能走上仕途，吏部官员在这道关卡上就大权在握。姜晦为吏部侍郎，眼不识字，手不解书，滥掌铨衡，曾无分别。选人歌曰："今年选数恰相当，都由座主无文章。案后一腔冻猪肉，所以名为姜侍郎。"姜晦把他执掌的铨选之任弄得一塌糊涂，甚至连高低优劣都不分。此歌谣强烈地讽刺了其中的不公和荒唐。

在武则天时期，朝廷改革，举人不试皆与官，于是御史、评事、拾遗、补阙者，不可胜数。张鷟为谣曰："补阙连车载，拾遗平斗量，欋推侍御史，碗脱校书郎。"传至民间则有车载、斗量、欋推、碗脱之谚，嘲讽朝廷不择良莠，随意滥封。

上述五类反映世风政情的谣谚，都是当时百姓对朝政的精华的结语，透射出人民群众对时政各个方面的感受和意见，每一条谣谚，不过寥寥数语，但从不同侧面将唐代政治、社会生活的状况、民众对此的感受，表达得淋漓尽致，相比我们所熟知的唐代文学、历史文献记载，简单明了、感情直白。就影响而言，谣谚不胫而走，广为流传。谣谚是人民群众情绪的晴雨表，是人民群众意愿和感受的反映，研究一个朝代的历史文化，怎能忽视其中的民众意志与生活感受？就历史存在而言，谣谚是唐朝时代生活真实之反映！如果我们现在无法超越时空去找寻前人真实的足迹，那么谣谚是最能使我们见证真实画面的现有历史存留。

二、唐代谣谚的特点

谣谚产生于民间，但历代谣谚都与社会政治关系密切，纵观古今谣谚，唐代谣谚有其自身特点。概而述之，可从内容、作用和影响以及艺术特色三方面来分析。

1. 内容涵盖面广

唐代谣谚广泛地表现了五光十色的社会现实生活，涉及帝王将相、皇后公主、权臣小吏、工匠农民、文人士卒、普通百姓等各类人物，内容从反映各类政治事件、歌颂廉政官吏、揭露贪官污吏到记载地方风俗、品评文学艺术，叙述日常生活、折射时代风气，无所不包，涉及社会各个阶层生活的方方面面。尤其是记载民俗生活、地域特色、生产习俗以及对文学艺术的品评，在整个时代谣谚中占到了极为可观的比率，是谣谚发展历史上的突破。

2. 影响深入社会各阶层

谣谚的作用和影响是不能低估的，它产生于人民群众之中，但却脍炙人口，颇为流传，席卷全社会，影响遍布各阶层。

首先我们从统治阶级来看，李氏王朝深知谣谚的舆论导向作用，在开国之初就懂得利用民谣来造声势，为自己的统治做宣传。陈寅恪先生在《论唐高祖称臣突厥事》一文中即指出，"法律存，道德在，白旗天子出东海"。此歌谣谓李唐树突厥之白旗，而突厥兵从之，盖李唐初起兵时之旗为绛白相杂，不得止言白幡也。童谣本作白衣天子出东海，太宗等乃强改白衣为白旗，可谓巧于附会者矣。

正是有了这样的传统，唐朝政治事件中民间流传的民谣，许多都被用来造声势，利用民心导向，带有谣谶的性质。因而每到社会大转变时期，在重大历史事件发生前后，民谣应运而生。

事实上，由于深谙谣谚的巨大影响力，唐朝统治者一直比较重视民谣民谚。用其观风俗之盛衰，考政行之得失。武则天时，通过科举大量录用官员，造成机构臃肿，官吏繁多。有人作谣"补阙连车载，拾遗平斗量；欋推侍御史，碗脱校书郎"予以讽刺，举人沈全交看到这首诗后，又在后边加了四句："评事不读律，博士不寻章；面糊存抚使，眯目圣神皇"，直接批评武则天用人过滥。御史将其以诽谤朝政罪逮捕，武则天知此，却言："但使卿等不滥，何虑天下人语？不须与罪，即宜放却。"一句"何虑天下人语"即阐明将民谣当成舆论来监督之意。

唐统治者亦喜引谚，如中宗曾引谚"冬至长于岁"，代宗引谚"不痴不聋，不作阿家阿翁"等。

其次，对劳动大众而言，谣谚是反映民众疾苦与心声的一面镜子。从"鲁地抑种稻，一概被水沫。年年索蟹夫，百姓不可活"到"新禾不入箱，新麦不入场。

追及八九月，狗吠空垣墙"的民谣，无不反映着百姓的辛酸！

3. 渗透时代特色的民间文学

唐代谣谚，是唐代文学的组成部分，属于民间文学，或称俗文学。相对于发展达到巅峰的唐朝诗歌，谣谚的文学审美性无疑是逊色的，即使与民歌相比，也无特别之艺术魅力可言。但从纵向看，与往代谣谚相比，唐代谣谚无疑在艺术形式上有了进一步的发展，一些民谣已符合韵律，手法上也有赋比兴的多重运用以及类比、比喻的反复使用，不过这些都不是谣谚这一俗文学的重点所在，故不做讨论。就其形式而言，有两点是比较突出的，一为大量使用民间俗语、口语。这自然是其民间文学的本质所决定的。如对唐玄宗的称呼，多使用"三郎""三叔"；如"三郎当殿坐""三叔闻时笑杀人"。二为时代心理在形式上的反映，以汉喻唐是唐文人创作中的一大时代特征，它是唐人时代心理的一种反映，但在谣谚中，这一心理依然得到反映。如"汉家天子西巡狩，犹向江东更索兵"，"高昌兵马如霜雪，汉家兵马如日月，日月照霜雪，回首自消灭"。

三、风俗类谣谚特色

风俗类谣谚是劳动人民在生产和生活实践中对民俗事象的亲身体验和提炼、总结。相比于其他谣谚，我们不应忽视其特点。

1. 跨越时空性

民俗的养成是一个渐进的过程，不因朝代的开始而开始，也不因其终结而终止。它继承了前代民众的经验和习性，往往是古俗与时风在相互融合中发展、变化。在传承上，风俗习惯往往依靠一种文化传统上的惯性长期占据着人们的头脑，不会轻易改变。因此，民俗类谣谚因其内容的时代共性而能够跨越时空，继往开来，既接受和吸收前代谚语，又被后代所继续传承，历久弥新。这突出地表现在生产类谚语、社会伦理俗谚、信仰民俗等方面。

首先，我们来看唐人对前代古谚的继承。唐代当时流传的一些谣谚，有的是产生于往代，虽经过历史洗涤，但至唐时，与时代风气和社会相融合，在当时仍然广泛流传。例如，谣谚"欲求好妇，立在津口。妇立水旁，好丑自彰"就是产生于晋朝，刘伯玉的妻子，生性嫉妒，伯玉曾在其面前吟诵《洛神赋》，并言欲娶那样的美女。其妻子言其死后也可为水神，并于当晚即跳水而亡。有妇人渡此津者，皆坏衣枉妆，然后敢济，否则妒妇之神发怒，风波暴发。妇人过那条河时，河的"态度"成了评价该妇人美丑的标准，遂有此谚。此谚在唐朝广为流传，唐高宗率嫔妃经过此地，曾因此而欲别道行之。实际，唐朝妇女之好妒者众多，此亦可见时风。

又如"千里井，不反唾"以及"借书一嗤，还书二嗤"都是产生于前代的古谚，唐时人们仍然流传甚广。诗人杜甫就经常在诗中引用前代古谚。

其次，唐代流传的谣谚，到今天依然脍炙人口。虽然时隔千年，我们今日读来，如同当代民谚。如王勃在其文中引谚"祸不入慎家之门"，今天我们强调预防事故、安全生产之时，此谚是常常被人提及的。又如孙光宪所引谚"好事不出门，恶事行千里"在当今社会仍是最常见的谚语之一。古今对道德的评价有一种自古而来的传统文化之根基蕴含在里面，千年不变，唐人云"一年之计，树之以谷；十年之计，树之以木"。至苏轼作文，引古语为"一年之计，树之以谷；十年之计，树之以木。百年之计，树之以德"，而我们今天说十年树木，百年树人，道理同出一辙。对人生的感受，这是人类历史中有着共性的东西，所以唐谚"人生百岁，七十者稀"正是由于脱源于古语"人生七十古来稀"之论，到今天依然千古同音。人性之共性，跨越时空。

2. 主观情感性

我们认为历史谣谚是我们研究历史民俗的宝贵文献，因而要充分注意谣谚所反映的民俗事象，但是我们更要注重这些谣谚记载这些民俗时所蕴含的情感。因为它们不是单纯地对民俗事物、民俗现象的罗列和记载，而是自身生活的亲身感受和体验。唐代民谚亦不例外。

一些谣谚就是基于情感而发，而民俗事象只是附属于其中。如民谚"千里相送，归于一别"道出的就是难分难舍的情谊。谚语"小舅小叔，相追相逐"和"卒客，无卒主人"则直接反映的是唐朝的人情风俗。又如"五月下峡，死而不吊"所反映出的是民众对五月涨水时节，船过三峡之危险的无奈和辛酸。

群众就是民俗事象的参与者和见证者，因而民谚在记载一些习俗的同时也记录下了群众对此风俗的感受和意见。反映斗鸡民俗的民谚："生儿不用识文字，斗鸡走马胜读书，贾家小儿年十三，富贵荣华代不如，能令金距期胜负，白罗绣衫随软舆。父死长安千里外，差夫治道挽丧车。"字里行间就渗透出人民群众对宫廷斗鸡之风的不满，才十三岁的贾昌，因在皇宫斗鸡受宠而暴富，导致民间效仿，一时间社会舆论认为"斗鸡走马"胜于读书正道，群众作谚嘲讽此股歪风。总之，研究民间谣谚，不能忽视其主观情感性。

唐代谣谚是唐代民间文学的重要组成部分，作为广为流传的俗文学，其内容涉及唐朝社会生活的方方面面，影响到社会各个阶层，所蕴含的思想和意义不可小视，本书仅探讨了其内容方面的一些特色，聊作抛砖引玉，深入的研究还有待来者。

第四章　唐代文学——音乐文化

唐代音乐是中国音乐文化史上重要的里程碑，它对中国传统音乐与文化的发展产生了深远的影响。无论研究中国古代文化还是音乐艺术，"唐代音乐"均是一个难以跨越的历史堤坝。有学者曾经指出，唐代（618—907）是中国古代社会的转折点，也是中国古代社会内部一系列重大变革发生的时期，"它那承前启后、创新开拓的历史变革，威武雄壮动人肺腑的历史悲喜剧，千百年来吸引了中外历史学者瞩目"。唐代音乐像唐诗一样已经成为中国传统文化的重要组成部分，千百年来影响着一代又一代的中国人。中华民族艺术史上这一盛唐气象的出现，实际上来之不易，其经历了一个比较缓慢的积累过程，并遭遇了各种挑战和变革，方才创造了中国音乐文化历史上独有的强盛与辉煌。为了系统深入地认识和理解唐代音乐发展的文化内涵，有必要首先对唐代音乐发展的社会历史背景和演变特点加以扼要的分析考察。

第一节　唐代音乐文化繁荣的特点与原因

一、唐代音乐文化繁荣的特征

唐代创造了具有集大成性、开创性、包容性和辐射性的先进文明，在音乐文化方面也呈现出了类似的特点。

（一）兼收并蓄的音乐风格

唐代是中华民族发展史上的第二次大融合时期。中华民族两千多年的封建文明史，即从春秋战国到鸦片战争以前，共经历了三次大的分裂和三次大统一。其中战国分裂到秦汉是第一次统一；三国两晋南北朝的分裂到隋唐的统一为第二次；五代十国、宋金辽的分裂到元明清的统一为第三次。唐代作为我国古代封建社会国家第二次大统一阶段，由于社会经济的发展和政治局势的基本稳定，加之统治者的重视与倡导，使得唐代音乐文化艺术得到了空前的发展，取得了辉煌的成就，成为中华文化艺术史上光彩的一页。

衡量一个时代音乐文化是否有较大发展潜力的一个重要标志，主要是看其究竟如何处理继承与创新的关系问题。唐代音乐文化能够超越前代，构筑文化的新高峰，与其对以往的音乐文化遗产的积极综合、扬弃和创新密切相关。

没有继承就没有创造。从继承和汲取前代的遗产方面来看，唐代积极吸收了魏晋南北朝和隋代的音乐文化成果。《旧唐书》载："隋末大乱，其乐犹全。"隋王朝自建立到灭亡虽然只有37年时间，是我国历史上最短命的封建王朝之一，然而在经济、文化方面却取得了很大的发展。隋文帝末年，隋王朝殷富、库藏充实，"计天下储积，得供五六十年"。直至隋亡之后二十年"亦为国家之用，至今未尽"。隋代的音乐文化也有很高的成就。据《隋书·音乐志下》记载："自汉至梁、陈乐工，其大数不相逾越。及周并齐，隋并陈，各得乐工，多为编户。"隋炀帝时，乐府的乐工数量大为扩充。大业六年（610年），大括天下乐人集中长安，其数始"益多前代"。在大业三年，隋炀帝将洛阳艺人分居12坊，在长安设坊安置达30000多乐工，并设置"博士弟子"负责管理训练。这一举措开创了"教坊"制度之先河，后为唐以后历朝所沿袭模仿。隋代宫廷音乐续承并发展了南北朝时期的音乐艺术，特别是清商乐。"《清乐》者，南朝旧乐也。永嘉之乱，五都沦覆，遗声旧制，散落江左。宋、梁之间，南朝文物，号为最盛：人谣国俗，亦有新声。后魏孝文、宣武，用师淮、汉，收其所获南音，谓之《清商乐》。隋平陈，因置清商署，总谓之《清乐》。"隋朝创建了"七部乐""九部乐"的宫廷音乐体制，主张多民族音乐并存，并大力培植民间音乐，使我国封建社会音乐文化朝着东西方文明交融的方向迈出了重要步伐，其历史意义不可低估。唐袭隋制，在延续融合的基础上建立了"十部乐"与坐、立部伎的宏大体系，将我国音乐文化又推向了一个新阶段。在乐律理论方面，唐代流行着两个系统：一是二十八调系统，另一是八十四调系统。前者用于燕乐，后者用于雅乐。这两个系统均是隋代奠定的。唐代燕乐也是在不断吸收、借鉴前代成果的基础上，加入新的成分并日臻完善的，其作为俗乐更为各阶层所喜爱、推崇。正如黄翔鹏先生所说："唐燕乐二十八调来源于汉魏时的清商乐，是清商三调的继承者。隋唐俗乐是以法曲为主线，沿清商乐发展而来的。"雅乐只是在郊庙祭祀活动时的表演，政治仪式性远大于艺术性，而唐代燕乐的勃兴则为唐代艺术的创新奠定了雄厚的文化集成基础。

在继承基础上的音乐文化创新是唐代音乐走向高度发达的关键性要素。在中国传统儒家文化中，长期以来潜移默化地遵循着一个传统倾向，这就是偏重继承，忽略创新。而创新又是文化发展的灵魂，创新精神的高度发挥是唐代音乐文化风格得以确立的重要原因。"唐代文化之所以全面繁荣，成为中国传统文化的高峰，世界文化史上的奇葩，原因是唐人在文化问题上具有强烈的创新意识。推陈出新是唐代文化的灵魂。"在音乐艺术上，唐代同样具有这种鲜明的创新精神。唐代人勇于进取更新、积极创造，面对六朝江南亡国之乐和西域外来音乐的冲击，他们一方面充分继承和汲取，不断吸纳当时先进的音乐艺术成果；另一方面大胆综合创造，改进提高，集中体现为吸收、融合、改编等几种形式。

以对西域音乐的"吸收"为例，唐代曾一度盛行由西域传来的"泼胡寒戏"。在严冬季节，表演者持油囊装水，互相泼洒，载歌载舞，以为戏乐。后来唐玄宗时代此戏虽被禁止，但其所用的舞蹈《浑脱》、乐曲《苏幕遮》却保留了下来。

再从"融合"来看，唐代把《浑脱》舞与中国传统的剑器舞糅合起来，成为《剑器浑脱》。开元年间，舞蹈家公孙大娘擅长此舞，"浏漓顿挫，独出冠时"。杜甫曾为她和弟子的精湛技艺写下了《观公孙大娘弟子舞剑器行》的著名诗篇。

就"改编"而言，唐代更改了一大批西域音乐的名称，例如天宝十三年，太乐署把"沙陀调"《苏幕遮》改为《宇宙清》，将"金风调"《苏幕遮》改为《感皇恩》。"乐曲改名不只是为了使曲名中原化，而且也意味着乐曲本身已经按照中原风格的要求经过了改编或再创作。这次改名的乐曲中有外来乐曲，也有我国西部地区的乐曲。唐代乐人采取这些方式对唐代音乐的内容有所补充。"由此可见，唐代人对外来音乐舞蹈的吸收是有条件和有选择的，即通过引进消化、吸收再创新和集成创新来发展音乐文化，这是唐代能够超越前代创造音乐文化新高峰的重要条件。

史书记载，唐人在音乐上重视创新，能造新声者每受关注与好评，并为人所效仿。如唐玄宗便是一位音乐天赋颇高并勇于创新的皇帝。元稹《华原磬》中讲："玄宗爱乐爱新乐。"白居易《法曲》中也说："明皇度曲多新态。"玄宗朝的著名歌唱家永新是宫廷出色的歌手，她"能变新声，高秋朗月，喉一声，响传九陌"，深受听众喜爱欢迎。唐文宗时的尉迟璋，"左能转喉为新声，京师屠沽呼为'拍弹'"。歌唱家李可及"善音律，尤啭喉为新声，音辞曲折，听者忘倦"。王建有诗云"如今供奉多新意，错唱当时一半声"。唐武宗时的乐工罗程"善弹琵琶，为第一"，其原因在于他"能变易新声"，深得武宗宠爱。晚唐统治者唐宣宗，史书称赞其具有"小太宗之风"，能够作曲，尤其钟情新乐曲。"每宴群臣，备百戏，帝制新曲，教女伶数十百人。"

广泛采纳各地区和外来音乐、歌舞，加工创新、"更造新声"后成为独特的风格，造就了唐代音乐的丰富内容。《旧唐书》曾记载了二部伎从早到晚的演出盛况。"玄宗在位多年，善乐音。若宴设酺会，即御勤政楼。先一日金吾引驾仗北衙四军甲士，未明陈仗……候明，百僚朝……天子开帘受朝。礼毕，又素扇垂帘。百僚常参供奉官、贵戚、二王后，诸蕃酋长，谢食就坐。太常大鼓，藻绘如锦，乐工齐击，声震城阙。太常卿引雅乐，每色数十人，自南鱼贯而进，列于楼下。鼓笛，鸡娄，充庭考击。太常卿乐立部伎，坐部伎依点鼓舞，间以胡夷之伎。日旰，即内闲厩引蹀马三十匹，为《倾杯乐曲》，奋首鼓尾，纵横应节。又施三层板床，乘马而上，抃转如飞。又令宫女数百人自帷出，击雷鼓，为《破阵乐》《太平乐》《上元乐》，虽太常积习，皆不如其妙也。若《圣寿乐》则回身换衣，作字如画。又五方使引大象入场，或拜或舞，动容鼓振，中于音律，竟日而退。"这样从早到晚的盛大演出，可惜在唐玄宗之后再没有史料记载提及。天宝年间，唐玄宗"诏道调、法曲与胡部新声合作"，"制作调曲，皆与胡部随意即成，不立章度"。将中国音清而近雅的法曲、道调的音乐，与外来的胡乐合作，演奏出新的旋律。而"安史之乱使盛唐乐制全遭破坏，二部伎乱后不能恢复，遂与梨园同归消灭"。

盛唐音乐文化发展繁荣的图景是全方位的。在音乐机构设置方面，其分工之精细，规模之宏大，技艺之高超，均非历代所能及。唐代音乐教习方面，其要求之高，制度之严，也堪为历代之首。大乐署、鼓吹署、教坊、梨园、详校所、宣徽院、仙韶院、乐官院，以及专门教习幼童的梨园别教园，豪门贵族和文人士大夫家中的乐伎，各州郡县的衙前乐、教坊乐和军营音乐等机构，均以严密的训练与考绩，造就了一批批才华出众的音乐家。这些机构和举措有力地推动了中国封建社会音乐文化发展鼎盛时期的到来。

（二）配制宏伟、诸色皆备的壮丽音乐体系

宏伟壮丽复杂的音乐文化形态是唐代音乐兴盛的一个重要特点。日本学者岸边成雄在《唐代乐器的国际性》一文中指出，唐代音乐是中国音乐史上的一个辉煌时期，是古代音乐发达的一个高峰，其音乐的性质具有以管弦、舞乐为中心特征，重要原因是唐代有着发达盛行的乐器。从种类众多的乐器性能、演奏技巧、合奏技法等来看，与唐代前后时代比较都具有极高的发达水平。这与当时欧洲一

统天下的单旋律教会声乐相比较，唐代不仅有能够演奏和声性的乐器——笙，而且还具有能够演奏丰富和声性的演奏乐队，可以想象当时音乐的发达程度。

国内有学者总结认为，唐代音乐既有反映盛唐壮美气象的"盛唐之音"，又有反映五光十色的现实社会众美并存的"中唐之响"，还有在心理上细腻地呼应着晚唐社会落霞般优美形态的"晚唐之韵"。完全可以说，"唐代艺术审美已达众美灿烂、诸色皆备的程度"。也有学者概括指出，"唐代音乐上承秦汉以来歌舞音乐的繁荣，使之发展至极盛阶段；下启宋元戏曲、说唱等市民阶层音乐生活的巨大变革，为歌舞音乐向戏曲音乐形态转化、发展奠定了雄厚的基础"。唐代音乐文化"既不同于南北朝时期音乐文化的精致、华美、纤巧，也不同于宋代的雍容、和平、自然，而是华丽而不流于浮艳，端庄而不失于板滞，充分展现了时代的乐观向上，博大开放的精神风貌。同时又千姿百态，给个性的发挥留下了广阔的空间"。唐代音乐之所以如此繁盛，可以确定地说是得益于空前的音乐文化交流及高度创新精神。变化多样的调式调性、宏伟的结构、复杂的节拍、广泛的曲目、和谐无比的音响、巧妙的作曲技法、高超的演奏技艺……代表了唐代的最高音乐成就。人们无法想象盛唐时代太常寺、教坊等机构中，有数万人之多的专业"音声人"。此外，还有梨园、宜春院、乐官院等宫廷乐舞机构也拥有大量的乐舞人员。后人也无法实现配备庞大宏伟的二部伎、多部伎之壮丽景观。

唐代新旧音乐都得到了发展。统治者出于加强礼乐建设的需要，十分重视雅乐的修订。经过祖孝孙、张文收等人的努力，唐在前代雅乐的基础上，制定了以十二和乐为基础的唐代雅乐，比隋代雅乐更为完善。同时恢复了秦汉以来长期中断的旋宫之法，使《周礼》三大祭之律在唐代得到了延续。除了享祀所用的雅乐之外，唐代宫廷宴会中间应用"燕乐"。所谓燕乐"简单地说，被统治阶级在宴会中间应用的一切音乐，都叫燕乐或宴乐"。燕乐是在吸收民间音乐及少数民族音乐的基础上，又融合了一部分外来音乐长期发展而成的。唐代的燕乐不是单一的演奏形式，而是多风格、多体裁的音乐形式的总称，其中包括唐初三大乐、十部伎、坐立部伎、法曲、清乐、曲子、散乐、杂戏等部分。"法曲"是燕乐体系中最具有代表性的体裁，盛于开元、天宝年间，所用乐器主要是金、石、丝、竹，故平和、典雅，节奏缓慢。其中著名乐曲便是《霓裳羽衣曲》，诗人白居易在《早发赴洞庭舟中作》曾将木船开行十五里的时间比拟《霓裳羽衣曲》演奏的时间："出郭已行十五里，唯消一曲慢《霓裳》。"绚丽多彩的唐代乐舞虽然千姿百态，但令人振奋难忘的却是"声震百里、动荡山谷"的《秦王破阵乐》，其曲式结构达五十多遍。这些规模宏大精美动人的法曲大曲，既延续了相和大曲、清商大曲的悠久传统，又融合了西域大曲、佛曲大曲、边地大曲的优秀成分，从而形成新的俗乐大曲，代表了各族音乐歌舞的最高水准。唐代燕乐是胡汉融合的产物，成为唐代影响最大的一个音乐种类，对后世影响极其深远。

唐代出现了清乐、雅乐、燕乐等多种音乐共同繁荣的局面。新旧音乐、雅俗音乐、华夷音乐杂然相处，共同消融，相互渗透。雅乐、清乐、燕乐、散乐、凯乐、鼓吹乐，种类繁多。胡乐、俗乐、云韶、法曲、道调、道曲、大曲、杂曲，名目复杂。各种类型的音乐之间范围常常很难界定。《唐会要》把唐代音乐分为雅乐、凯乐、燕乐、清乐、散乐、四夷乐六种类型。《旧唐书》分为雅乐、燕乐、清乐、夷乐、散乐五种。《通典》则将唐代音乐分为雅乐、清乐、坐立部伎、四方乐、散乐。《乐府杂录》分为雅乐部、云韶部、清乐部、鼓吹部、驱傩、熊罴部、鼓架部、龟兹部、胡部。在乐器方面，太常、教坊集中了大量雅、胡、俗乐器，种类极其丰富。元代学者马端临《文献通考》"乐考"部分记载的雅、胡部乐器有 180 种，俗乐乐器多达 250 种以上，大部分流行于盛唐至五代。"宫廷和梨园、教坊所使用的乐器，非常精美，许多属于举世罕见。如杨贵妃所击之磬，系玄宗命采蓝田绿玉琢成，其声泠泠然；磬架的流苏等也用金钿珠翠装饰，铸金狮子为跌座，彩增缛丽，无以为比。"

二、唐代音乐文化繁盛的原因

唐代音乐文化艺术的高度发达，毋庸置疑与唐代开明的政治制度、繁荣的经济、稳定的社会和进步的思想等元素息息相关。音乐是传统文化的重要组成部分，研究唐代音乐形成和发展的原因，是揭示唐代社会和唐代历史形成与发展之谜的一条重要途径。

（一）国家统一，政治开明

唐王朝曾经是举世瞩目的强盛王朝之一，特别是唐代前期近 100 年间，政治稳定，经济兴旺，统治者奉行开放政策，勇于吸收外域文化，加上魏晋以来所孕育着的各族音乐文化融合所打下的基础，以歌舞音乐为主要标志的音乐艺术达到了全面发展的高峰。范文澜先生曾经指出："唐朝国威强盛，经济繁荣，在中国封建时代是空前的，在当时世界上也是仅有的。在这个基础上，承袭六朝并突破六朝的唐文化，博大清新，辉煌灿烂，不仅是中国封建文化的高峰，也是当时世界文化的高峰。"唐代音乐的繁荣绝非偶然。鼎盛的时代是实现文化繁荣的重要条件，而鼎盛时代最重要的标志自然是社会稳定、国家统一，政治开明、民生复苏，国力强大、经济发达。繁荣昌盛的封建经济为唐代文化包括音乐的发展奠定了坚实的物质基础，是音乐文化繁荣的社会背景。

　　唐代是我国古代封建社会国家第二次大统一时期。唐之前的隋王朝虽然统一了中国，结束了南北朝长期分裂的动乱局面，使得封建社会经济有所发展，但是开国者隋文帝为政苛刻，继任者隋炀帝好大喜功，穷兵黩武，民不聊生，进而诱发了规模巨大的农民起义，在位仅 14 年便导致了隋朝的灭亡。唐初的统治者唐高祖和唐太宗，汲取了隋代骤亡的经验教训，推行了比较开明的统治政策。特别是唐王朝的主要开创者唐太宗李世民，同西汉初期统治者一样，十分重视国家的长治久安问题，推行了一系列缓解社会矛盾的措施。在政治上，"除隋苛禁"，采取了一些有助于发展生产、稳定社会秩序的积极措施，如继续推行北魏以来的均田制，抑制土地兼并；在制度管理上，沿袭隋朝科举取士制度，选拔官吏不拘士族门第界限，使得下层地主阶级和寒士有机会升迁；在民族政策上，采取了比较有效宽松的促进民族统一的举措，设都护府以防边患等，开创了政治清明、社会安定的新局面。唐王朝前期 100 年内，先后出现了"贞观之治"和"开元之治"两个"太平盛世"，经济发展，社会安定，呈现一派歌舞升平的景象，其成就超出了西汉的"文景之治"。从当时的世界范围来看，唐帝国也是当时国际范围内最重要、最强盛的国家之一。在中国古代屈指可数的几个封建社会"治世"中，唐代的"贞观之治"和"开元之治"特别具有代表性意义。在唐玄宗李隆基统治时期，唐代的鼎盛局面达到了高峰，造就了中华民族文明史上横空出世的"盛唐气象"。

　　宽松的社会思想环境，培养出相当良好的社会风气与进取精神。有唐一代，人才济济，群英辈出。在政治军事方面，初唐的政治家、军事家有李世民、李靖、房玄龄、杜如晦及十八学士；中唐军事家有郭子仪、李光弼、浑瑊等中兴名将。在经济方面，涌现出了刘晏、杨炎、杜佑等一大批理财家。在文学方面，初唐有王勃、陈子昂等四杰，盛唐有王维、李白、杜甫等杰出的大诗人，中晚唐则有韩愈、白居易、元稹、刘禹锡、李商隐、柳宗元等大文豪。在史学方面，唐代是我国史学发展的重要时期，我国古代的"二十四史"，其中有八部诞生于唐代。盛世修史，唐高祖在位期间，下诏修撰梁、陈、魏、齐、周、隋六代史，为唐代史学发展奠定了格局。贞观三年（629年），唐太宗设史馆于禁中，复诏大臣编撰梁、陈、齐、周、隋五代史。十年之后，《梁书》《陈书》《北齐书》《周书》《隋书》同时修成。随后《晋书》完成。唐高宗显庆四年（649年），《北史》和《南史》完成。短短几十年内，修成了八部正史，占了正史的三分之一。唐代还出现了杜佑的《通典》、刘知几的《史通》、姚康的《统史》和马总的《通历》等通史著述。

整个史学的迅速发展和史学批评理论走向成熟。《新唐书·文艺传序》中说："唐有天下三百年，文章无虑三变。高祖、太宗，大难始夷，沿江左余风，縋句绘章，揣合低印，故王、杨为之伯。玄宗好经术，群臣稍厌雕琢，索理致，崇雅黜浮，气益雄浑，则燕、许擅其宗。是时，唐兴已百年，诸儒争自名家。大历、贞元之间，美才辈出，擩哜道真，涵泳圣涯，于是韩愈倡之，柳宗元、李翱、皇甫湜和之，排逐百家，法度森严，抵轹魏、晋，上轧汉、周，唐之文完然为一王法，此其极也。"

在音乐方面，唐代乐人数量庞大，在长安从事音乐的人数属历代之冠。常乐工有万余户，总人数可能不少于隋炀帝全盛时期。开元、天宝年间，唐代音乐机构的乐工数以万计，其分工精细，规模宏大，技艺高超，人才济济。无论是歌唱方面，还是器乐演奏方面、作曲方面，均名家辈出，群芳竞技。杨荫浏先生在《中国古代音乐史稿》中，仅音乐和舞蹈两个方面就列举了当时著名的演员80余人。他把这些音乐人才划分为"歌唱""器乐""歌舞""散乐"和"作曲"五个方面。音乐家李龟年、歌唱家许和子、舞蹈家公孙大娘等这些众多的音乐人才，使盛唐音乐大放异彩，开创了前所未有的唐乐气派。

（二）生产力提高，经济繁荣

音乐艺术的繁荣离不开经济基础的支持。有唐一代文化艺术的大发展无疑有赖于唐代各个时期农业经济的推动。繁荣昌盛的封建经济为唐代文化包括文学和音乐的发展奠定了坚实的物质基础。经济发展和物质丰富使脑力劳动者人数增多，生活和劳动条件更好，使中小地主乃至寒素人士得以掌握文化，登上文坛，从而打破了世族的垄断格局。唐王朝统治者实行文治、重视发展经济事业。唐朝前期，农业生产蒸蒸日上，手工艺品日益精巧，商品经济空前繁荣，城市生活和平安定。唐代中后期，江南经济进一步发展，为南方经济超越北方奠定了基础。

唐太宗十分注意安定社会和发展经济，他说："为君之道，必须先存百姓。"（《贞观政要·君道》）贞观年间，他采取了四个方面的具体措施：一是"去奢省费"；二是"轻徭薄赋"；三是"选用廉吏"；四是"使民衣食有余"。为了恢复和发展生产，唐统一全国后，推行了均田制、租庸调法和府兵制度，奖励农耕，减轻了农民的赋役负担。所谓均田制，即实行"男丁计口"政策，其中"丁男给永业田二十亩，口分田八十亩"（唐代一亩相当于今 0.787 亩）。而且老弱病残、丧夫孤寡妻妾也各口分田"三、四十亩"。永业田可以子孙继承，口分田则为每年的"收授田"。虽然均田制不可能彻底实施，但对当时恢复农业经济起到了一定的积极作用。在均田制基础上，唐初又实行了租庸调法，要求受田农户每年纳租两石，缴调绢二丈，绵三两，服役二十天，或按每日三尺绢纳庸代役。在一定程度上减轻了民众的负担，也保证了国家财政来源的稳定。这些政策收到了显著效果，到贞观三年以后，关中经济便已恢复。贞观八年以后，全国大治。而80年以后的"开元之治"更是把唐代的盛世推向了高潮。

第二节　唐代音乐的美学思想

一、唐太宗的音乐美学思想

唐太宗李世民（599—649）在位 23 年。唐太宗关于音乐议论并不多，其论及音乐的史料主要载于《贞观政要·礼乐》和《旧唐书》两处，但影响很大。有学者指出："除《旧唐书》外，《新唐书·礼乐志》《资治通鉴》《通鉴纪事本末》及《贞观政要》等史籍皆载入此文（稍有文字出入），可见唐太宗的音乐美学思想历来很受重视。"

（一）音乐与政治的善恶、国家的兴衰无关

儒家思想一直是中国传统文化的礼教准则，《乐记》的音乐功能学说长期影响至今，成为音乐的社会政教作用的基础。唐太宗的思想一方面来源于儒家，认为礼乐之作，缘物设教，承认音乐具有感人性，可以作为影响人的一种工具；另一方面，他一反传统儒家关于音乐决定国家兴亡的观点，提出"悲悦在于人心，非由乐也"，在中国古代音乐美学思想史上具有突破作用。

《旧唐书·音乐志》记载，太常少卿祖孝孙奏所定新乐。太宗曰："礼乐之作，是圣人缘物设教，以为搏节，治政善恶岂此之由？"御史大夫杜淹对曰："前代兴亡实由于乐。陈将亡也，为《玉树后庭花》；齐将亡也，而为《伴侣曲》。行路闻之，莫不悲泣。所谓亡国之音。以是观之，实由于乐。"太宗曰："不然。夫音声岂能感人？欢者闻之则悦，哀者听之则悲，悲悦在于人心，非由乐也。将亡

之政，其人心苦，然苦心相感，故闻之则悲耳。何乐声哀怨能使悦者悲乎？今《玉树》《伴侣》之曲其声俱存，朕能为公奏之，知公必不悲耳。"尚书右丞魏征进曰："古人称'礼云，礼云，玉帛云乎哉？乐云，乐云，钟鼓云乎哉'，乐在人和，不由音调。"太宗然之。

另一段重要言论是《旧唐书·张文收传》记载：贞观十一年，张文收表请厘正太乐。谓侍臣曰："乐本缘人，人和则乐和。至如隋炀帝末年，天下丧乱，纵令改张音律，知其终不和谐。若使四海无事，百姓安乐，音律自然调和，不籍更改。"竟不依其请。

但是，唐太宗对音乐的政治功能还是十分注意的。他在贞观六年写的《幸武功庆善宫》诗中云："弱龄逢运改，提剑郁匡时。指麾八荒定，怀柔万国夷。……其乐还乡宴，欢比大风诗。"在《咏风》诗中也说："劳歌大风曲，威加四海青。"作为一位有大志的皇帝，他不可能不关心国家的长治久安。他说："朕虽以武功定天下，终当以文德绥海内，文武之道，各随其时。"《帝京篇十首》中还有一首表达了用美好和谐的音乐来配合励精图治的思想："千钟会尧禹，百兽谐金石。得志重寸阴，忘怀轻尺璧。"这对突破传统的儒家礼乐思想起了很重要的作用。

（二）音乐与人的感情

唐太宗提出："悲欢之情，在于人心，非由乐也。"也就是说，音乐不具有悲哀或欢乐的内容，悲哀欢乐之情都是由接受者的内心造成的。"夫音声能感人，自然之道也。"本来心里高兴的人，听了音乐就表现出了高兴；本来心里忧愁的人，听了音乐就表现出了悲伤。因此，许多学者就认为唐太宗的音乐美学思想与嵇康有共同点，如杨荫浏先生在其所著的《中国古代音乐史稿》一书中讲，唐太宗"并不承认音乐有一定的哀乐内容，能直接反映政治。可以说，他的观点是与以前嵇康的看法有着共同之处"。李泽厚等编的《中国美学史》也认为"唐太宗李世民以及魏征明显是主张嵇康所说过的声无哀乐"。敏泽的《中国美学思想史》也提出："李世民所阐发的一段道理：'悲悦在于人心，非由乐也'，完全是嵇康在《声无哀乐论》中的观点。"但是有学者认为，"这显然是一种误解"。

二、白居易的音乐美学思想

我国唐代是封建社会发展的全盛时期，在音乐美学思想上以白居易的思想最为突出。

白居易（772—846），字乐天，晚年号香山居士。祖籍下卦（今陕西渭南），生于河南新郑。他出身于官宦世家,祖父曾任节度使,父亲担任过太守。白居易少即早慧,五六岁习诗,9岁识声韵,贞元十六年(800年)29岁的他登进士第,随后补秘书省校书郎。元和二年(807年)授翰林学士,曾任左拾遗等职,44岁时被贬为江州司马,后担任过忠州、杭州、苏州等刺史。晚年担任太子宾客和刑部尚书,居龙门香山,传世有《白氏长庆集》71卷。传世存有诗文3000多首,是唐代留存诗文最多的作家。白居易是我国古代文艺史上最著名的音乐诗人、音乐活动家和评论家。一生写有3000余首诗,其中"与音乐有关的诗约有170多首,不仅在唐代是首屈一指的,恐怕在我国古代作家中也是十分少有的"。这些音乐诗深刻地表达了白居易的音乐美学观点。"中国古代文人大多达则兼济天下,穷则独善其身,在这方面白居易是一个典型。中国古代文人又大多得意时主张礼乐治国,失意时以琴养生,以琴自娱,在这方面,白居易更是一个典型。"白居易不仅是一个有才华的诗人,而且是一个热爱音乐的诗人,音乐对他的作品、思想、生活有着巨大的影响。他对音乐的爱好并不亚于对诗歌的爱好,虽然他还称不上是一个音乐家,但他对音乐的欣赏能力,对音乐的强烈喜爱,对音乐的关注重视,都远远地超过了当时的一般人。

白居易在政治观念方面,基本持儒家立场,在人生观念方面,主要持佛、道思想。"三教之外,他公然以'中人'自居。他对所信奉的思想,并不拘泥固守,而随着时间地点的转移有灵活的变通。由于他对感情有着超越三教的特殊体认和高度推崇,从而造成了对诗歌的格外醉心,为现代哲人们向往的'诗意的栖居'提供了卓越的典范,具有令人惊叹的先知意义。观念的灵活权变,导致了白居易思想的驳杂和某些庸俗特征,但在中国封建社会的转折之际,又具有积极的因素和创新价值。"

白居易既是杰出的现实主义诗人,又是一位著名的音乐评论家。他自己曾说:"元和小臣白居易,观舞听歌知乐意。"(《七德舞》)其实,他岂止是"知乐意",从白居易对于音乐的评论以及显露出来的音乐美学思想来看,在中国古代音乐美学史中具有很重要的地位。

白居易除了诗文中反映其音乐思想主张之外,还著有论乐的专门文章。在其《策林》集的75篇中,有3篇专论礼乐的文章:《议礼乐》《沿革礼乐》《复乐古器古曲》;兼论礼乐的有《兴五福销六极》《刑礼道》《救学者之失》三篇。另外还有《试策问制诰》中的《才识兼茂明于体用科策一道》和《礼部试策五道》之第三道也涉及礼乐问题。他的思想有承袭《乐记》的内容，也有许多创新。推崇儒家治国安邦的礼乐思想。他的乐论诗文，基本上集中在音乐与社会政治生活、礼乐关系，音乐的古今、雅俗、华夷关系等音乐美学思想范畴上。对于琴乐审美亦有较多的评述。

（一）论音乐的本与末

白居易在《沿革礼乐》中讨论了礼乐中的本末问题。他明确提出礼乐"非天降非地出"，而是由人来完成的，故应酌于人情，顺应时势，审其本末。"夫礼乐者，非天隆非地出也，盖先王酌于人情张为通理者也，苟可以正人伦宁国家，是得制礼之本意也；苟可以和人心厚风俗，是得作乐之本情矣。盖善沿礼者，沿其意不沿其名；善变乐者，变其数不变其情。故得其意，则五帝三王不相沿袭而臻于理矣；失其情，则王莽屑屑习古适足为乱矣。故曰行礼乐之情者王，行礼乐之饰者亡，盖谓是矣。且礼本于体，乐本于声，文物名数所以饰其体，器度节奏所以文其声。圣人之理也，礼至则无体，乐至则无声。然则苟至于理也，声于体犹可遗，况于文与饰乎？则本末取舍之宜可明辨矣。"（《沿革礼乐》）

（二）强调声对人的感染力

白居易强调声对人有很强的感染力。"感人心者，莫先乎情，莫斯乎言，莫切乎声，莫深乎义。"（《与元九书》）作乐的根本目的是"和人心、厚风俗"。因此，要重视音乐的思想内容与感情。认为"乐者，以易直子谅为心，以中和孝友为德，以律度铿锵为饰，以缀兆舒疾为文。饰与文可损益之，心与德不可斯须失也"。在这个问题上，他继承了儒家重视礼乐作用和中和的审美标准，认为无论是诗歌还是音乐，均表达了人们的情感，而情感则系于政。"臣闻乐者本于声，声者发于情，情者系于政。盖政和则情和，情和则声和；而安乐之音，由是作焉。政失则情失，情失则声失，而哀淫之音，由是作焉。斯所谓音声之道，与政通矣。"关于礼乐的关系，正如宋代郑樵所讲："礼非乐不行，乐非礼不举。""举三达乐，行三达礼，庶不失乎古之道也。"《乐府总序》说："自后夔以来，乐以诗为本，诗以声为用，八音六律为之羽翼耳"。乐文是由夔开创，历经世代乐官承续下来的。因此，在音乐的标准上，白居易提出要复"正始之音"，这是他心目中的音乐典范。

三、韩愈的音乐美学思想

韩愈（768—824）是唐代杰出的思想家、文学家、哲学家、教育家，长白居易4岁。是继汉代司马迁之后"最大的散文家，被列为唐宋八大家之首"。苏东坡称韩愈"文起八代之衰,而道济天下之溺""浩然而独存"(《潮州韩文公庙碑》)。他尊仰韩愈为中国文坛之"泰山""北斗""百代文宗"。欧阳修在《记旧本韩文后》中说:"韩氏之文之道,万世所共尊,天下所共传而有也。"唐代皮日休认为,韩昌黎能够"蹴杨墨于不毛之地,蹂释老于无人之境",使孔道能够"巍然而自正",他请求把韩愈配享孔庙。韩愈的学生李翱也称他的老师维护孔道,"复兴六经之学,有莫大的功绩"。杜牧更是把韩文与杜诗并列,称为"杜诗韩笔",有"文章巨公"之名。在今人中有学者认为,"不阅读韩愈集,就不能理解唐代士人"。

在与音乐相关的活动方面,韩愈写有多首音乐诗,其中《琴操》10首(元和十四年),即《将归操》《猗兰操》《龟山操》《越裳操》《拘幽操》《岐山操》《履霜操》《雉朝飞操》《别鹄操》《残形操》。他的音乐诗《听颖师弹琴》,被誉为唐代"三大音乐诗"之一。韩愈担任过太常寺的协律郎一职,可能主要是出于他的文学才能和巨大的社会声望,也可能与其熟悉音乐有一定的关系。他所写的音乐诗,多被收入《乐府诗集》。另外,韩愈善歌,有典可证:

韩门弟子皇甫湜《韩文公墓铭》有云:"平居虽寝食未尝去书,怠以为枕,食以饴口,讲评孜孜,以磨诸生。恐不完美,游以诙笑啸歌,使皆醉义忘归。"

昌黎《送陆歙州诗序》有云:"于是昌黎韩愈道愿留者之心泄其思,作诗曰:我衣之华兮,我佩之光,陆君之去兮,谁与翱翔?敛此大惠兮,施于一州;今其去矣,胡不为留?我作此诗,歌于途道;无疾其驱,天子有诏。"

《韦侍讲盛山十二诗序》:"未几,果有以韦侯所为十二诗遗余者,……读而歌咏之,令人欲弃百事往而与之游。"

《荆潭唱和诗序》:"乃能存志乎诗书,寓辞乎咏歌,往复循环,有唱斯和,搜奇抉怪,雕镂文字,与韦布里闾憔悴专一之士较其毫厘分寸,铿锵发金石,幽眇感鬼神,信所谓材全而能巨者也。两府之从事与部属之吏,属而和之,苟在编者,咸可观也,宜乎施之乐章,纪诸册书。"

韩愈孜孜以求复兴儒学,其哲学思想和文艺主张渊源于儒家,他也以儒家道统继承人自居,倡导"文以载道",提倡学古并能变古。面对唐代佛教勃兴,道教日盛,深感儒家道统之重任,著述"五原",以系统阐述道统,改造儒学,这为宋明新儒学的建立奠定了理论基础,"这是韩愈在思想史上又一大建树"。在当代,"韩愈一直以来被认为是新儒学的先驱"。有关韩愈的音乐美学思想主要表现在以下几个方面:

1. 音乐是为道之内容

韩愈提倡"文以载道","学所以为道"。这一道统思想是他所处时代的反映。中唐时代，外有强邻的侵扰，内有藩镇割据和朋党之争，国势日益衰弱，民众不堪聊生。韩愈的恢复道统思想应运而生。他反对形式主义和文表虚华的为文，主张传道授业。强调文章必须有内容，辞不足便不可以为文，而音乐也是为道之重要内容。道是韩愈的基本思想，这种道是儒家的道统，是独自存在的一种精神。他的道思想是董仲舒"天不变道亦不变"的思想的延续。韩愈提出："博爱之谓仁，行而宜之谓义，由是而之焉之谓道，足乎已，无待于外之谓德。其文，诗书易春秋；其法礼乐刑政；……其为道易明，而其为教易行也。"这可以很清楚地看出，韩愈的"道"就是儒家孔子的道德，包括了儒家的经典和礼乐刑政。在他看来，这个道明显地不同于佛老，又自孔孟之后失了传，他要求把它恢复起来。韩愈把音乐视为"礼乐刑政"中的主要内容之一。他在《原道》一文中指出，在太古的时候，人的灾害很多，等到圣人出来了才"为之君""为之师""为之宫室""为之工""为之医药""为之礼""为之乐""为之政"等，然后百姓才能有秩序地、安全地生活着。韩愈一生也以卫道为己任，在《原道》里自视为继孟子之后的道统传人，他的一大心愿是"追配孟子"。

2. "不平则鸣"

韩愈的音乐美学思想在表演艺术理论方面，他提出"不平则鸣"论点，以此来说明"人"与"言"即作家与作品的关系。这一思想主要反映在他的《送孟东野序》一文中。《古文观止》里说："此文得之悲歌慷慨者为多。谓凡形之声者皆不得已，于不得已中又有善不善，所谓善者又有幸不幸之分。"孟东野即孟郊，也是中唐著名诗人，与韩愈友情很深。孟郊有诗集十卷，其中有一部分乐府诗，当时可能入乐，这很可能与他任协律郎有关。韩愈写道：

大凡物不得其平则鸣。草木之无声，风挠之鸣。水之无声，风荡之鸣。其跃也，或激之；其趋也，或梗之；其沸也，或炙之。金石之无声，或击之鸣。人之于言也亦然，有不得已者而后言，其歌也有思，其哭也有怀。凡出乎口而为声者，其皆有弗平者乎！

乐也者，郁于中而泄于外者也，择其善鸣者而假之鸣。金、石、丝、竹、匏、土、革、木八者，物之善鸣者也。惟天之于时也亦然，择其善鸣者而假之鸣。是故以鸟鸣春，以雷鸣夏，以虫鸣秋，以风鸣冬。四时之相推敚，其必有不得其平者乎！

其于人也亦然，人声之精者为言。文辞之于言，又其精也，尤择其善鸣者而假之鸣。其在唐虞、咎陶、禹，其善鸣者也，而假以鸣。夔弗能以文辞鸣，又自假于《韶》以鸣。夏之时，五子以其歌鸣。伊尹鸣殷。周公鸣周。凡载于《诗》《书》六艺，皆鸣之善者也。周之衰，孔子之徒鸣之，其声大而远。传曰："天将以夫子为木铎"，其弗信矣乎？其末也，庄周以其荒唐之辞鸣。楚，大国也，其亡也，以屈原鸣。臧孙辰、孟轲、荀卿，以道鸣者也。杨朱、墨翟、管夷吾、晏婴、老聃、申不害、韩非、慎到、田骈、邹衍、尸佼、孙武、张仪、苏秦之属，皆以其术鸣。秦之兴，李斯鸣之。汉之时，司马迁、相如、扬雄，最其善鸣者也。其下魏、晋氏，鸣者不及于古，然亦未尝绝也。就其善者，其声清以浮，其节数以急，其词淫以哀，其志弛以肆。其为言也，乱杂而无章。将天丑其德莫之顾耶？何为乎不鸣其善鸣者也？

唐之有天下，陈子昂、苏源明、元结、李白、杜甫、李观，皆以其所能鸣。其存而在下者，孟郊东野始以其诗鸣。其高出魏、晋，不懈而及于古，其他浸淫乎汉氏矣。从吾游者，李翱、张籍其尤也。三子者之鸣信善矣。抑不知天将和其声而使鸣国家之盛邪？抑将穷饿其身，思愁其心肠，而使自鸣其不幸邪？三子者之命，则悬乎天矣。其在上也，奚以喜？其在下也，奚以悲？东野之役于江南也，有若不释然者，故吾道其命于天者以解之。

在这篇著名的散文里，韩愈提出了"大凡物不得其平则鸣"这一激动人心的论点。这使人想起，司马迁在《报任少卿书》里愤激地提出："诗三百篇，大抵圣贤发愤之所为作也。"这个发愤著书的命题，到韩愈笔下，成为"大凡物不得其平则鸣"，把内容扩大了。韩愈认为，物不平则鸣，人凡出口成为声音者，也都心中有所不平。音乐就是"郁于中而泄于外者"。认为这是天地间普遍存在的合理现象，只有不平则鸣，"不得已而后言者"，这样的作品才能有真情实感，有思想内容，才能其歌也有思，其哭也有怀。秦序先生认为，韩愈的观点与司马迁的主张相一致，"意有所郁结"则"发愤之所为作"。韩愈在《荆谭唱和诗序》中说："和平之音淡薄，而愁思之声要妙；欢娱之辞难工，而穷苦之言易好也。是故文章之作，恒发于羁旅草野。至若王公贵人，气满志得，非性能而好之，则不暇以为。"他强调对现实的不平情绪，是作品更加深刻性的原因。因此，他自己的文章虽然"皆约六经之旨而成文"，但"居穷守约，亦时有感激怨怼奇怪之辞"，舒忧娱悲，杂以诡怪之言，均是不平之言。这是对儒家"中正平和""温柔敦厚"

标准的某种突破和发展。叶明春博士认为：平和是中国在古代音乐审美发展的主流，同时也始终伴随着"不平"的发展潮流。"韩愈的'不得其平则鸣'说比司马迁、王褒、蔡邕等人的'发愤著书'说和'发愤作乐'说更具有理论意义，这是对'不平'审美观在理论上的升华。其意义更在于，用对自然现象的抽象概括来比喻音乐和文学作品应不受任何束缚自由抒发人的真情实感。"

韩愈的好友柳宗元的"不平音乐审美"观念也相当突出。在他的《柳河东集·非国语下》中有《无射》《律》和《新声》三篇反映"不平"的审美思想倾向。认为音乐是情感的艺术，并不是圣人之所作。音乐能"移风易俗"的说法并不可信。在《新声》一文中，柳宗元讲："平公说新声，师旷曰：'公室其将卑乎？君之明兆于衰矣。'非曰耳之于声也，犹口之味也。苟说新味亦将卑乎？乐之说，吾于《无射》既言之矣。"提出用口来品尝新味和用耳来欣赏"新声"一样，均是人的感官的一种反映，不可能引起政事的衰败。表明他强烈反对"平和"的审美倾向。

3．"敬风雅之古辞"

韩愈的《上巳日燕太学听弹琴诗序》，赞赏"歌风雅之古辞，斥夷狄之新声，褒衣危冠，与与如也"的境界和风范。在《送浮屠文畅师序》中还指出，"道莫大乎仁义，教莫正乎礼乐刑政。施之于天下，万物得其宜；措之于其躬，体安而气平。""敬风雅之古辞，斥夷狄之新声"，可以说是韩愈的音乐审美理想之一，而"斥夷狄之新声"与其原道思想一脉相承。

虽然韩愈的音乐美学思想属于儒家的传统范围，但在生活上他并非完全道学之士。韩愈生活的贞元时期，社会娱乐风气炽烈，他也不能免俗，常为声色所累。他的学生张籍去探视病重的老师时，"乃出二侍女，合弹琵琶筝。临风听繁丝，忽遽闻再更"。据说韩愈有两妾，一曰绛桃，一曰柳枝，皆能歌舞，时常为韩愈诗酒助兴。韩愈曾作《感春诗》云："娇童为我歌，哀响跨筝笛。艳姬蹋筵舞，清目刺剑戟。"唐穆宗时，藩镇军阀王庭凑叛乱，时任兵部侍郎的韩愈奉命前去安抚，走到寿阳（今属山西）驿站，竟暂时忘记了使命，专门思念起家中二妾来，作《夕次寿阳驿题吴郎中诗后》绝句说："风光欲动别长安，春半边城特地寒。不见园花兼巷柳，马头惟有月团团。"韩愈去世后，门生张籍在《哭退之诗》中还特地提到韩愈的生活："中秋十五夜，圆魄天差清。为出二侍女，合弹琵琶筝。"

第三节　唐代统治者与音乐

一、唐初统治者与音乐文化的开启

"统治者"这一概念，指掌握国家权力、实施政治统治的人。"统治思想"这一概念，从广义上讲是指占统治地位的思想；从狭义上而言，即统治者的思想。我们这里所讲的统治者主要指的是"最高统治者"这一狭义观点。

当然，统治者即指掌握国家权力、实施政治统治的人。按照等级地位，中国古代统治者群体内部大体上可以分为三个层次：第一个层次是最高统治者，即君主；第二个层次是君主的辅弼之臣，即朝廷要员、封疆大吏及其亲信，他们处于权力中枢，与君主共同构成统治集团或统治集团的核心；第三个层次包括各级官吏，他们也直接参与政治统治的实施。因此，统治者的思想又可以从最高统治者的思想、统治集团的思想和统治者群体的思想这三个层次来把握。

统治阶级的规模比统治者群体的规模更大，庶民中的一部分人，如平民地主阶级及其他经济地位、社会地位大体相当的人，也应归于统治阶级。

马克思曾经说过，统治阶级的思想在每一个时代都是占统治地位的思想。也就是说，一个阶级是社会上占统治地位的物质力量，同时也是社会上占统治地位的精神力量。

统治阶级是占统治地位的思想的主要创造者、宣扬者和维护者。统治者的政见和政治倾向是统治思想的创造者、倡导者与主要载体。像唐太宗对统治思想的理论发展作出过重大贡献。但是仅仅依靠最高统治者的好恶、采择和言行去评说一个朝代的统治思想也是不可靠的。最高统治者的思想具有随意性、多样性，理念往往不稳定、不系统。统治阶级要成为社会思潮，也是需要多种条件的。文献资料表明，唐初和盛唐时期的几位最高统治者多才多艺，对音乐艺术的特殊偏爱在一定程度上影响了音乐文化的历史发展。

唐代音乐发展的第一个阶段为初唐音乐。史学界将从唐高祖武德年间开始到唐玄宗即位之前称之为初唐（617—712），历时近100年。初唐音乐是大唐音乐文化的全面准备、积累和发轫时期。这是一个音乐思想上、政策制度上和艺术上的全面积累和孕育时期。

整个唐代音乐的繁荣具有集成、创新和转型诸特点，涌现出了一系列集成性质的音乐成果，所以格外引人注目。而大规模地修订音乐，应该说肇始于唐高祖时期的正乐活动。唐高祖是史书上很受贬低的一位皇帝，崔瑞德指出："是因为他建立唐王朝的功绩被他的接班人精心地掩盖了。实际上，……也正是唐高祖其人建立了初唐的制度和政治格局。武德之治，从任何现实标准来衡量，都算得上取得了突出的成就；从其结果来看，唐王朝已经打下了坚实的行政、经济和军事基础。总而言之，唐高祖为他儿子的辉煌统治奠定了必不可少的基础。""大多数研究者认为唐太宗篡改了国史。"

唐高祖的生活十分奢华，喜好声色犬马，擅弹琵琶。早在任太原留守时，便经常与下属饮酒作乐、弈棋赌博。当上皇帝之后，虽然屡有大臣劝谏，希望他不要贪图安逸享乐，李渊口头上表示接受，但实际上照常纵情声色。武德元年（618年），高祖下令太常寺到民间借得妇女衣裙五百套，作为散乐百戏的演出之服，以备于五月五日在玄武门外表演。当时唐政权刚刚建立，国家财力有限，在条件尚未具备时仍不忘享乐，宁愿向民间借用也要追求欢娱，可见李渊对奢华生活的痴迷程度。

唐王朝建国之初，首要的任务是平定天下，而来不及制定新乐，因此在宫廷宴飨时沿用隋朝的"九部乐"。《旧唐书·音乐一》记载："隋氏始有雅乐，因置清商署以掌之。既而协律郎祖孝孙依京房旧法，推五音十二律为六十音，又六之，有三百六十音，旋相为宫，因定庙乐。诸儒论难，竟不施用。隋世雅音，惟清乐十四调而已。隋末大乱，其乐犹全。""高祖受禅，擢祖孝孙为吏部郎中，转太常少卿，渐见亲委。孝孙由是奏请作乐。时军国多务，未遑改创，乐府尚用隋氏旧文。武德九年，始命孝孙修定雅乐，至贞观二年六月奏之。"也就是说，太常少卿祖孝孙在唐高祖当政时期，多次向李渊进言兴修礼乐，只是由于"其时军国多务，未遑改创"。故唐初"乐府尚用隋氏旧文"。直到唐高祖武德九年，天下已经平定，高祖才诏太常少卿祖孝孙等更定雅乐，为大唐制定新乐。祖孝孙为隋及初唐雅乐的奠基者。《旧唐书》说他"博学，晓历算，早已达识见称。"唐王朝建立后，祖孝孙得到了李渊的信任，被任命为吏部郎中，转任太常少卿，主管礼乐方面的事务，复兴了隋代清商十四调。唐初宫廷音乐家白明达也是隋末时期的音乐家，"善作曲，能琵琶"。《隋书·音乐志》记载他是隋炀帝太常寺中的十名乐正之一。入唐后，他受到了唐高祖、太宗和高宗祖孙三代的器重。唐初的音乐活动及音乐人才队伍，完全可以说是发端于隋代。

武德七年（627年），始命孝孙及秘书监窦琏修定雅乐。孝孙又以陈、梁旧乐杂用吴、楚之音，周、齐旧乐多涉胡戎之伎，于是斟酌南北，考以古音，作"大唐雅乐"。以十二月各顺其律，旋相为宫，制十二乐，合三十二曲、八十四调。事具《乐志》。

除此以外，高祖时期还设习艺馆，后改制为教坊，专管歌舞、伎艺、百戏诸俗乐的教习、排练、演出等事务，成为唐代宫廷音乐官署，其官隶属太常寺。《旧唐书·职官志二》载："内教坊。武德已来，置于禁中，以按习雅乐，以中官人充使。"

退位后的唐高祖只有短暂的欢乐时刻，更多的还是孤独与寂寞。高祖逊帝以后，安于后宫享乐，偶尔亲临宫廷仪礼，以征服四夷为荣，以欣赏蛮胡之乐为快。如贞观四年（630年），唐军大破东突厥，活捉颉利可汗。唐太宗在长安顺天楼举行了盛大的献俘典礼，长安城中一片欢腾。李渊听到这个消息后，心情激动，他召集李世民与大臣十余人和诸王、妃、公主置酒于凌烟阁。酒酣之际，高祖自弹琵琶，太宗起舞，公卿们不断向太上皇敬酒，祝他长寿愉快，一直到深夜方才散去。

二、唐高宗及武则天与唐代音乐的发展

唐高宗（628—683）时期，唐代的疆土超过了贞观年间。在音乐方面，《旧唐书·音乐志》中关于唐高宗音乐事迹的记载共有多处。史书说他通晓音律，而且在唐代盛行的三大名舞之一的《上元舞》，据说是唐高宗所创编。

《旧唐书·音乐一》记载：

永徽二年十一月，高宗亲祀南郊，黄门侍郎宇文节奏言："依仪，明日朝群臣，除乐悬，请奏《九部乐》。"上因曰："《破阵乐舞》者，情不忍观，所司更不宜设。"言毕，惨怆久之。显庆元年正月，改《破阵乐舞》为《神功破阵乐》。二年，太常奏《白雪》琴曲。先是，上以琴中雅曲，古人歌之，近代已来，此声顿绝，虽有传习，又失宫商，令所司简乐工解琴笙者修习旧曲。至是太常上言曰："臣谨按《礼记》《家语》云：'舜弹五弦之琴，歌《南风》之诗。'是知琴操曲弄，皆合于歌。又张华《博物志》云：'《白雪》是大帝使素女鼓五十弦瑟曲名。'又楚大夫宋玉对襄王云：'有客于郢中歌《阳春白雪》，国中和者数十人。'是知《白雪》琴曲，本宜合歌，以其调高，人和遂寡。自宋玉以后，迄今千祀，未有能歌《白雪曲》者。臣今准敕，依于琴中旧曲，定其宫商，然后教习，并合于歌。辄以御制《雪诗》为《白雪》歌辞。又按古今乐府，奏正曲之后，皆别有送声，君唱臣和，事彰前史。辄取侍臣等奉和雪诗以为送声，各十六节，今悉教讫，并皆谐韵。"

上善之，乃付太常编于乐府。

六年二月，太常丞吕才造琴歌《白雪》等曲，上制歌辞十六首，编入乐府。

六年三月，上欲伐辽，于屯营教舞，召李义府、任雅相、许敬宗、许圉师、张延师、苏定方、阿史那忠、于阗王伏阇、上官仪等，赴洛城门观乐。乐名《一戎大定乐》。赐观乐者杂彩有差。

麟德二年十月，制曰："国家平定天下，革命创制，纪功旌德，久被乐章。今郊祀四悬，犹用干戚之舞，先朝作乐，韬而未伸。其郊庙享宴等所奏宫悬，文舞宜用《功成庆善》之乐，皆著履执拂，依旧服袴褶、童子冠。其武舞宜用《神功破阵》之乐，皆被甲持戟，其执纛之人，亦著金甲。人数并依八佾，仍量加箫、笛、歌鼓等，并于悬南列坐，若舞即与宫悬合奏。其宴乐内二色舞者，仍依旧别设。"

上元三年十一月敕："供祠祭《上元舞》，前令大祠享皆将陈设。自今已后，圜丘方泽，大庙祠享，然后用此舞，馀祭并停。"

在《旧唐书·音乐志》中关于唐高宗音乐事迹也有多处：

卷28中记载："永徽二年十一月，高宗亲祀南郊，黄门侍郎宇文节奏言：'依仪，明日朝群臣，除乐悬，请奏九部乐。'上因曰：《破阵乐舞》者，情不忍观，所司更不宜设。'言毕，惨怆久之。"

卷28又载："二年，太常奏《白雪》琴曲。先是，上以琴中雅曲……六年二月，太常丞吕才造琴歌《白雪》等曲，上制歌辞十六首，编入乐府。""六年三月，上欲伐辽，于屯营教舞……乐名《一戎大定乐》。赐观乐者杂彩有差。""三年七月，上在九成宫咸亨殿宴集……乐作……上矍然改容，俯遂所请，有制令奏乐舞，既毕，上欷歔感咽，涕泗交流，臣下悲泪。莫能仰视。"

《新唐书》卷21云："高宗自以李氏老子之后也，于是命乐工制道调。""太常奏新造乐曲，帝又令以《祈仙》《望仙》《翘仙》为名。"

《通典》卷146云："大唐高宗恶其惊人，敕西域关令，不令入中国。"这里指印度来的散乐。

《册府元龟》卷159也讲："高宗显庆元年正月丙晨，御安福门楼观大酺。胡人俗持刀自刺，以为幻戏。帝不许之。乃下诏曰：……若更有此色，并不许遣入朝。"

《旧唐书》记载唐高宗曾创作多种乐曲："（咸亨四年）十一月丙寅，上制乐章，有《上元》《二仪》《三才》《四时》《五行》《六律》《七政》《九宫》《十洲》《得一》《庆云》之曲，诏有司，诸大祠即奏之。"唐高宗时代出现了十部乐向坐部伎和立部伎的转化，这对盛唐音乐创作的发展影响极为明显。

三、中晚唐统治者与音乐

中晚唐是一个"战乱不息，政治腐败"的黑暗时代，音乐上可称道的成就也不多。但是，唐王朝统治者仍然非常重视对礼乐的重建。如唐肃宗亲自考击雅乐钟磬，考察太常乐工。唐德宗大力提倡以《大唐开元礼》为主的礼学，并将《大唐开元礼》和三礼同列入礼部考试内容。这一时期出现的礼乐文献主要有唐肃宗时期的《元陵仪注》，唐德宗时期的《大唐郊祀录》十卷，唐宪宗时期的《元和曲台礼》《历代乐议》。这些举措对于恢复唐王朝礼乐制度发挥了一定的作用。

中晚唐的社会动乱、战乱破坏加速了历史文化的瓦解过程。包括隋唐大曲和隋唐俗乐调理论在内的唐代音乐被淹没在中晚唐的历史断裂之中。早在唐宣宗时期，宫廷歌舞伎乐已经失去了旧日的光辉。皇家的公主都被民间杂戏吸引而"在慈恩寺观戏场"。庙会的戏剧演出，已能胜出宫廷的伎乐。晚唐懿宗年间，"诸王多习音声、倡优杂戏，天子幸其院，则迎驾奏乐，是时，藩政稍复舞《破阵乐》，然舞者衣画甲，执旗旆，才十人已。盖唐之盛时，乐曲所传，至其末年，往往亡缺。"

然而，也有许多学者认为，中晚唐在文化艺术上也取得了许多重要的成就，因而对中晚唐音乐成就也需要给予一定的重视。

雅俗对立是中晚唐音乐的一个基本特点。德宗贞元年间雅乐中兴，贞元九年（793年），太常礼院王泾上《大唐郊祀录》10卷，再一次对太常寺所掌管乐章进行整理记录。《大唐郊祀录》是唐德宗整备礼制的重要文献。不仅记录了初唐和盛唐的雅乐乐章，而且还着重记录了开元之后的"变礼"乐章，并补充了许多《大唐开元礼》中未有记载的乐章，成为研究开元后的重要史料。

经过德宗、宪宗、穆宗几代恢复经营，唐敬宗时期唐教坊乐出现短暂的兴盛。德宗制《中和舞》，文宗制《文溆子》，宣宗制《泰边陲乐曲词》《播皇猷》《葱岭西》等。据《旧唐书·敬宗纪》载，敬宗对教坊乐官恩赐有加，宝历四年（828年）二月甫登基，即"赐教坊乐官绫绢三千五百匹"。三月幸教坊，又"赐内教坊钱一万贯，以备游幸"。同时对乐官十三人"并赐紫衣、鱼袋"。皇帝的偏爱使有的乐官骄横一时，宝历二年（826年）正月，御史王源植街行，被教坊乐使所侮，结果王源植反遭贬斥。同年五月，"敬宗御宣和殿对内人亲属一千二百人，并于教坊赐食，各颁锦彩"。唐文宗即位，曾减放富人乐伎，开成年间（836—840年）

又渐有恢复。文宗对乐工子弟也广有赐予。王直方的《谏厚赏教坊疏》大体能反映文宗朝教坊乐前后的发展变化。

唐德宗时代，"癸未，罢梨园乐工三百人"。但同时，德宗也收留安史之乱时流落民间的宫廷乐工，还从民间直接招募乐工，太常、教坊元气有所恢复。而且教坊不仅服务于宫廷，也开始服务于民间。贞元二十一年（805年）德宗去世，曾大规模放出宫人，其中仅掖庭教坊女乐便有六百人之多，可见"德宗时期，宫内教坊也大有扩展"。

《旧唐书》卷14记载：唐顺宗"出宫女三百人于安国寺，又出掖庭教坊女乐六百人于九仙门，召其亲族归之"。唐宪宗元和元年（806年），"减教坊乐人衣粮"。文宗于宝历二年（827年），"省教坊乐工、翰林伎术冗员千二百七十人"。代宗大历十四年（779年），"又罢梨园使及乐工三百余人。所留者悉隶太常"。

在中晚唐帝王中，唐文宗是仅次于玄宗的喜好音乐的天子。唐文宗恭俭儒雅，勤于政事，有"小太宗"之称。可惜"为帝16年，有帝王之道，无帝王之才，优柔寡断，终受制于家奴，最后在哀叹忧郁中死去"。《新唐书》卷22载："文宗好雅乐。诏太常卿冯定，采开元雅乐制《云韶法曲》及《霓裳羽衣舞曲》。"因为"是时四方大都邑及士大夫家已多按习，而文宗乃令冯定制舞曲者，疑曲存而舞节非旧，故就加整顿焉。"开成二年（837年），文宗诏令科举考试以《霓裳羽衣曲》赋命题，"主司先进五人诗，其最佳者则李肱也。"李肱的诗《省试霓裳羽衣曲》曰："开元太平时，万国贺丰岁。梨园献旧曲，玉座流新制。凤管递参差，霞衣竞摇曳。"癸未文宗阅后称赞道："近属如肱者，其不忝乎？有刘安之识，可令著书，执马孚之正，可以为传。"

文宗设置仙韶院是唐代宫廷音乐的又一重大变革。"文宗不满掺杂胡音俗乐，乃遣散宣徽院法曲乐官，将法曲与开元雅乐相结合，易法曲为仙韶乐，置法曲胡人住所为仙韶院。这一行举，意味着中唐以后对胡乐的某种排斥。故从初盛唐至中唐，胡乐在宫廷中不是日其盛，而是渐所衰，这对理解中唐以后文人曲子词渐兴，而曲调多为华乐，颇有启迪。"

四、对唐代统治者与音乐兴衰的简短评论

揭示唐代音乐兴衰之谜是唐代音乐史研究的一大重要难题。正如在唐诗研究中一样，困难不在于描述唐诗繁荣的盛况，而在于正确解释唐诗繁荣的原因。对唐代音乐文化的研究亦如此。而我们探讨唐代最高统治者个人对唐代音乐繁荣

的影响作用，也只不过是为解释这一音乐文化历史中诸多难题提供了一个线索而已。

唐代统治者所处的社会历史时代不同，他们各自的治国思想、施政风格和个人品格对唐代社会的影响也不同。同样在音乐文化的影响方面，唐太宗、唐高宗、武则天和李隆基等统治者个人的音乐素养、艺术造诣、好乐方式及偏好活动也各有差异，这均会给音乐历史留下难以磨灭的痕迹。但是，伴随着时代的逝去、历史的变迁，某一时代个人曾经发挥过的杰出作用逐渐被久远的历史尘埃所遮蔽。另外，封建帝王都是很复杂的历史人物，时代精神的不同，人们对历史人物作用的评价也不同。因而便为我们破解"盛唐之音"艺术繁荣的历史文化机制之谜造成了极大的困难。当然，这并不等于说我们后人根本无法认识及考察封建帝王个人对音乐文化的历史影响作用问题。透过历史的重重迷雾，我们也可以看出其中的一些端倪。

唐朝 289 年，共经历皇帝 22 位。史学界对唐高祖、唐太宗、武后、唐玄宗的研究比较多，而音乐界目前对唐太宗和唐玄宗的研究比较深入，但对唐高祖、高宗、武则天及中晚唐几位较有作为的统治者的探讨不多。学术界普遍认为，唐太宗开明的文教主张和进步的音乐美学思想对唐代音乐的发展起到了关键性的奠基作用。在后世人眼中，唐太宗文治武功并盛，且又能谏纳爱民、体恤臣下，是中国古代封建社会难得的一个"政治理想"角色形象。唐玄宗则"前明后昏"，是一个悲剧式的帝王。在推动盛唐音乐艺术文化繁荣的社会作用方面，应该说唐朝几代人主均有不少突出的贡献。就相似的政策性作用而言，他们均实施了比较开明的文教礼乐政策；普遍重视用科举出仕和提倡文治的办法统治笼络文人、艺人；都十分重视外来音乐和古代少数民族音乐文化；注重对文化典籍、音乐文献的搜集、整理及编撰工程的建设。而且不少唐代统治者大都多才多艺，擅长音律、诗文和书法，是"许多文人、艺术家的庇护人"，从而极大地为盛唐音乐文化的全面高涨准备了基础，造成了唐代音乐文化的跃进和艺术品格的提升。

长期以来，在我们国家流行的多数《中国古代音乐史》教科书中，为了贯彻历史唯物主义的观点，普遍对古代帝王个人的历史作用评价比较低，而对历史上的文明成就多归功于"劳动人民"。革命导师恩格斯曾经指出，恰巧某个伟大的人物在一定时间内出现于某一国家，这当然纯粹是一种偶然的现象。"历史是这样创造的：无数单个人的意志和力量，互相交错地发生作用，形成力的综合，由此产生某个总的结果。每个意志都对合力有所贡献，因而是包括在这个合力里面的。"历史上的杰出人物所起的作用，有好有坏，有大有小，有正有负，各不相同，需要联系具体的历史情况进行具体的分析。唐代音乐艺术的繁荣当然也不能完全归结于三代帝王个人的功劳，他们普遍重视礼乐文化的皇家功能与娱乐功能，主观目的是为了粉饰自己统治的"盛世"门面，供自己日常享乐之用。但由于他们普遍能够不自觉地顺应历史潮流和时代精神的发展，比较主动地实施一些有利于文化艺术发展的礼乐政策和制度，客观上造成了盛唐时期一代音乐高峰之历史局面，这既是一定的历史必然，也有某种偶然性。这种偶然性常常又是杰出个人的作用所努力的必然结果。这也正是唐代历史上三位人主在各个领域为后人有所称道的不凡之处。当然是我们应该给予肯定的。

比较系统地考察唐代统治者的音乐活动、音乐思想以及礼乐政策，对我们进一步认识唐代音乐艺术繁荣的文化机制具有以下启发意义：

首先，对唐代音乐发展影响比较突出的是初唐和盛唐的几位统治者，他们对音乐文化艺术有着特殊的偏爱，而这种主观的偏好却在客观上推动了唐代音乐文化的历史发展。唐高祖李渊兴修礼乐；唐太宗李世民更定雅乐，为大唐制定新乐；唐高宗和武则天对盛唐音乐文化的发展起到了重要的推动作用；唐玄宗李隆基则将盛唐音乐推向了辉煌的顶峰。除此以外，中晚唐时期的唐宪宗、唐文宗等，在位期间也曾励精图治、爱好文教与音乐，对唐代音乐的发展及中晚唐音乐文化的复兴有着一定的影响。而晚唐懿宗酷爱音乐，整日歌舞升平，享乐无度，不理朝政，造成了当时"乐官地位畸高的情形，堪称音乐史上的特殊现象"，这也加剧了唐王朝的灭亡。

其次，唐代统治者始终将音乐视为政治工具和享乐工具的重要组成部分，在本质上并没有超脱儒家的封建礼乐思想。例如，唐太宗李世民尽管在贞观初期的音乐思想中有类似于"声无哀乐论"的倾向，但其基调上仍然是好大喜功式的"礼乐治国"传统。作为兼有政治家与音乐家双重角色的唐玄宗，则更走向了一种极端，他统治唐朝的早期好乐活动，一直是其政治斗争的策略工具，在一定程度上有利于自己的统治。而晚年则又沦为纵欲享乐、沉溺酒色的一代昏君。作为"音乐家—政治家"双重角色的唐玄宗，也给盛唐音乐文化的发展带来了灭顶之灾。这是封建帝王专制社会制度历史发展的必然规律在唐代音乐文化发展中的具体反映。

再次，唐代统治者均在其统治时期普遍上演了一幕"由人治走向专制""一治一乱"，甚至"盛世转向乱世"的"前明后昏"君王悲剧形象。正像美国学者拉西特所讲：历史上"世界政治的头号领袖们对创造世界历史做出了贡献，但几乎也都在其生命的某个艰难时刻使国家走上一条危险的道路，某些人甚至将国家拖入可怕的灾难之中"。由此可见，将音乐文化艺术发展一概寄希望于"好皇帝"也是难以行得通的。

最后，唐代统治者普遍奢靡豪华，轻视民间音乐，轻视雅乐，对西域外来文化又"消化不良"。盛唐音乐的最后衰落不能不说与最高统治者有直接的关系。统治者普遍重视礼乐文化的皇家功能与娱乐功能，主观目的是为了粉饰统治之"盛世"，同时供自己日常享乐之用，但由于他们普遍能够不自觉地顺应历史潮流和时代精神的发展，比较主动地实施一些有利于文化艺术发展的礼乐政策和制度，客观上造成了盛唐时期一代音乐高峰之历史局面，这既是一定的历史必然，也有某种偶然性。这种偶然性常常又是杰出个人的作用所努力的必然结果，这也正是唐代历史上一些统治者在各个领域为后人有所称道的不凡之处，当然也是我们应该给予肯定的。

第四节 唐代文人与音乐

一、唐代文人的音乐生活

文人士子在封建社会中居有一定的社会地位。我国古代是按照士、农、工、商的次序实行管理的，因而文人士子位居"四民之首"。用现代话语来讲，文人士子就是指知识分子或者文化人。"虽然他们在唐代社会总人口里比例有限，其绝对数字显然无法与农、工、商三者的任何一个相比，但他们在社会上却占有十分重要的地位，能量和影响较大。这一方面与他们本身的条件和特征有关，另一方面又与社会对他们的要求和给予他们的机会有关。"同时，不少文人士子还担任一定级别的中下层官吏，从而汇成了另一种更有影响的文化力量——文人士大夫阶层。唐代的文人士大夫对音乐繁荣的贡献也相当突出，像王维、白居易、韩愈、刘禹锡等人便是其中的突出代表。

（一）唐代文人的社会地位与音乐生活

在我国古代，文人士大夫历来是封建社会的中坚力量，是知识分子阶层的精英代表。他们也是古代知识文明的继承者、创造者与传播者。音乐作为人类文明的重要组成部分，是最能引起人心理共鸣的情感工具，其很自然也就成了文人士大夫们的一个重要生活内容。但是，中国古代的文人士大夫对音乐的态度一向变化多端，对外来的音乐文化的反应也极其复杂。

张世彬先生在《略论历代知识分子对音乐的态度》一文中指出，在先秦时期，知识分子对乐家极为尊重，故称之为师。而对音乐亦抱诚敬之意，肯虚心学习。要之在周代为六艺之一，士大夫鲜有不学习者，所以乐家地位高。而知识分子之态度亦佳。自秦乱以后，情形大变。主要原因是由于汉代不能恢复音乐教育。《汉书·艺文志》云："汉兴乐家有制氏。"称之为氏，表示其仅为官署中的一员，再无尊敬之意，而自此遂不闻有士大夫肯虚心向乐家学习，乐工多为罪人及其家属，已成贱民阶层。所谓"名之乐工，实已意存轻视。从此音乐成为乐工的专业，加以隋唐开科取士，而考试范围不包括音乐，于是知识分子专心考试以求上达"。

张先生的观点是有道理的。唐代盛行以文章和诗文取士的科举制度，以诗歌为代表的唐代文艺达到了辉煌。然而，我们也无法否认，唐朝社会尽管没有以音乐取士的激励政策，但是，这并没有从根本上影响到当时知识分子们对音乐的酷爱与追求之客观事实。唐代知识分子对乐人的态度在历史上有了很大的改观，而其中又以当时的社会精英阶层——文人士大夫最为突出，从而一改汉魏六朝以来士人对音乐歧视的态度。

唐代文人是一支"以新兴的庶族文人为主体的新文化队伍"。多数属于中下层官僚及有闲文人，与历史上的建安七子、竹林七贤之类的文人知识分子有所不同。他们并不是活跃于宫廷和贵族庭院园林的贵族士子，大多出身比较低微，且不少来自民间。因此，"对民生疾苦有所了解；他们中多数人有一段奋斗的经历，或经受过患难，对社会矛盾有所体察；他们较少受传统束缚，思想意识比较开阔自由，有些人不同程度上具有批判态度以至叛逆精神；他们在科场中、在官僚圈子里艰难进身，要依靠自己的努力与真才实学。这是一批相当有才华、有能力的人。正是这些人，成了这一时代创造文化的主力。就具体的个人来说，他们中不少人在政治上是不成功的；但更多的人却以其才华和努力成为文化上的巨匠，攀登着中国历史上文化的巅峰。"

有唐一代的文人士子虽然各具个性，个人的社会生活际遇也十分悬殊，但他们也有许多相似和相近的习俗作风，从而显示出作为一个社会群体的共同文化特征。"这是一个向上联系着政府权力操纵者甚至最高统治者的民俗圈，这又是一个向下联系着底层普通百姓（农民、城市平民、大小工商业者到各种艺人乃至妓女）的民俗圈。"有学者概括认为，初唐和盛唐时期的文人有以下几个特点：

第一，经邦治国以天下为己任的政治抱负和"达则兼济天下，穷则独善其身"的处世方针。许多人如李白、杜甫则更是穷也不肯独善其身，仍然关心国计民生大事。

第二，以儒为主但又不同程度地兼具佛、道的思想和行为特色。陈子昂、李白、高适等人的风骨不必说了，即使是后人刻意描绘为醇儒的杜工部，实际上也颇具豪气，而并不是拘执迂阔的腐儒。

第三，不惮离开家乡父母，远游各地，对首都长安更是无限向往。为了建功立业，甚至愿意出塞从军（"宁为百夫长，胜似一书生"），充当幕僚，投身于充满艰辛危险的生活。

第四，始终乐观进取，不甘沉沦，即使遇到挫折，也能坚持己见，不向腐朽黑暗势力低头，并且敢歌敢哭。

以上四条代表了唐人士风中居于主流地位的正气，与音乐文艺的精神相映照。

贞观之治以后，"来自中下层级社会的广大士人，对自己前途和未来充满自信和热情；他们在巨大的社会结构变动中，登上政治、思想舞台，在现实社会生活中发挥着积极的作用；他们在文化艺术的创造方面，更是空前活跃。士人群体激荡并代表着明朗向上、高亢热烈的时代气息，有力地鼓动唐代文化艺术的风帆破浪前进。"近人胡适也讲："开元天宝的时代在文化史上最有光荣。开国以来一百年不断的太平已造成了一个富裕的、繁荣的、奢侈的、闲暇的中国，到明皇时代，这个闲暇繁华的社会里遂自然产生出优美的艺术与文学。"开元以后，天下士人"耻不以文章达"。诗赋取士的制度确立并固定化之后，攻诗赋、擢科举是一代人心所向，是一代人才精英的正途出路。纵然是在延续百年动乱不宁的中晚唐，许多中下层文人依然不改忧国忧民的情怀。这种精神状态和士气在历史上是十分罕见的。只有唐代人具有这种普遍的精神面貌和风骨，也正是这种风气造就了唐代文化的精神和气质。

（二）唐代文人对音乐的影响

唐代文人的社会风气以及美学思想对音乐的影响也极为深刻。琴棋书画，可以说是中国古代文人的专利，他们把音乐作为修身养性的工具，并将其情抒于其中，寄以情怀，陶冶情操。中国古代文人不仅懂得音乐，而且还精于音乐。唐代文人也大多如此。他们普遍喜好音乐，或操奏乐器，或咏歌唱和；或吟诗作画，或抚琴弄曲。生活浪漫，性情潇洒。丰富多样的生活、坎坷的人生经历塑造了大唐文人独特的生活态度和艺术气质。尽管从事音乐并不是文人士大夫的主要志向，但音乐在他们的社会生活中仍有不可替代的位置，尤其是琴和书作为文人社会角色的一种象征，已经紧紧同他们的生活联系在一起。

盛唐大诗人王维，才艺俱佳，精通音乐，善弹琵琶，担任过太常寺的太乐丞。他不仅以"文章得名"，而且"妙能琵琶"。据传开元九年（721年）春，岐王李范把王维引荐到玉真公主家，在公主面前用琵琶弹奏一曲，名《郁轮袍》，"声调哀切，满座动容"，大受玉真公主赞赏。又进诗若干首，均是人们素所诵读的诗篇，更令公主称奇。公主遂召试官至第，举荐王维为解头，一举进士登第。王维长年在京师做官，多与亲王贵族交往，文名盛极一时。他擅长五言诗，又精通音律，故其所作诗歌容易合乐，传播甚广。《旧唐书·王维传》还记载："人有得《奏乐图》，不知其名。维视之曰：《霓裳》第三叠第一拍也。好事者集乐工按之，一无差，咸服其精思。"

浪漫主义大诗人李白在音乐方面，擅长弹琴，且琴技高妙。相传有一琴女偷听到李白弹琴便与他私奔了。可见李白的琴技颇高。他的许多诗歌及音乐诗，反映出盛唐文人普遍的思想感情和浪漫主义的音乐精神。

现实主义诗圣杜甫能歌亦能舞，因此他对盛唐乐舞的描绘异常传神，像《观公孙大娘弟子舞剑器行》《江南逢李龟年》等流传千古的名篇，便是其熟悉音乐的典型写照。

被誉为"唐宋八大家之首"的文章巨公韩愈，曾任过太常寺的协律郎，写有多首音乐诗，其中《琴操》10首，他的音乐诗《听颖师弹琴》荣列唐代"三大音乐诗"之一。韩愈写有不少音乐诗，被收入《乐府诗集》。另外，他还善歌。

白居易是我国古代文艺史上最著名的音乐诗人、音乐活动家和评论家。他所写的"与音乐有关的诗有170多首，不仅在唐代是首屈一指的，恐怕在我国古代作家中也是十分少有的"。

白居易的好友刘禹锡，十分喜爱民间音乐，还学习模仿民间歌曲进行创作。他的诗歌《竞渡曲》《浪淘沙》《踏潮歌》《竹枝词》《杨柳枝词》等，广为传唱。

无数唐代文人"用锦绣诗笔所创造的有关音乐、绘画、书法、舞蹈的诗歌，之所以琳琅满目、美不胜收，一方面是这些艺术形式本身已达到绚丽辉煌的境地，另一方面也与才华横溢的诗人们熟悉这些艺术门类分不开，与诗人们颇得其中真谛分不开"。

唐代文人士大夫们除了创作极其丰富的咏乐诗和乐府声诗，直接促进和丰富了当时蓬勃发展的音乐文化之外，还积极参与宫廷贵戚或各地州府的歌舞宴乐活动。文人出身的官员，常常创作应景助兴的歌乐诗文，赞颂盛况。有许多诗文直接进入太常、教坊和梨园，并流传至今。有条件、有机会观摩宫廷音乐歌舞的文人士大夫们，对高水平的宴乐的观赏和描写，甚至"加以模仿移植，从而成为宫廷音乐传播到各地民间的通道和桥梁。例如，白居易在唐宪宗元和（806—820年）初，曾在朝中任谏官和翰林学士，有机会观看著名法曲《霓裳羽衣舞》上演，留下了极其深刻的印象。后来他任杭州刺史，便率领府属乐伎排演了这一作品"。同时，一些民间新声通过文人士大夫而传唱入宫廷、教坊。像元稹和白居易创作"元和诗体"时，大量选用民间艳曲情歌，广泛传唱，流行于宫廷。如前所述，唐代文人诗客，大都出身于社会中下层，有不少人家境贫寒，长期生活在民间，与广大民众联系密切，对民众疾苦有较深的体验和了解，对民间文化艺术也比较熟悉。这样既丰富了文人诗文创作的内容，又因与民间歌舞结合而丰富发展了诗文的形式，促进了唐代音乐的繁盛。

二、唐诗与音乐

探讨唐诗与音乐的关系问题，长期以来便是我们透视唐代音乐繁荣盛景的一个主要窗口。现代文艺理论界普遍认为，中国的唐代是世界公认的人类诗歌艺术光辉灿烂的时代，素有"大唐诗国"之誉；还应该为它加上一个头衔："大唐乐国"。音乐艺术，可谓唐诗的"永恒主题"。研究唐代音乐离不开唐诗，而研究唐诗，也不可避免地要接触许多音乐问题。

一千多年前，"大唐诗国"无数杰出文人以独特的语言、真挚的情感、优美的文辞和高雅的意境，为后人展现出了盛唐音乐文化的无穷魅力。诗歌是以有形的语言文字表征或摹写有声的音乐活动的文艺体裁。唐诗对音乐的发展无疑起到了重要的推动作用，但诗歌与音乐之同源、融会及分化，也是音乐艺术发展的一条基本规律。作为文化艺术在各个领域都达到中国古代历史上的高峰的唐代，诗歌和音乐更是达到了近乎完美的境界。在唐代近300年的历史发展进程中，诗歌与音乐彼此密切结合，诗歌的语言艺术特点在唐诗里得到了充分的发挥，不仅使当时的诗歌音律和格调因不断输出音乐的新因素而得到发展和更加完美，也使诗歌通过歌唱而得到广泛流传。"唐代，是诗歌的时代，整个社会充盈着浓郁的芳香。在这种浓郁的艺术氛围中，音乐艺术同样流淌着诗的韵味和诗的光华。清新的格调和风韵为唐代音乐注入了音乐世界的一股新风。"

（一）唐诗和音乐的关系

早在 20 世纪 30 年代，朱谦之先生便在《中国音乐文学史》一书中专门论述了唐代诗歌与音乐的关系，并详细探讨了唐代绝句的唱法。认为"唐代是新旧音乐交换接续的时代，一方面结束乐府体，一方面开辟词曲体，唯唐代本身也自有一种代表时代的音乐文学，就是那可以播于乐章歌曲的'绝句'了"。在朱谦之看来，唐诗不但是以绘声传达音乐之美而已，它那诗的语言中本身所蕴含着的一种"音乐"，也蕴藏着无穷的魅力。范文澜在《文心雕龙注》中也指出："文学通变不穷，声律实其关键。"诗歌创作的声律规范在中唐时代得以完善。武复兴撰文指出："唐代诗歌与音乐结下了不解之缘。正如音乐培养了它的听众一样，众多的诗篇培养出了广大的读者队伍。唐代普遍以诗入乐，在唐代百花吐艳的文化园地中，音乐歌舞占有重要的席位。"而在今天，以音乐为主题的诗作，甚为罕见。然而在唐代，诗和乐有着极其密切的联系，可谓诗中有乐、乐中有诗。乐入唐诗是其一大特色。唐代诗人是把这种大自然的音乐之美、空灵之美，作为诗歌创作艺术美的重要组成部分。这种审美境界，是唐代诗人普遍的、自觉的追求，也是当时诗作高下的一个重要批评标准。唐诗所含的这种音乐美，在中国乃至世界的诗歌历史上，也是绝无仅有的。唐诗富有音乐美，并非一般意义上的诗之音乐美，如格律、韵辙、平仄等，而是有更深层的、更内在的音乐美，即天籁之音、大自然造化之乐的美。

关于唐诗与音乐之间相互促进的问题，学术界一直认为主要体现在以下几个方面：

第一，唐诗本身具有音乐化的特点。唐诗的这种音乐化特点及音乐美，在大唐开国之时，便见端倪："唐初四杰"奠定了这种美学基础。"春江潮水连海平，海上明月共潮生。"它蕴含的音乐美，居然使后人发展成了一首乐曲：《春江花月夜》。唐诗所含的这种音乐美，在中国乃至世界的诗歌历史上，是绝无仅有的。胡适在《白话文学史》第十二章《八世纪的乐府新词》中说："盛唐是诗的黄金时代,但后世讲文学史的人都不明白盛唐的诗之所以特别发展的关键在什么地方。盛唐的诗的关键在乐府歌辞。第一步是诗人仿作乐府。第二步是诗人沿用乐府古题而自作新辞,但不拘原意,也不拘原声调。第三步是诗人用古乐府民歌的精神来创作新乐府。在这三步之中,乐府民歌的风趣与文体不知不觉地浸润了、影响了、改变了诗体的各方面,遂使这个时代的诗在文学史上放一大异彩。"唐代诗歌本身具有格律化、音乐性,以及从字词自身的特点就足以表明唐代诗歌与音乐有相通之处。语言文字发展到了唐代,早已有汉字的四个声调,而音乐中有宫商角徵等音阶的不同。这就使得诗歌以节奏徐疾、音韵铿锵的诗句来绘声绘色地描写音乐歌舞。唐诗本身还有格律化的特点,构成诗歌关键的词语要求应符合音律。唐代诗人开始按照"宫羽相变,低昂互节,若前有浮声,后须切响"等方法来创作作品。同时,唐诗中的律诗和绝句还有短小精悍、流畅明快、形象鲜明、声韵起伏、节奏清楚这些特点,这正恰与唐代音乐中通过声音表现的特点不谋而合。

第二,音乐丰富了唐诗创作的题材内容和表征形式。盛唐是歌诗创作的繁盛期,也是唐乐发展的高峰。这两个繁盛期同时出现,不是"纯属巧合",而是有着内在的必然联系。元稹在《乐府古题序》中说诗有二十四体:《诗》迄于周,《离骚》迄于楚。是后,诗之流为二十四名:赋、颂、铭、赞、文、诔、箴、诗、行、咏、吟、题、怨、叹、章、篇、操、引、谣、讴、歌、曲、词、调,皆诗人六义之余。可见古人对文章的声律要求是很自然的。研究表明,在唐代音乐诗中,以音乐生活为艺术创作题材,包括赋咏音乐,艺术地展现乐曲、乐器、乐人和音乐感受的诗歌作品数量十分惊人。唐代诗人在音乐上均有很深的造诣。大唐帝国的诗人群体,也是一个音乐家群体,这是唐诗和音乐之所以结下不解之缘的前提条件。唐朝的诗人们,多才多艺,才华横溢,很多人在音乐艺术上有着很深的造诣。没有这一点,便不可能出现唐诗与音乐联姻的局面。

第三,唐诗中有许多篇章都与音乐有关。唐代是依声填词的燕乐(宴乐)的繁盛时期,唐代是雅乐、清乐与燕乐(宴乐)并举的时代,至少是以燕乐(宴乐)为主体,兼之以雅乐与清乐。音乐的高度发展促使了唐声诗的繁盛,任半塘辑录的《唐声诗》4卷收录唐人有声诗1500首左右;在唐诗中或直接评价对音乐的感受如韩愈的《听颖师弹琴》,或将乐器置于标题中如白居易的《琵琶行》、刘商的《胡笳十八拍》,或描写乐舞如白居易的《霓裳羽衣歌》、长孙无忌的《新曲二首》、虞世南的《咏舞》、萧德言的《咏舞》（据统计,《全唐诗》中描写音乐舞蹈的诗篇约在 1000 首以上）。乐舞艺术的发展使得唐诗的传播更为广泛。

在中国的音乐舞蹈史上,唐代是一个辉煌的时期;而在这一时期,诗则成了整部中国古代文学史中最为璀璨的明珠。可见就唐代而言,音乐与文学这两者间是一种相互促进的关系。唐代音乐文化的昌盛既有文人的努力,也有乐工歌伎的贡献。一方面诗人们都希望自己的作品能成为歌曲,并以此为自豪。这是因为,作品一旦成为乐章,就有可能传入宫廷为帝王所知;另一方面,乐伎乐工们也希望演唱更新更好的诗作,以使自己的演唱增辉,所以才会有唐代习惯于以自己的作品被乐伎所演唱为荣,才有李贺、李益等诗人被乐工乐伎渴求诗篇的逸闻。音乐和文学在这里找到了最佳、最紧密的结合点。

第四,音乐与诗歌的整合容易融入到大众文化中。在市井文化高度繁荣的唐代,诗歌与音乐的紧密结合,易于普及,易于流传,也易于雅俗共赏。音乐成为唐诗得以广为流传的重要物质媒体之一。"唐人创新意识最集中体现在诗歌上。因为他们深知作诗最难而又执意为之。杜荀鹤《读诸家诗》云:'辞赋文章能者稀,难中难者莫过诗。'这是这位晚唐著名诗人在诗歌园地辛勤耕耘的深刻体会。裴说云:'是事精皆易,唯诗会却难。'卢延让《苦吟》亦云:'莫话诗中事,诗中难更无。'唐人在这'难中难'的诗坛上,创造了最骄人的业绩,涌现出李白、杜甫这样世界级大诗人,和数以百计名垂诗史的诗人。"

第五,唐诗之所以兴盛,很大程度上是诗人和歌手珠联璧合的结果。诗到盛唐,蔚为大观,云蒸霞蔚,众星璀璨,歌手对他们作品的演绎、传播和推广,起到了推波助澜的强大作用。同样,诗人的华彩词章,珠玑文字,为歌手们的演唱拓展想象空间,深入情感境地,扩大美学视野,放眼广阔世界,在艺术的完美创造上,也有着不可磨灭的功劳。精诚合作中,诗人与歌手常常结下深厚的友谊。

唐代诗人各自发挥艺术上的独创性,用语言艺术诗歌去描绘表情艺术音乐,开拓了前所未有的美学境界,对促进唐诗繁荣的重大作用是异常明显的。诗文是音乐的中介,加上唐代许多文人本身精通音乐,严守声律,极易传唱。音乐通过诗文得以传播、传承。没有文人,音乐可能难以流行至今。"唐文人音乐的上述特点,给中国音乐文化在唐代的发展提供了新的和多元的价值,并且由于它对宫廷的渗透和对民间市井的影响,在音乐样式、音乐行为和音乐美学追求诸多方面极大地丰富了唐代的音乐生活，同时也是唐代音乐文化繁荣的重要原因之一。"

（二）唐代音乐诗

一部《全唐诗》完全可以说就是一部音乐百科全书，就是一部断代音乐史。《全唐诗》收入 48000 多首诗，其中仅从诗题上看，描写乐器、器乐的诗文有 300 多首，而关于赏乐的诗篇达 400 余首。唐代 300 年间，约有 160 位诗人写下了 1000 多首咏乐诗。唐代几乎所有的大诗人，像李白、杜甫、白居易、王昌龄、岑参、刘禹锡、元稹、李贺、杜牧、李商隐等，皆有大量的咏乐诗。盛唐诗坛上最著名的两大诗人莫过于李白和杜甫。他们都是我国古代诗歌的集大成者，又是伟大的创新者。他们的诗歌特别是音乐诗，为我们后人留下了窥知唐代音乐繁盛的重要窗口。至于其他诗人的作品中涉及音乐内容者，那就多得难以统计了。

（三）唐代三大诗人的音乐诗

盛唐诗坛上最著名的三大诗人莫过于李白、杜甫和白居易。他们的诗歌特别是音乐诗，为我们后人留下了窥知唐代音乐繁盛的重要线索。

1. 李白的音乐诗

李白（701—762），字太白，号青莲居士。出生于碎叶（今吉尔吉斯斯坦），四五岁时随父亲回到广汉（今四川省江油市）。其父李客，出身行迹不详，可能是富商。李白 5 岁诵《六甲》，10 岁观百家，年轻时好击剑任侠，求仙访道，才高八斗，但一生坎坷不得志。他 20 多岁时，胸怀经世济民的抱负来到长安，想循考进士常科而得大用，结果失意东归山东任城。天宝元年（742 年），李白被唐玄宗的妹妹玉真公主等人推荐，应诏入朝，被封为翰林学士，这是一种以词艺备顾问的皇帝近侍职位。李白为杨玉环所作的三首《清平乐》，成为音乐史上动人的传奇故事。但是，当时李林甫任宰相，妒贤嫉能，打压人才，唐玄宗也不喜欢他，被"优诏罢遣之"。李白不得不高歌"行路难，归去来"。天宝三年，李白东游洛阳，与杜甫相会，彼此结下了友情，此后度过了十年漫游的生涯。安史之乱后，李白参与了唐玄宗十六子李璘的军事活动，被当作叛乱平定，李白亦被下狱，流放夜郎，后遇赦放还。晚年流落于岳阳等地，享年 61 岁。李白共创作诗歌 1000 多首，其中共有 7 首音乐诗。宋代人编有《李太白文集》30 卷，清代人注解 36 卷本最为流行。现代人校注李白的作品则更多。

李白是我国古代伟大的浪漫主义诗人。他的文艺审美情趣和意境及创作实践活动，极大地影响了当时和后世。作为中国古代文人的典型形象，他具有横天才气，报国深情。"他追求理想、执着人生；他向往经世济民的事业，蔑视功名利禄的鄙俗；他对现实社会满怀疑虑、激愤和抗争。心中的热情与矛盾凝结为诗，使他成为伟大的诗人。"他以十分理想化的态度对待现实。李白崇尚道家思想，推崇陶渊明和建安风骨，并杂糅有儒家、佛家、法家、纵横之术。在音乐方面，李白擅长弹琴，他的许多诗歌及音乐诗，反映出了盛唐文人普遍的思想感情，浪漫主义的音乐精神。虽然李白没有留下专门的文艺美学论作，但是从他的创作实践活动极其明显地反映出了深刻的思想：崇尚自然之美，反对绮丽，提倡"清真"。王安石说他"平淡到天然处"，具有"清水出芙蓉，天然去雕饰"之美。李白的主要音乐诗有：

《听蜀僧睿弹琴》："为我一挥手，如听万壑松。客心洗流水，馀响入霜钟。"

《春夜洛城闻笛》："谁家玉笛暗飞声，散入春风满洛城。此夜曲中闻《折柳》，何人不起故园情。"

《观胡人吹笛》："胡人吹玉笛，一半是秦声。十月吴山晓，《梅花》落敬亭。愁闻《出塞曲》，泪满逐臣缨。却望长安道，空怀恋主情。"

《清溪半夜闻笛》："羌笛《梅花引》，吴溪陇水情。寒山秋浦月，肠断玉关声。"

《月夜听卢子顺弹琴》："忽闻《悲风调》，宛若《寒松吟》。《白雪》乱纤手，《绿水》清虚心。"

《金陵听韩侍御吹笛》："风吹绕钟山，万壑皆龙吟。王子停凤管，师襄掩瑶琴。馀韵渡江去，天涯安可寻。"

李白倡导清真的自然美，强调真情实感和自然天成的意境。他的《清平调词》三章就是专门为配乐而即兴编写的。"李白描写音乐往往是在不经意地用间接的手法来描写，以得其神韵为主，而不是去刻意地直接描摹音乐，和白居易、韩愈、李贺等人的音乐诗相比较，李白的音乐诗有刻绘虽不工而神韵自远的差别。"

2. 杜甫的音乐诗

盛唐伟大的现实主义诗人杜甫的音乐诗篇虽然没有李白多，但影响也很大。

杜甫（712—770），字子美，河南巩县人。他出身于诗书世家。祖父杜审言（645—708）是武则天时代著名诗人，曾任膳部员外郎。其父杜闲，曾任奉天县令（今陕西乾县），后家道衰落。杜甫少有才名，他的诗歌中曾说自己"七岁思即壮，开口咏凤凰。九龄书大字，有作成一囊"。十四五岁即出入文坛。他与李白早年一样，进行了长期的漫游，这是唐代许多文人增长阅历、结交名流、制造名声的主要手段。开元二十三年杜甫考进士不第,天宝年间困守长安十年,屡次求进未成。后来两次向朝廷献赋自荐,才得到右卫率府曹参军这样的小官。安史之乱时,年近半百的杜甫被叛军羁押,逃脱后只身北上投奔肃宗小朝廷,被拜右拾遗(类似于监察之类的官职)。不久因上疏救房琯而得罪唐肃宗,几乎被处死,获得救助而被放还。后被出任华州(今华县)司功参军,不到一年杜甫看透了官场,弃职而流落各地,在四川得到了剑南节度使严武的关照,在成都仅过了一年比较安定的生活。可惜严武病故,杜甫又不得不东归谋生。后在贫病交加中于船中去世,年仅 58 岁。杜甫一生坎坷,又逢乱世,一生相当长时间沦为社会的最下层。但是,他"推至及天下穷人,胸襟十分崇高而博大"。杜甫的许多诗篇折射出强烈的爱国主义精神、民本主义精神和人道主义精神,其创作成就了我国古典诗歌中现实主义的最高峰。他转益多师,积众流长,极富才学,刻意求工,具有"语不惊人死不休"的创新精神。他在创作上,"无体不能,无体不工",是中国古代诗歌的集大成者。元稹曾经评价杜甫是"诗人以来,未有如子美者"(《元氏长庆集》卷 56)。中晚唐许多文人像韩愈、杜牧、白居易、李商隐等受他的影响很深,宋代大文豪欧阳修、苏东坡、陆游等人均以杜甫为楷模。

杜甫能歌亦能舞,因此,他对盛唐乐舞的描绘异常传神。在杜甫的诗文中,反复浮现诗人理想中的音乐意象,反复描写诗人对唐代乐舞的感受,反复出现对开元盛世的音乐文化的追忆,加之诗人历经 50 余年的兴衰治乱,因而使杜甫的诗文具有十分丰富的内涵。杜甫一生的大部分时间生活在盛唐,而盛唐又是唐代音乐最为繁盛的时期。这一时期社会稳定,经济繁荣,出现了中国历史上少有的"开元盛世",为音乐文化的发展、交流和繁荣提供了条件。他的音乐诗中,《观公孙大娘弟子舞剑器行》《江南逢李龟年》这两首最为著名,成为千古流芳的绝唱。

3. 白居易的音乐诗

在唐代文人中,白居易对唐代音乐诗的发展贡献更是超过了李白和杜甫。

白居易(772—846),字"乐天",号"香山居士"。他五六岁时便开始学作诗,八九岁时便懂声韵,曾避难于吴越。到他 16 岁时(787 年)由江南到达长安,因其"野火烧不尽,春风吹又生"诗句,引起了京都名士的注目。在 29 岁时跨入仕途,曾任翰林学士、左拾遗等官职。他关心民间疾苦,因多次对朝政提出意见,于 815 年被贬为江州司马。后来又先后到忠州、杭州、苏州任刺史、刑部侍郎、河南尹、宾客分司、太子少傅等职，官至三品后再不为国事积极发言，过着隐退的生活。会昌六年（846年）去世，享年75岁，谥号"文"。

白居易在诗歌创作方面的卓越成就为世人所称颂。他的诗平易通俗，有不少作品尖锐地揭示了当时社会政治的黑暗，反映了人民的痛苦生活。他的思想综合儒释道三家并融于一身，异常重视诗歌的社会作用，积极倡导新乐府运动，同时爱好音乐，擅长于音乐的鉴赏和评论。在诗歌方面，白居易是继杜甫之后又一位杰出的现实主义诗人，新乐府运动的发起者和骨干，他的"美刺比兴"理论代表着唐代儒家美学的最高峰。他的诗篇忠实地反映了时代的历史面貌，写出了人民的思想情绪，代表人民发出了正义的呼声，千百年来被人们所喜爱传诵，是我国古典文学宝库中一份珍贵的遗产。

白居易不仅是有才华的诗人，而且是一个热爱音乐的诗人，音乐对他的作品、思想、生活有着巨大的影响。他对音乐的爱好并不亚于对诗歌的热爱。特别是他对音乐的欣赏能力，对音乐的强烈喜爱，对音乐的关注重视，都远远地超过了当时的其他文人。他一生直接描写音乐的诗歌便有170多首，而专门以音乐为主题的诗作如《琵琶行》《何满子》《骠国乐》《立部伎》等也有40余首。白居易在诗歌创作方面的卓越成就为世人所称颂。

第五节 唐代记谱法的改进

一、古琴谱

唐代初期记录古琴曲沿用南北朝时期的文字记述谱，简称"文字谱"，贞观以后琴家曹柔又创减字谱。

关于唐初使用文字谱以及曹柔首创减字谱的史实，最早记载于明万历年间琴家蒋克谦编辑的《琴书大全》当中。《琴书大全》于明万历十八年（1590年）刊印传世，是古琴文献当中最为重要的一部。据《琴书大全·琴释》记载："制谱始于雍门周，张敷因有别谱，不行于后代。赵耶利出谱两帖，名参古今，寻者易知先贤制作，意取周备，然其文极繁，动越两行，未成一句，后曹柔作减字法，尤为易晓。"这段文字给我们的历史信息有四：

第一，古琴制谱始于战国时期琴家雍门周。

第二，赵耶利的两帖琴曲仍然使用魏晋南北朝时期文人琴家通用的文字叙述谱。

第三，曹柔以前的文字叙述谱极其烦琐，"动越两行，未成一句"。

第四，曹柔在赵耶利之后创制减字谱，这种减字谱"尤为易晓"。

古琴是中国历史上最古老的并且绵延三千年而不绝的弹拨乐器，早在先秦时期就广泛流行于文人雅士之间，是当时文化生活当中最为重要的乐器。见于文献记载的琴家即有伯牙、成连、钟仪、贾于子、师旷、师涓、师曹、师襄、师文、师慧、雍门周等。在这样一个古琴繁荣时期出现雍门周的琴曲记谱，符合古琴音乐发展逻辑。

赵耶利是隋、唐之际琴家，生于南朝陈天嘉四年（563年），卒于贞观十三年（639年），因其琴学成就卓著，而被当时人们尊称为"赵师"。贞观十三年为李世民统治的初唐时期，唐王朝已统治二十余年，根据《琴书大全》记载，至少在贞观年间琴家记录琴曲仍然沿用南北朝时期的"极繁"的文字叙述谱。而《中国音乐辞典》"琴谱"词条叙述之："唐代以前用文字记述弹琴的指法和弦位，称文字谱"，可能与当时事实不符。

广义地讲，凡是用文字记述音乐作品（包括采用文字的偏旁部首）的记谱法都是文字谱。中国古代的宫商谱、律吕谱、唐之燕乐半字谱、宋代俗字谱直到明清时期的工尺谱、锣鼓谱等当属文字谱系列。狭义的文字谱是指减字谱广泛使用之前的古琴专用谱式。现存文字谱记录的作品是保存在日本京都西贺茂神光院的《碣石调·幽兰》（见下页图），该谱是目前发现的记谱年代最早的手抄文字谱。乐谱为唐代人手写文字谱卷子，其卷首和卷尾都标有《碣石调·幽兰》字样。谱前的小序说明该谱传自梁代丘明（497—590），谱序中描述其为"会稽人也，梁末隐于九疑山，妙绝楚调，于《幽兰》一曲尤特精绝"。

《碣石调·幽兰》一名《猗兰》，其曲谱谱式古老，保存了原始的文字谱的记写方法，这种方法通常是用文字写出左手第几指，再按某条弦第几徽位，以此严格地规定出音高和音色；右手的指法以及弹奏方法则规定节奏和装饰音的使用。其中一个指法往往需要用一句话或多句话的叙述才能交代清楚，一首曲子记写下来往往比一篇文章还要长，因而《琴书大全》以"极繁"词语描述。不过这种记谱方法虽然复杂烦琐，但却相当准确精密地记录出了琴曲曲调的进行，使古代琴曲得以保存和流传。

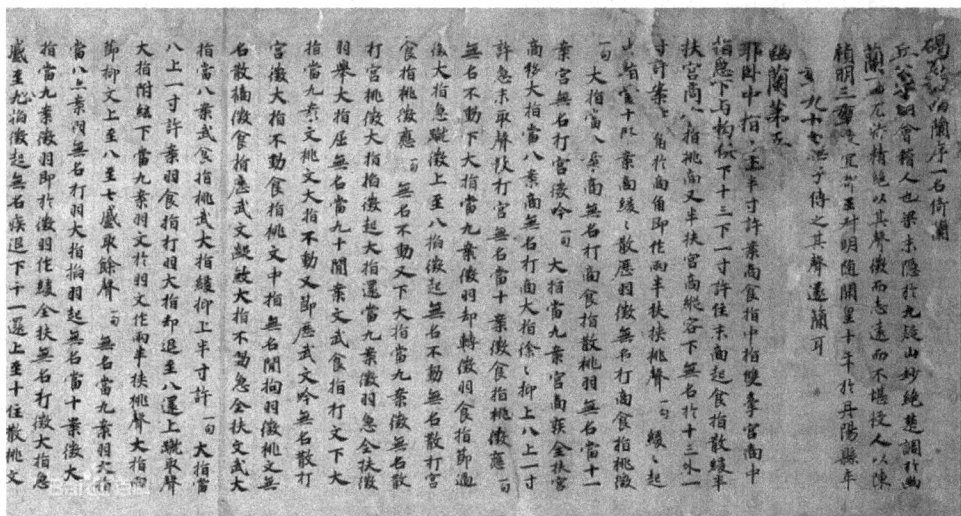

图　日本京都西贺茂神光院藏《碣石调·幽兰》谱

二、燕乐半字谱

唐代"燕乐半字谱"又称"半字谱"，是宋代人对唐代燕乐记谱法的称谓。

燕乐半字音位谱即管色谱。乐谱谱字直接体现曲调中音级关系。这类谱式又分为两个体系：①主要有唐传日本笙篌谱（假名谱）、笛谱（龙笛假名谱）、笙谱（凤笙假名谱）、尺八谱（尺八假名谱）、唐宋方响谱。②俗字谱（一般认为是明清工尺谱的早期形式，也有专家认为其与明清工尺谱根本是不同的两个系统）。俗字谱又发展为各种大同小异的各类记谱法，共计 30 余种。

笙篌谱即为燕乐半字音位谱，即所谓管色谱。笙篌出自西域，段安节著《乐府杂录》中叙述："笙篌者，本龟兹国乐也。亦名悲篌，有类于笳。"其音色哀婉悲凉，在唐代燕乐演奏中常常用作领奏器乐。一般认为，笙篌谱形成于北魏末年，据《魏书·乐志》记载："初，侍中崔光、临淮王彧并为郊庙歌词而迄不施用，乐人传习旧曲，加以讹失，了无章句。后太乐令崔九龙言于太常卿祖莹曰：'声有七声，调有七调，以今七调合之七律，起于黄钟，终于中吕。今古杂曲，随调举之，将五百曲。恐诸曲名，后致亡失，今辄条记，存之于乐府。'莹依而上之。九龙所录，或雅或郑，至于谣俗、四夷杂歌，但记其声折而已，不能知其本意。"何昌林先生研究认为："崔九龙处于龟兹乐繁盛时代与地区，故其所用乐谱，当即龟兹笙篌谱。"

唐代筚篥谱由于筚的广泛使用而十分流行。据段成式《酉阳杂俎》记载:“玄宗常伺察诸王，宁王常夏中挥汗鞔鼓，所读书乃龟兹乐谱也。上知之，喜曰:‘天子兄弟，当极醉乐耳’。”据何昌林先生推断，唐代宁王所用龟兹乐谱也是当时的龟兹筚篥谱。

确凿地关于筚篥谱文字，最早见于五代诗词，后蜀主孟昶（934—965 年在位）妃花蕊夫人作《宫词》一诗:“御制新翻曲子成，六宫才唱未知名。尽将觱篥来抄谱，先按君王玉笛声。”这是花蕊夫人追忆唐王朝玄宗时期旧事的诗词，其中君王即指李隆基，诗歌中“尽将觱篥来抄谱，先按君王玉笛声”，似将筚篥谱移植或翻作玉笛谱。

又据《旧唐书·音乐志》记载:“玄宗在位多年，善羯鼓，尤其善音乐……太常又有别教院，教供奉新曲。太常每凌晨，鼓笛乱发于太乐署。别教院廪食常千人，宫中居宜春院。玄宗又制新曲四十馀，又新制乐谱。”所制新乐谱也应该是燕乐半字谱音位谱之玉笛谱。

也有专家考证认为，唐代以后筚篥谱又逐步发展为宋代“俗字谱”以及明清时期的“工尺谱”。宋代俗字谱是由燕乐半字谱之筚篥音位谱发展而来，即是工尺谱的早期形式，因其广泛用于民间歌曲、器乐曲、曲艺、戏曲等俗乐的记谱，故称为俗字谱，发展到明清时期成为工尺谱。但在民间俗字谱、工尺谱称谓并存。

第五章　唐代文学与多元文化融合

唐代文学受多元文化滋养，孕育、催化出了灿烂的文学硕果。其中西北民族文化对唐代文学的发展产生了极为重要的影响。唐代文学海纳百川而成其美，对唐代文学多元文化内涵的研究，尤其是西北多民族文化与唐文学关系的研究，可以深化中国古代文学史的研究，发现一些未曾发现的文学发展规律。本章集中探讨了唐代文学与西北民族文化的内在联系，揭示了西北多民族文化对促进唐代文学繁荣的贡献与意义。

第一节　唐代西北地域文学研究

唐代文学的繁荣与西北民族文化有着密切的关系，即唐代文学包含着多元文化因子，以海纳百川的胸怀，吸收诸多民族的文化精粹，构建起了辉煌的殿堂。这多元文化因子中极其重要的一分子，就是西北民族文化。从社会体制而言，唐承隋业，隋受北周禅让。北周以前的北朝，是社会历史最为动荡的时期，也是民族大融合的时期，主要是西北诸少数民族、北方的游牧民族与北方汉族的文化融合。与西域文化的交流，始于汉武帝开边，至魏晋以降，西域与中原的文化交流已十分广泛。隋唐的建国是先统一了北方，进而统一全国，政治文化中心在北方。北方长期处于汉族与西北诸少数民族混居融合的局面，文化审美与南朝不同，隋唐开国承北方诸民族融合之风俗。唐代，尤其是西域的习俗已渗透到唐王朝各个方面。唐代文学也必然渗透着西北民族文化的因素。

一、诗中的西北民族文化因子

就诗歌方面而言，西北（含北方）多民族文化对唐诗风格的发展及创作的影响很大。就风格而言，此时的文学审美与南方有很大的差别。当南朝唱着委婉娇柔的情歌"感郎千金意，惭无倾城色"故作谦词时，北朝唱着"南山自言高，只与北山齐"（《幽州马客吟》），"自言"，自不必说。自信南山（女子）与北山（男子）一样高大威武，所以是匹配的一对。女子不以"女貌"与"郎才"匹配，而以飒爽的英武姿态，豪迈的阳刚之气，达到相互般配，相得益彰，这种审美情感是截然不同的。从北朝民歌豪迈刚健的气质，可知初唐诗风中昂扬奋发的精神、任侠尚武的气质虽然有着多种社会因素，也不可否认是北朝诸多西北民族文化精神融合的产物，是受西北民族文化的滋养而孕育出来的硕果。

从唐代文学创作的数量和内容来看，西北多民族居住的地区，在唐诗创作中占有举足轻重的地位。有人统计过，唐五代可考的文学家不到4000人，而西部地区就有500多人；《全唐诗》和《全唐诗补编》共收诗55796首，作者3558人，西部地区作者472人，占13.27%，诗作12060首，占21.61%。从诗歌内容而言，西部诗人和非西部诗人写西部或吟咏西部的诗粗略计算恐怕要占《全唐诗》（含五代诗）总数的一半。从唐代文学创作的地域而言，西北民族文化的渗透性也是巨大的。

不仅是诗歌的风格渗透着西北多民族文化艺术的因子，而且诗体的发展也多受西北民族歌谣的影响。文人七言诗始自建安曹丕《燕歌行》，此后200多年没有多大发展，直到南朝宋代鲍照的创作，才发展了七言诗，创造了歌行体。但是北朝民歌中，那些活跃在人们口头上的七言四句的七绝体、七言古诗和杂言体诗中的七言诗句，无疑给以后的文人七言诗创作提供了丰富的艺术营养。据《宋书·乐志》记载，北魏末尚存乐府五百曲，北朝的歌唱是十分活跃的。鲍照以后的文人七言诗盛行起来，到唐代七言歌行、七言古诗、七言绝律蔚为大观，也是受到了西北多民族文化艺术的滋养。日本学者小川昭一专门研究了突厥民歌对唐诗诗体的影响。可见，西北民族文化对唐代诗歌的影响也是多方面的。

西北是多民族文化交流荟萃之地，沿着丝绸之路，中外文化和西域各民族文化互相交融，西域各民族乐舞不断输入中原。风靡朝野的西域乐舞，对唐代诗歌、音乐、舞蹈、绘画、雕塑、书法等艺术产生了明显的影响。人们早就注意到岑参两度出塞，受西域乐舞的陶冶，他的七言歌行刚健昂扬，旋律富于变化。但是人们往往忽略了唐人受西北民族文化的影响，文学审美发生了巨大变化。"初唐四杰"（王勃、杨炯、卢照邻、骆宾王）扭转齐梁风气，"海内存知己，天涯若比邻"（王勃《送杜少府之任蜀州》），写出了境界开阔的送别名句；"宁为百夫长，胜作一书生"（杨炯《从军行》），表达了向往出塞立功，积极进取的不凡气势；"得成比目何辞死，愿作鸳鸯不羡仙"（卢照邻《长安古意》），在描写贵族骄奢淫逸的生活时显出了深沉的思索；骆宾王的《在狱咏蝉》《于易水送人》等称之为声律与风骨兼备之作。他们在自觉与不自觉中追求诗风的刚健之美，弃南朝的绮丽与婉媚。陈子昂标举汉魏风骨，李白认为"自从建安来，绮丽不足珍"，不仅要求诗歌兴寄讽喻意义，更主要的是鄙视委婉柔弱的诗风，崇尚刚健、豪放和明朗。这种文学审美情趣正是体现了西北民族文化的精神。所以说，唐诗的发展迎来了崭新的天地，不仅是"融汉魏风骨于江左文风"，还有弥足重要的原因是它荟萃了多民族文化的精髓。

自北朝以来，民族文化交融日益深化，"李唐起自西陲，历事周隋"，"不唯政制多袭前代之旧，一切文物亦复不间华夷，兼收并蓄。"（向达《唐代长安与西域文明》），"胡化"现象（主要是西域风之好尚）弥漫了整个唐代社会。穿胡服，戴胡帽，学胡妆即成一时风气。表现在诗歌风格的尚好方面，自然是刚健豪放，鄙弃娇弱委靡了。所以当今也有学者提出"唐诗与胡风""唐诗繁荣的西部因素""胡商胡马胡香——唐代文学中的外来文明……"等论题。将唐代文学研究与西北民族及其地域文化联系起来，对拓展唐代文学研究有重要的作用，可以发现中国古代文学演进过程中的许多问题。

二、词中的西北民族文化因子

就词学研究而言，乐与诗、乐与词之关系的探讨由来已久。胡乐（主要是西域音乐）的传人，使唐代社会声色大开，胡乐与清商乐结合形成燕（宴）乐，唐代的九部乐、十部乐，多为胡乐，如龟兹乐、高昌乐、西凉乐、疏勒乐、安国乐、康国乐等。词的产生与燕乐有着直接关系，音乐歌舞受龟兹影响最大，而龟兹又多受古希腊、埃及等影响。美国学者谢弗著有《唐代的外来文明》一书，可证外国学者也在探讨唐代文化和文学的多元文化之源。

这些现象从唐代的咏乐诗中可以考察一二。在唐诗中咏乐的诗篇不胜枚举，而且名篇众多。从唐代诗歌中所反映的音乐演奏状况，可以观测到中原地区人们对西北民族音乐和乐器的接受过程与心理感受。音乐的声音虽然消逝了，而这些诗却为后世留下了许多诗化的音乐。从这些诗中，我们也可看到西北民族音乐从不同民族的、民间的"新声"逐步成为唐代音乐主流的过程。如李贺《李凭箜篌引》："吴丝蜀桐张高秋，空山凝云颓不流。江娥啼竹素女愁，李凭中国弹箜篌。"竖箜篌古称胡乐，有人认为从古波斯传入中国，凤首箜篌学界一般认为它是从印度传入，起源于埃及的一种竖琴；花蕊夫人《宫词》："御制新翻曲子成，六宫才唱未知名。尽将觱篥来抄谱，先按君王玉笛声。"觱篥，即羌笛、羌管、胡笳，分布于戎狄之地等。从中可看出西北民族乐曲不断传入内地为中原所吸收的过程。就是这些"民族的、民间的新声",后来发展成了词牌曲调。

例如,《倾杯乐》或谓起于晋人之杯盘舞,《隋书·音乐志》云:"牛弘改周乐之声,献奠登歌六言,像《倾杯曲》。"这表明北周已有六言之《倾杯曲》。至唐初,形成大曲,用龟兹乐,长孙无忌等人作辞。《通典》卷146云:"贞观末,有裴神奴作《倾杯乐》。"南卓《羯鼓录》列有《倾杯乐》,段安节《乐府杂录》亦收《新倾杯乐》,足见此调渊源甚早。《词律》卷七载《倾杯乐》8体《词谱》列10体,敦煌曲谱收有《倾杯乐》之谱,有急有慢,说明宋代兴起的慢词早在唐代民间就有流传。宋代《柳永集》中就有《倾杯乐》八首,七种不同句法。

《柘枝舞》是唐代盛行的健舞曲,即是从西域石国传入中原的乐舞。此舞特征,一是以鼓伴奏为主的女子独舞和双人舞(到宋代变为群舞),二是突出腰部动作,体态轻盈。白居易《柘枝妓》曰:"带垂钿胯花腰重,帽转金铃雪面回。"刘禹锡《观柘枝舞》说:"体轻似无骨,观者皆耸神。"众多诗人的诗章对柘枝舞极尽赞美,柘枝舞在中原广泛流传,后来也转为词调。

第二节　唐代西北边塞诗研究

诗歌的诠释,当然是指对诗歌所写内容给以正确的解释说明。然而,之所以需要"诠释"、解释说明,就因为诗歌具有中国古典诗歌精粹、含蓄、意在言外等独具的艺术形式和表现手法的特点,不像一般记叙、说明文字可以一目了然;但正因为诗歌不是直白的叙说而是需要用"形象思维"、借助形象以抒情达意的艺术品,从而又使得对诗的这种"诠释"或解释说明可以因人而异,产生所谓"诗无达诂"的情况。所谓"无达诂",除了有正误之辨,实有许多难辨是非而完全可以并存之说,不必强分高下、囿于一孔。前人有言:诗有三义,作者有作者之义,选家有选家之义,读者又可以自有其义。说的就是这种情况。三者既无轩轾,可见这种诗艺术含蕴之丰厚、艺术价值之高超。本文讨论的"诠释",当然只就"作者之义"而言,通过解释说明,以求尽可能接近作者之"文心",避免不审慎的妄断。要做到这一点,除了人所共知的需要"知人论世""以意逆志",即验之诗歌创作背景和诗意,考查诗人行踪,搞清时、地,以至明察诗人遣词、用语的依据等以外,尤其不可忽略唐诗创作中许多"艺术形式"上的规范和习惯,这对于正确地理解诗歌内容至关重要。也就是说,对诗歌的科学诠释,必定是内容与形式的完美结合，社会人生与诗歌艺术的兼容沟通，理性与感性、理与情的融汇合一。轻重失宜是可能的，顾此失彼则往往伤及诗意，甚至导致诗味尽失，艺术品变成枯萎的文稿。

关于王维《使至塞上》"大漠孤烟直，长河落日圆"一联中"长河"的诠释，历来是有争议的。尚永亮先生《"长河"与王维〈使至塞上〉中的几个问题》（《长江学术》第七辑）一文，提出对古典名篇再诠释应努力避免"刻意标新"与"牵强附会"。如何避免，尚先生提出验之诗歌创作背景和诗意，考查诗人行踪，搞清时、地，以至明察诗人遣词、用语的依据等，无疑都是正确的。文中对李伶《莫将"长河"误黄河》一文将长河落实为"额济纳河"之说提出质疑，认为"长河为黄河的可能性最大"，大抵也言之有据，可以接受。然而，由于尚先生"诠释"的基本思路、方法，与李文大同小异，总体上是据"实"言诗，忽略了唐人作诗的习惯、手法以至诗歌传统，因此对李文的批驳显得力量不足，立论不够坚实，而进一步引出《使至塞上》"写作时间是在春末夏初"的新结论，就尤其令人不敢苟同了。可见，避免"刻意标新"和"牵强附会"，科学地"说诗"，又是一件相当复杂的事情，牵涉的问题很多！

比如：李伶文认为"黄河历史上曾称'河''大河'，从无称'长河'的记载。而唐诗中涉及的山名、河名、地名、人名大都写实，故诗中的'长河'恐有另指。"尚先生征引文献记载，批驳了"黄河从无称'长河'"之谬误，十分正确，笔者据《文渊阁四库全书》电子版检索，截至唐代有关"长河"的记载，其义有三：一指"黄河"，二泛言河流，三指德州长河县，而以指黄河者为多数。尚文所引足以说明问题，此不赘言。然而对"唐诗中涉及的山名、河名、地名、人名大都写实"这种不知唐诗之妄言，尚先生则置而不论，就有些不可解了。是否因为尚先生本文立论就在于注重相关事实的验证，而忽略了唐诗写作艺术的考察？

唐诗中涉及的山名、河名、地名、人名，自然有写实的，但更大量存在非写实的情况。既有泛写或借以为比喻等情况，更有借古以言今、借汉以言唐、借彼以言此的通例。尤其在某些特殊题材的诗歌，如唐代边塞诗中，这种"借言"更是普遍。究其源自有汉唐政治、军事史和边塞诗形成发展历史多方面的原因，这里不予涉及。研究者早已指出，唐代边塞诗中存在"纪实之作"与"悬想之作"两类，写作上常带有"拟""代"的倾向，即模拟、沿袭前代描写战争生活的诗篇，借用前代的题目（乐府诗题）、人物、事件、典故以至词语等。不但悬想之作中"涉及的山名、河名、地名、人名大都"存在虚拟的情况，即使纪实之作往往也使用这种"借言"的手法，屡见不鲜，如果硬要按写实去考察，就会不得其解，闹出大笑话！比如，高适的《蓟门五首》"汉家能用武，开拓穷异域"，《燕歌行》"汉家烟尘在东北，汉将辞家破残贼"，便是借汉言唐；常建的《吊王将军墓》"嫖姚北伐时，深入强千里"，杜甫《兵车行》"边庭流血成海水，武皇开边意未已"，便是借汉嫖姚将军霍去病言唐代名将王孝杰、借汉武帝言唐玄宗；岑参《发临洮将赴北庭留别》"闻说轮台路，连年见雪飞。春风曾不到，汉使亦应稀。"《轮台歌奉送封大夫出师西征》中的"轮台城头夜吹角，轮台城北旄头落"以及《走马川行奉送出师西征》中的"轮台九月风夜吼""车师西门伫献捷"，都是借汉代西域地名——名城"轮台""车师（后国）"以称唐北庭都护府所在地金满（今新疆吉木萨尔县）。以上诸诗都是公认的纪实之作，尚且如此，那些"悬想""拟代"即泛咏的边塞之作，所涉及的人、地、事件就更加无法指实，如骆宾王的《从军中行路难》其二所写行军征战地点，计有"玉关"（汉、唐玉门关，今甘肃西境）、"铜鞮"（春秋、汉代地名，今山西沁县）、阴山（今内蒙古中部）、交河（汉、唐地名，今新疆吐鲁番）、天山（今新疆中部）、疏勒（今新疆西南喀什市）、龙鳞水（今甘肃中部庄浪河）、马首山（今辽宁朝阳县境）、祁连（今甘肃西部与青海分界山脉）、雁门（今山西代县）、皋兰（今甘肃兰州），这些地方都是古代边战戍守之地，作者大量排比边塞地名，以譬喻象征手法，渲染战争环境的艰苦，转战地域的广阔，抒发了慷慨从戎的壮心，根据这些地名以考察其行军作战路线就不免荒谬！卢照邻的《上之回》短短八句，从回中（古代由陕西关中经甘肃平凉到宁夏固原间的交通要道）、萧关（汉关故址在今固原县东南，唐关故址在固原西北）、北地（秦汉郡名，辖地约今宁夏银川周边及今甘肃庆阳大部）、西河（古代称黄河流经今甘肃、宁夏、内蒙段）写到"振旅汾川曲"（今山西汾水）；其《战城南》从"紫塞"（秦汉长城）写到"乌贪"（汉西域国名，故地在今新疆阜康县附近）、雁门（今山西代县）、龙城（汉代匈奴大会祭天之地）。采取的也都是借前代典故、排比边塞地名的手法，以抒边战取胜之豪情，都不应据实观之。王维开元二十五年以监察御史从军赴凉州河西节度使府，其间先后所作的《使至塞上》和《出塞作》两诗，是此行纪实之作，其写法与一般边塞诗无异，其中的"居延""萧关""燕然"同样是借古以言今，用前代边战的事典以抒今日出塞之情，与此行路线、所经地名本来不需"拍合"，实际上也无法"拍合"。《汉书·武帝纪》："将军去病、公孙敖出北地二千余里，过居延，斩首虏三万余级。"颜师古注："居延，匈奴中地名也。"又《卫青霍去病传》："上曰：'骠骑，将军涉钧耆、济居延，遂臻小月支，攻祁连山，扬武乎谍得。'"张晏注："钧耆、居延，皆水名也。"可知居延为西汉与匈奴作战的重要地区，据《史记·匈奴列传》："太初三年，……使强弩都尉路博德筑居延泽上。"张守节《正义》："《括地志》：汉居延县故城在甘州张掖县东北千五百三十里，有汉遮虏鄣，强弩尉路博德之所筑。李陵败，与士众期至遮虏鄣即此也。"则西汉曾置县，筑障塞以防御匈奴。东汉于此置张掖居延属国（《后汉书·郡国志》）。唐初平突厥这里也曾为战场，一度置有"同城守捉"，陈子昂从军北征曾至此，写有《题居延古城赠乔十二知之》《居延海树闻莺同作》二诗。但从文献资料考察，终唐之世，此地并无地方行政建制，地志、史籍言及者唯作为水名的"居延海""居延泽""居延水"而已，突厥败亡后，开元中期这个地区也未有发生战争的记录，故王维诗中所谓"过居延"或"居延城外猎天骄"（《出塞作》），乃借用汉代事典无疑！再说，王维此次出塞之前的开元二十五年春三月，唐玄宗听信谗言，寻衅于吐蕃，强令河西节度使崔希逸率众自凉州南入吐蕃界二千余里，大破吐蕃于青海西。主帅鼓行而南，也可证北线之居延一带局面平静。当代研究者均称王维此行负有宣慰的责任，就此言之，则诚如尚先生所说，王维的目的地只能是凉州或至凉州转而南行，绝不可能再北行一两千里路向居延而去，这是常识。那么说诗中的"居延"绝非写实，就是绝对可以肯定的了。

　　然而照尚先生所说，假定王维自长安走凉州是走北线（指自长安度陇西出之南、北二线，即俗称"丝绸之路"陇右段之南北二线），可能经过萧关，就肯定诗中所写"萧关"的"实在性"，这肯定不妥。按萧关在唐属朔方节度所辖，距河西节度东境地界尚有数百里，河西节度之"候骑"怎么可能出现在这里与西行的王维相逢并报告主将出征的信息呢？可知写这个萧关，依然是唐人作诗惯用手法，化用前代诗人"候骑出萧关"这种写战争的"成语"，借取这个古关在前代战争史上的"名声"，以为自己的诗生色，增添言外的丰厚韵味。这是唯一通达的解释。不用说没有任何材料记载可以考证王维到底走北道还是走南道，就诗论诗，萧关之写实与否，对理解诗意不产生任何影响，对于诗歌的艺术价值更是风马牛不相及的东西，为什么一定要把它"拍合"到诗人的行踪路线上来呢？至于那个"燕然"，由于与此行更加南辕北辙，人们很难为它费心考证，于是便清楚看出其借用"东汉窦宪大破匈奴，登燕然山，刻石勒功而还"以寄意的写作手法与含蕴。其实，唐时西行路上的关口，兰州的金城关，河州的凤林关，也都见诸诗人诗作，它们都濒临黄河，只是都不在凉州境内。假设诗人王维行至凉州境内任一军戍之地，得知凉州节度崔希逸尚在前线未回抵武威城，便信手拈来，借取前人诗句写出"萧关逢候骑，都护在燕然"，也是完全顺理成章之事！明了唐人作诗方法，对居延、萧关、燕然三地，一以贯之，同样看待，诗不是可以读得更加轻松，更加清楚明白吗！作于此行途中的《使至塞上》应作如此理解，到达河西节度府后所作的《出塞作》也应作同样理解，是借汉代霍去病在居延地区击败匈奴的胜利之战，歌颂崔希逸出击吐蕃的胜利，头四句用"天骄出猎"的"艺术语言"写敌人入寇气势汹汹，与高适《燕歌行》"单于猎火照狼山"同一意象。人们常以"围猎"释之，如科学院文学所《唐诗选》讲："写匈奴人打猎的活动，表现他们的强悍。"不免隔靴搔痒，把诗歌艺术变成纪实文字。后四句写汉军出击胜利，朝廷赏赐，落到出塞宣慰收结，精粹简括，语近情遥；虽以霍嫖姚盛赞崔希逸，而言语得体，极有含蕴。仅此可见，注意唐诗的用事用典、借此言彼等写作手法，是正确读诗不可忽略的问题。

不注意或不熟悉近体诗声律对偶等艺术规范和遣词用语的习惯，往往也会造成诗意诗境理解的错失。《使至塞上》第一联据《文苑英华》本作"衔命辞天阙，单车欲问边"，则全诗平仄格律严谨规范，诗意也并不逊色，只是由于传本多作"单车欲问边，属国过居延"，人们也就沿用不改，把一、二联的失粘当作诗人有意为之，并以初期律诗格律未严甚至以大家不为格律束缚为说，这里不讨论了。作为大诗人、大音乐家、大画家的王维，在这首诗里真正是做到了诗情画意音律兼擅，这里只就颔联看其偶对之严谨："征蓬出汉塞、归雁入胡天"，字、词、义，形象、意态，上下、远近，动静、方位，无不相偶相对，而统一在诗人、画家构造的"画幅"中。出"征"对"归"来，"蓬"草对大"雁"，"出"对"入"，"汉""塞（地）"对"胡""天"；统一它们的就是创作主体即诗人的心理情感与艺术眼光。因此，所谓"出汉塞"是写蓬草随风滚滚北去，由近及远，从汉地（唐境）远远"出"到塞外。则"入胡天"便只能是写大雁迎风奋力南飞，由远及近，从胡天（塞外的天）遥遥"归"回塞内。这个画面，其布局，其意态，深得"画论"经营位置之妙！物象各得其所，远近相因，动静得宜，方寸之中有浩瀚的气象、无边的视野！尚先生将"入胡天"解释成大雁飞"出"胡天即北飞向塞外，窃以为是违背诗中偶对之义的误解。这样的解释，也背离了诗人情感的逻辑、观察的目光。从语言的角度讲，"入胡天"即"入"自"胡天"，为古汉语通常的句式，并无不合。既然如此，则尚先生对王维此次出塞时间的重新解释就缺乏诗歌内在的依据，而依据史料记载推算，崔希逸出兵青海到回师、到朝廷派员宣慰与王维出塞，似仍当以维持旧说即王维秋日到凉州为合理。

诗歌诠释、艺术鉴赏又须兼顾情与理，既要入理，也应遂情。理是对事物普遍的、一般的规律的概括，情则是诗人在特定时、地目击、耳闻、主客观"碰撞"激发的心灵之火花，如电光石火，更具即时性、个体性、特殊性。由这种各具个性的主观激情升华构建的诗歌艺术境界，有时就不免受到"有悖事理"的质疑，如杜甫诗之"霜皮溜雨四十围，黛色参天二千尺"就是显例，然而却不失为伟大的艺术创造。诗人作诗，所谓"观古今于须臾，抚四海于一瞬"（《文赋》），于理则否，于情则然；优秀的诗人能够"精骛八极，心游万仞"（《文赋》），其所创造的诗歌境界超越现实真实的此岸到达艺术真实的彼岸，更应是衡量其艺术成功的标志。因此科学的诠释首先应揭示诗人创造的是怎样的一个诗美境界，给了人怎样的心灵的启示，使人获得何等的精神的净化，而不是以日间的景象去挑剔优美的月色掩盖了大地的疮疤，说它如何不真实、怎样不合理！"大漠孤烟直，长河落日圆"确是诗人以画家的目光创造的塞上壮景，千古无匹！"大漠孤烟直"，气势声情，苍莽激越，极具力度；"长河落日圆"，瑰丽迂徐，情韵悠悠。两者都是西北高原瀚海、河流地区常可见到的最具特征的景象，当然也是王维此行目击所得，于是剪取下来，拼合成诗，动静相映，声色俱佳，情韵无限。此即杜甫诗"焉得并州快剪刀，剪取吴淞半江水"（《戏题王宰画山水图歌》）所指的艺术创造过程。但经常行走于大漠戈壁地区的人都知道，这两种景象是无法同时出现的，这又是王维诗艺术真实高于生活真实之处。于是要辨析"长河"究竟是否"实指"的问题，长河绝非指"额济纳河"，尚先生说清楚了，可无异议。最大的可能指黄河，也可以说得通，因为黄河是王维此次西行必经的最大的河流，也是常可以看到"长河落日圆"壮景的。笔者曾分别在今银川市（唐属灵州、灵武节度辖地）黄沙古渡，靖远县（唐会州）黄河渡口，兰州市（唐兰州金城郡）黄河岸边多次观赏过这种景象，于是知以往"黄河上游处峡谷地带，无法看到长河落日"，"黄河激流滚滚，如雷咆哮，何来'落日圆'"的种种说法，乃是就一般事理推测所得的结论，和实际颇有距离。黄河不但有河谷开阔、流水相对平缓之处，更何况只要目力所及无高山阻挡，则夕阳衔波之景随即可见——尽管换了地方、换了角度就可能消失，就时间说也是稍纵即逝，与大平原地带不同，但这决不能束缚艺术家敏锐的目光，限制其艺术思维的飞跃，将"长河落日"与"大漠孤烟"组成偶对，结合成画面，以展现西塞景象！即便如此，窃以为一定要考清长河是否黄河，对诠释王维诗、领会其诗境、诗艺，毕竟不是要害。有人说长河指流经凉州的石羊河，我看也没有什么不可以。石羊河即唐代的马城河（见《元和郡县图志》），它发源于凉州以南的祁连山，迤逦北流注入休屠泽，也完全称得上是长河了，应该说在此处见到"长河落日"景象机会更多、更普遍；不过诗人只是目击所得，激发灵感，便信手拈来，作为诗料，酝酿成诗罢了，有必要在"黄河""石羊河"甚至凉州地面一些更小的河流之间分出高低正误吗？

落实诗歌的"本事"，是说诗的基础和前提，但事事求落实，则可能导入违背艺术规律的歧途。《庄子》所谓得心应手，有"数"存焉于其间！可毋慎乎。

第三节　唐代敦煌文学研究

一、敦煌文学的概念及其特点

敦煌文学是指敦煌文献中所保留的文学活动、文学作品和文学观念。文学与敦煌文学一样，都是一种模糊不清的概念，因此很难在内涵与外延上对其进行清晰的界定。本书所指的敦煌文献，包括三大部分：第一部分是敦煌遗书中所保存的文献；二是敦煌遗书中所存有的文学作品，可在传世文献中找到；三是敦煌遗书中的一些文学作品，例如民间应用文字、宗教应用文字等。本节重点论述的是敦煌遗书中仅有的文学作品，也涉及敦煌遗书中保存且见于传世文献中的文学作品。而对那些带有文学色彩的俗语和宗教应用语，则是偶尔进行探讨，并没有系统地探讨与论述。从创作和接受的角度出发，对敦煌文学作品的产生、存在状态、传播方式、审美价值、文化价值及其与敦煌人民的生活的关系进行了论述。敦煌文学的纯文学活动极少，许多民间活动、宗教活动都与文学生产、文学生成、文学传播等相关的活动相伴而行，因此，这种文学活动也属于文学的范畴。

敦煌文学并非中国传统的一种文学，而是一种相对独立的文化。"安史之乱"以后，唐朝从鼎盛到衰落，敦煌和河西一带为吐蕃所统治，与中原的文化基本断绝了联系。唐宣宗大中二年（848 年），敦煌人张议潮率领部族，推翻吐蕃，夺回瓜沙诸州，在敦煌一带建立了一百八十余年的"归附"政权，并在此基础上发展壮大。虽然归义军政权最初被中原王朝所承认，但是由于各种原因，敦煌并没有被中原王朝统治，所以敦煌地区基本是自治的。在这个相对独立的文化圈子里，受到印度等西域文化的熏陶，形成了独特的文化风格。

研究中国古代文学，文学的自觉是一个必须要明确的问题。中国文学自觉的时代，除了比较通行的"魏晋说"外，还有"先秦说""汉代说"和"六朝说"等。各家都能摆出很多文学史实和相关史料，持之有故而言之成理。我们认为，文学自觉是一个复杂的问题，不同的文学体裁自觉的时代并不相同，不同地域、不同的文学创造者和接受者对文学的自觉也不相同；对于中国最下层的老百姓来说，他们对文学的自觉更是一个漫长的过程。所以研究敦煌文学，应当清楚一种情况：对唐五代的敦煌民众来说，他们对文学并不是像一般文人那样的自觉；对他们来说，文学仅是某种社会文化活动的一种形式，或者说，是某种社会文化仪式的组成部分。

正是从这种认识出发，敦煌民众心目中的文学和文人心目中的文学并不完全相同。比如，敦煌遗书中保存且见于传世文献的文学，像《诗经》《文选》《玉台新咏》及部分唐代诗人的作品，以及敦煌遗书保存下来的一部分文人作品，如韦庄的《秦妇吟》等，这是文人心目中最正宗的文学，但它们是不是敦煌民众心目中的文学，还要做具体分析。因为敦煌民众心中的文学是某种社会文化仪式的一部分，敦煌民众并不把文学作为案头欣赏的东西看待。所以，这些中原文人的作品只能是敦煌文学的哺育者，是敦煌民众学习文学、创造文学的样板，其本身并不是他们心中的文学。但是，这里也存在着一种不同的情形。中原的文人作品，在敦煌人将其应用于日常生活中的种种礼仪之中时，敦煌人民又给它们赋予了不同的意义，于是，这些作品就成了敦煌文学。敦煌文学写卷中有诸多民间歌赋和文人作品混淆杂抄在一起，其原因也在于此。

因此，敦煌文学最典型的特点是：以讲诵、演唱、传抄为其基本传播方式，以集体仪式创作为其创作特征，以仪式讲诵为其主要生存形态，而在我们看来随意性很大的"杂选"的抄本也比较集中地体现了这种仪式文学的意义。

二、敦煌文学的分类

文学的口耳相传主要通过各种仪式进行。礼仪是人们高度重视的社会生活。人们在漫长的生产、劳动过程中，不断地创造出各种礼仪。这种高度的仪式，是人类从野蛮时代走入文明社会的一个重要标志。所以，仪式是文化的贮存器，是文化(文学)产生的模式,也是文化(文学)存在的模式。从文学角度看,仪式的一次展演过程就是一个"文学事件"。敦煌民间仪式,大致可分为世俗仪式和宗教仪式。世俗仪式主要包括人生里程仪式,如冠礼、婚礼、丧礼等;岁时礼俗仪式,如辞旧迎新的驱傩仪式、元日敬亲仪式、三月三日祓禊仪式、七月七日乞巧仪式、九月九日登高避邪御寒仪式、腊祭仪式;还包括其他仪式,如各种祭祖仪式、求神祈福仪式、民间娱乐仪式等。民间宗教仪式主要指世俗化的佛教仪式,如俗讲仪式、转变仪式、化缘仪式等。在这些仪式中,唱诵是必不可少的内容,唱诵的内容除了少量的佛经、道经外,大多是民间歌诀。

(一)敦煌写卷中的唐前经典文学和文人创作的典雅文学

敦煌写卷中的唐前经典文学主要有《诗经》《文选》《玉台新咏》诸子散文和史传散文以及文学批评著作《文心雕龙》等。敦煌出土的《诗经》有30个卷号。这些写卷,皆为毛诗本,大多数为故训传,也有白文传、孔氏正义、诗音。抄写的时间,自六朝至唐代。综合序次,《诗》之《风》《雅》《颂》,经、序、传、笺、诗音、正义,皆可从中窥其一斑。抄写的诗篇达218首,以之对校今本,其胜义甚多。或能发古义之沉潜,或能正今本之讹脱,片玉零珠,弥足珍贵。同时,我们还可以由此研究六朝以来《诗》学的大概情况,并考究六朝以来儒家经典的原有形式❶。

敦煌遗书中的《文选》写卷现在所能看到的有29种,包括白文无注本、李善注本、佚名注本、音注本等。写本涉及的作品有赋7篇,文85篇(包括48首《演连珠》),诗18首。虽然与《文选》收录513篇的总数相比,仅占21.4%,但有很高的文献学价值。从抄写时间看,有陈隋间写本,有唐太宗到武则天时期的写本,白文无注本可反映萧统三十卷本的原貌;李善注本的抄写时间距李善《文选注》成书不久,最能反映李善注的本来面目;佚名注本大部分为李善注之前的《文选注》,在《文选》的研究史上,弥足珍贵。

敦煌本《玉台新咏》虽然只有一个写卷,保存了张华、潘岳等的10首诗。但作为唐人写本,比今传《玉台新咏》的最早刻本要早数百年,其文献价值也是很珍贵的。

《文心雕龙》是中国古代文学批评史上空前绝后的伟大著作。《文心雕龙》写本是敦煌抄本中为数不多的蝴蝶装残卷,共22页,44面,起《原道篇》赞"体

❶ 伏俊琏. 敦煌《诗经》残卷的文献价值 [J]. 敦煌研究, 2004(4):5.

龟书呈貌天文斯观民胥以效"，讫"谐隐第十五"篇题，抄写者为唐玄宗以后不久的人，用章草书写，笔势遒劲。著名学者赵万里、杨明照、铃木虎雄、饶宗颐、潘重规、郭晋稀等都曾对唐写本进行过研究。日本学者户田浩晓在《作为校勘资料的文心雕龙敦煌本》一文中说："敦煌残卷有六善：一曰可纠形似之讹，二曰可改音近之误，三曰可正语序之倒错，四曰可补脱文，五曰可去衍文，六曰可订正记事内容。"❶

这些经典文学，被敦煌人民传阅珍藏了数百年，其养育敦煌本土文学之功不可没。

（二）敦煌民俗仪式文学

婚礼。敦煌的民俗形式多种多样，伴随各种民俗仪式，文学也呈现出繁荣昌盛、多姿多彩的风貌。婚礼是人生最重要的典礼，敦煌文献中的婚礼文学比较多。《崔氏夫人训女文》是新娘上马前母亲送别女儿时讲诵的训导文，叮咛女儿嫁到婆家后要做事谨慎勤快，孝敬公婆。全文32句，用敦煌文学中常见的七言形式的词文写成，是从先秦"成相体"发展而来的讲诵体作品。而《下女夫词》则是婚礼场合的吉庆祝颂词，其表达方式是伴郎、伴娘和傧相人员口诵对答。敦煌文学中还有不少的"祝愿新郎新娘文"，这些《咒（祝）愿文》或者在婚礼上朗诵，或者在其他喜庆宴会上朗诵，内容主要是盛赞主人的德才品貌，祝愿将来生活的美满。这类婚仪歌，有时以曲子词的形式讲唱。

傩仪。驱傩是一种逐疫仪式，商周时期就有记载。到了汉代，傩仪逐渐发展成为一项隆重的活动，张衡《东京赋》对此有生动的描述。《后汉书·礼仪志》还记载了传承已久的驱傩词，汉末王延寿的《梦赋》就是根据傩词写成的。敦煌遗书中保留下来为数不少的唐宋时期的傩词，生动地反映了当时敦煌的驱傩情形。敦煌驱傩词内容非常丰富，除了传统的除疫之外，更多的则是祝愿来年国泰民安、家兴人和、五谷丰登、牛羊繁盛，侧重对社会人事的美好祝福。这说明敦煌傩仪已经变为一种民间祈福仪式和娱乐仪式。

祭文。祭祷神灵，祈福禳灾；祭奠亡灵，寄托思念之情，这种风俗及其礼仪由来已久。敦煌遗书中保留了不少祭文，内容丰富，种类多样。既有作为写作范文的书仪类祭文，也有现实生活中实际使用过的祭文残件；既有分散的单篇祭文，也有合抄一起的祭文汇集。与传世祭文相比，敦煌祭文中社会下层成员使用过的

---

❶ 杨明照. 读户田浩晓《文心雕龙研究》[J]. 文学遗产, 1992(2):4.

占一定比例，为我们了解民间祭祀的具体形式、使用祭文的情况，以及比较上层社会与普通民众丧葬礼仪的异同提供了丰富资料。同时，由于受宗教文化，尤其是佛教文化的影响，从祭品到祭祀方式，敦煌祭礼都有宗教的内容。人间最大的悲哀莫过于生离死别，敦煌的部分祭文既写死者的饮恨，更写生者的销魂，所以它是至情至性的创作。而备受学者关注的《祭驴文》，在诙谐和沉痛中写出了下层人民对驴的深厚情感，读来令人心酸。

第六章　唐代文学文化的传播研究

以传播学理论来研究中国古代文学是一种新兴的理论视角。通过这种新的理论视角对中国古代的文学传播状况进行考察，深入研究媚时、独立、传播、存世、湮没等问题，不仅有助于理解中国古代文人的性情风骨，也有助于我们深入思考"文章千古事，得失寸心知"的现实意义。

中国文学研究中引入"传播"这一概念是晚近发生的事情。20 世纪 80 年代初期，传播学理论才逐渐传入中国。可是，传播学理论本身就是一种新事物，即便是作为该学科发源地的美国，它的兴起也不过才半个世纪的时间。1943 年，以衣阿华大学教授威尔伯·施拉姆（Wilbur Schramm）创办大众传播的博士课程为标志，传播学得以确立。传播学以人类的社会信息交流为其研究对象，它以人与社会的关系为立足点，重点的研究范围涉及传播的过程、手段、媒介，传播的速度、效度、目的等。在当今这个信息化的时代，其重要性是不言而喻的，这门学科的诞生也与时代的需要密切相关。由于传播是人的一种基本的社会功能，所以凡是研究人与人之间的关系的科学，如政治学、经济学、人类学、社会学、心理学、哲学、语言学等，可以说都与传播学相关。因此，传播学自产生以来，它自身不仅因为受到传统学科的影响而内涵不断丰富，还因为其理论上的某些特质，反过来对传统学科产生了影响，广泛地应用于人文社会科学的各个领域，成为一代之显学。

第一节　文学传播意识的内涵

意识（Consiousness）既是个哲学上的概念，又是个心理学上的概念，有关"意识"的定义是一个比较复杂的理论问题。概括来说，在哲学上主要是指与"物质""存在"等相对立的知识、思想、观念。在心理学上则主要是指思维个体（包括各种生物及人工智能产品）对信息进行处理（如采集、传递、存储、提取、删除、对比、筛选、判别、排列、分类、变相、转形、整合、表达等）后的心理反映。

在中国古代，"意识"主要有三种含义：①识见。如王充《论衡·实知》载："众人阔略，寡所意识，见贤圣之名物，则谓之神。"又如《北齐书·文宣帝纪》："高祖尝试观诸子意识，各使治乱丝，帝独抽刀斩之，曰：'乱者须斩。'高祖是之。"②先入之见。如宋王明清《挥麈后录》卷二："子之所陈，心存意识，或欲周知，何从皆得？"③佛教语。佛教六识之一，即由意根所起之识，也称法识。

其现代含义亦有三种：①人的头脑对于客观物质世界的反映，是各种心理过程的总和。②觉察，感觉。③谓自觉抱有某种目的。

本节所言之"意识"，更大成分上具有近现代由西方所传入之哲学、心理学概念的内核，主要是指文人在认识外界时所反映出来的知识、思想与观念。文学传播意识则指的是作者对于读者的一种自觉而理性的心理期待状态——当作者心中自觉地存在了作品的意指对象，便具备了传播意识。具体说来，文学传播意识包括文人自身所具有的明道、存史、弘文等观念，以及对自己的文学作品流传当世与传之后世的种种心理考虑，如关于读者（受众）、传播方式、传播效果等。

一、文学传播意识的思想渊源及其流衍

人类早期的信息传播，多与生产、生活密切相关。人们通过简单的划痕或有规律的声音向族群传递消息，以寻找、追捕猎物或告知危险。后来，逐渐运用结绳、图画、雕刻、烽烟、旗鼓、木铎等来传达信息。从考古发现来看，最早的带有文字符号的传播载体是甲骨，之后又有青铜器、崖岩、石碑、竹简、木片等用来书写文字，传播信息。可以说，人类的传播意识受人的社会性所决定，在人类早期，没有传播意识的人是难以生存的。

中国古代的文化传播，更多的与经史文献传播有关，最初以传道、传经、传义、存史、纪事等形式存在。"传"之本义，原与传车、驿使、驿马相关，《说文解字》云："传，遽也。"段玉裁引《周礼》注云："传遽，若今时乘传骑驿而使者也。"又引《左传》《国语》句"晋侯以传召伯宗"注云："传，驿也。"并曰："汉有置传、驰传、乘传之不同。按传者如今之驿马，驿必有舍，故曰传舍。……凡展转引伸之称皆曰传，而传注、流传皆是也。"《汉书·文帝本纪》所记"横惧，乘传诣雒阳"，其中田横所乘之"传"，当指驿车，即用本义。颜师古注引如淳语曰："四马高足为置传，四马中足为驰传，四马下足为乘传，一马二马为貂传。"释之甚详。

古代传师所作"传"，则为引申之义，即为传注经义之用，若《春秋左氏传》《春秋公羊传》《春秋穀梁传》之属。《尔雅》郭璞注云："传，传也，博识经意，

传示后人也。"唐代长孙无忌也曾谈到:"圣人制作,谓之为经,传师所说,则谓之为传。"孔颖达亦云:"传谓传述,为经义,或亲承圣旨,或师儒相传,故云传。"刘知几《史通》内篇《六家》所云:"盖传者,转也,转受经旨,以授后人;或曰传者,传也,所以传示来世。"也是此意。传师的阶段,基本是在汉代的时候,到了唐代初年,则连经带传又一并加以注解,长孙无忌说:"近代以来,兼经注而明之,则谓之为义疏。疏之为字,本以疏阔、疏远立名。"所以,这种连经带传一并注之,称之为"义疏",取疏导之意,为敷衍经传之深义而作。又《广雅》有云:"疏,识也。"则"义疏"是为识经读传之用,其意甚明。刘勰在《文心雕龙·原道》篇中说:"鼓天下之动者存乎辞。辞之所以能鼓天下者,乃道之文也。"借文辞以传道,是从先秦延及后世所有文章的一个重要准则。但这一准则,在东汉以后,随着文学门类的独立逐渐弱化。

唐初李延寿的《上南北史表》则将"文以存史"的功能揭示得非常明白,擢录如次:

臣闻史官之立,其来已旧。执简记言,必资良直。……元熙以前,则总归晋。著述之士,家数虽多,多泛而商略未闻尽善。太宗文皇帝神资睿圣,天纵英灵,爰动冲襟,用纾元览,深嗟芜秽,大存刊勒,既悬诸日星,方传不朽。然北朝自魏以还,南朝从宋以降,运行迭变,时俗污隆,代有载笔,人多好事,考之篇目,史牒不少,互陈闻见,同异甚多,而小说短书,易为湮落,脱或残灭,求勘无所。一则王道得丧,朝市贸迁,日失其真,晦明安取?二则至人高迹,达士宏规,因此无闻,可为伤叹;三则败俗巨蠹,滔天桀恶,书法不记,孰为劝奖?臣轻生多幸,运奉千龄,从贞观以来,屡叨史局,不揆愚固,私为修撰。……唯鸠聚遗逸,以广异闻。编次别代,共为部秩,除其冗长,捃其菁华。若文之所安,则因而不改。不敢苟以下愚,自申管见。虽则疏野,远惭先哲,於披求所得,窃谓详尽。其《南史》刊勘已定,《北史》勘校粗了,既撰自私门,不敢寝默,又未经闻奏,亦不敢流传。

李延寿谈到了著史者需具备"良直"的品性,并且有感于南北朝诸史芜杂,又有阙漏,为避免王道失真,至人达士无闻,巨蠹桀恶不惩,于是"鸠聚遗逸,以广异闻"。观其奏表所言,文以存史之用是明显存在的。同时,李延寿还谈及当时私撰史书的流传尚须朝廷的许可。

从文字使用功能的角度来看,其最初所具有的传播作用也是非常明显的。虞世南《书旨述》云："夫言篆者传也，书者如也，述事契誓者也。字者孳也，孳乳寖多者也。"言文字之传播功能，凝练明了。"述事契誓"，皆为传事；"字"之义，则为"孳乳"实事，以广其传。另外，《广韵》曰："传，转也。"（卷二）"播，扬也，放也。"（卷四）由此可以推断"传播"是对人、事或作品的转告、揄扬与散布。

"传播"这一语词，始见于李延寿《北史》卷九十九《突厥传》："传播天下，咸使知闻。"而出现于文学作品中，最早则应是白居易的诗歌《宣武令狐相公以诗寄赠，传播吴中，聊奉短章，用申酬谢》。但"传播"观念之萌生，实早于此。

早在先秦时期，有关传后世与传当时的观念均已存在。墨子在谈到先圣六王亲行兼爱交利之道时就说："吾非与之并世同时，亲闻其声，见其色也。以其所书于竹帛，镂于金石，琢于盘盂，传遗后世子孙者知之。"（《墨子·兼爱下》）《论语·八佾》里记载孔子的话说："夏礼，吾能言之，杞不足征也；殷礼，吾能言之，宋不足征也。文献不足故也，足则吾能征之矣！"体现出对于历史文献的重视。《庄子·养生主》篇中记载秦失在吊唁老聃时三号而出，认为是对老子精神的延续——"指穷于为薪，火传也。"唐人陆德明解释"传"即为"相传继续也"。这些皆是指一种历史的纵向传播。《左传·昭公四年》载，"庆封唯逆命，是以在此，其肯从于戮乎？播于诸侯，焉用之"；《国语·晋语三》曰："夫人美于中，必播于外而越于民，民实戴之。"前者是播恶名，后者是播美名，这都是指声名在当时社会的横向传播。可见，中国古人关于人、事在时、空两方面的传播观念很早就已存在。

与此同时，有关"言""文""辞"的传播观念也随之而形成。《左传·襄公二十四年》中有这样一段著名的记载：

太上有立德，其次有立功，其次有立言。虽久不废，此之谓不朽。

"言"原本就是为了传播自己的思想，此段话将"立言"与"立德""立功"并举为"不朽"，可见古人对思想言论传播的重视。另外，《左传·僖公二十四年》载介之推语云："言，身之文也。身将隐，焉用文之？是求显也。"则讲到人的言语是其行为的表现，要求"显"不求"隐"，也是对"言"的重视。孔子曾说：

言以足志，文以足言，不言谁知其志？言之无文，行而不远。

孔子非常简练地论述了言语、文采、思想（志）、传播的关系，强调思想的传达要富于文采。清代阮元认为，孔子所言之"文"，乃是有韵之文，并非单行恣肆之语,他说:"古人无笔砚纸墨之便,往往铸金刻石,始传久远。"又曰:"古人以简策传事者少,以口舌传事者多,以目治事者少,以口耳治事者多。故同为一言,转相告语,必有愆误,是必寡其词,协其音,以文其言,使人易于记诵,无能增改。"尽管章太炎于此有所辩难,但这里的"文"无论是否为阮氏之意,其目的在于方便记忆,使之传播久远,毋庸置疑。再如孔子所说"辞达而已矣",也是说文辞要能够准确地传达内心的思想感情,从而使别人能够理解。《老子》所云"大音希声"(第三十五章)虽然强调了"虚静"的重要,但这种对于"音""声"关系的细微辨析,同样是出于传播的考虑;开篇所言"道可道,非常道;名可名,非常名"(第一章),则认为定义、传述面对真理时不可名状、无可奈何的局面。所以,老子在传播中是主张"不言""希声"的,他希望通过不言而达意,但并非否定传播。

古代的传播工具如竹简、手版、编丝等,甚至被直接作为书籍的代称,表现出传播媒介在古代书籍发展史中的重要作用。如经、传、论,章太炎便释之为,"经者,编丝缀属之称,异于百名以下用版者","传者,'专'之假借……《说文》训'专'为'六寸簿',簿即手版","论者,古但作'仑',比竹成册,各就次第,是谓之'仑'",并总括之云:"绳线联贯谓之经,簿书记事谓之专,以竹成册谓之仑,各从其质为之名……所以别文字于语言也。"

这个时期,人们也开始注意到文艺的传播效果。如宋玉《对楚王问》记云:"客有歌于野中者,其始曰《下里》《巴人》,客中属而和者数千人。其为《阳阿》《薤露》,国中属而和者数百人。其为《阳春》《白雪》,国中属而和者不过数十人。引商刻羽,杂以流征,国中属而和者不过数人而已。是其曲弥高,其和弥寡。"虽然在这段话里,宋玉是以歌者所唱之歌做比喻来形容自己的品行高洁,但也表明他也观察到了所歌曲调不同,其传播之效果也会发生变化的社会现象。

可见,传播作为人类社会的一种基本功能,其在人、事、文等方面所起的作用由来已久,也很早被一些先哲们所意识到。

延及秦汉,文章传播的功效日益受到重视。李斯《狱中上书》云:"更剋画,平斗斛、度量、文章,布之天下,以树秦之名。"将平"文章"作为与平"斗斛、度量"相媲美的第五宗"罪"(此处之文章,实为事功之颂赞)相提并论,其对文章传播力量的重视程度可见一斑。同时,像秦始皇的焚书坑儒,汉武帝的罢黜百家,也都是统治阶层对思想、学术传播效果予以重视的政治反映。

汉代司马迁"所以隐忍苟活，幽于粪土之中而不辞者，恨私心有所不尽，鄙陋没世而文采不表于后也"。他忍辱负重，就是为了完成《史记》，为了使这部著作"藏诸名山，传之其人"。作为一位卓越的历史家，司马迁很早就认识到了著述传世的重要。汉代史书著作中也往往将传主的辞赋作品全文载入其传记中（如《史记》《汉书》中司马相如、扬雄等人的传记），也悄悄地改变着文人士大夫对待文学的态度。

到魏晋南北朝时期，文人的文学传播观念更加强烈。曹丕《典论·论文》中说：

盖文章，经国之大业，不朽之盛事。年寿有时而尽，荣乐止乎其身，二者必至之常期，未若文章之无穷。是以古之作者，寄身于翰墨，见意于篇籍，不假良史之辞，不托飞驰之势，而声名自传于后。

这是重视文学传世不朽之独特性质的较早的观点。魏晋文人对于传名于当世也有深切的感受。如《三国志·吴书·张纮传》裴松之注引《吴书》记载：

纮见柟榴枕，爱其文，为作赋。陈琳在北见之，以示人曰："此吾乡里张子纲所作也。"后纮见陈琳作《武库赋》《应机论》，与琳书，深叹美之。琳答曰："自仆在河北，与天下隔，此间率少于文章，易为雄伯，故使仆受此过差之谈，非其实也。今景兴（王朗）在此，足下与子布（张昭）在彼，所谓小巫见大巫，神气尽矣。"

引文中，无论是陈琳的谦逊，还是他对张纮、王朗、张昭等人的推崇，均可见当时文人对文学当世传播的关注。此后，陆机《文赋》云：

伊兹文之为用，固众理之所因。恢万里使无阂，通亿载而为津。俯贻则于来叶，仰观象于古人。济文武于将坠，宣风声于不泯。

其中所谈到的"恢万里""通亿载"，同样注意到文章在空间与时间两个维度上的传播；而俯仰之间，对于前世、来生的思考，以及济文武、宣风教的提倡，则又是陆机对于文章传承、存史、政教等方面的要求。可以说，陆机此文虽以辞藻胜，但他的这些传播观念却反映出一种儒家的思想，是后来文章明道论的前导。

梁代萧统也注意到词人才子因其文翰而名载史册的事实，其《文选序》曰：

自姬汉以来，眇焉悠邈。时更七代，数逾千祀。词人才子，则名溢于缥囊；飞文染翰，则卷盈乎缃帙。

为此，他决定略芜秽、集菁英，编文选以供人览胜。萧统对于辞采、文华的关注，以及《文选》的编成，嘉惠文人甚多，但他为避免繁复所做的选择，却略去了文章在明道、教化、存史等方面的功能，也遮蔽了文人在这些方面的传播意识。刘勰《文心雕龙·序志》篇云："岁月飘忽，性灵不居，腾声飞实，制作而已。……形同草木之脆，名金石之坚，是以君子处世，树德建言。"不仅道出了"制作"所具有的"腾声飞实"的作用，而且还感悟出人生短暂，应当树德建言以留名的思想。该篇又云："唯文章之用，实经典枝条，五礼资之以成，六典因之致用。"认为文章是铸成与传达经典的重要工具。

魏晋南北朝时期文人的传播观念基本确立了此后文学传播意识的走向，逐渐积淀成后世文人希冀文章名世时不可回避的集体意识。至隋唐五代，由于文学技巧的发展，单纯的文字表述已不能满足文人对于文学的要求，他们在诉诸情志的传播意识之外，也开始注重文与道的联系，强调诗文的现实意识，并将著史实录以贻鉴提到了极高的地位。

就"文""道"关系而言，无论是"文以明道""文以贯道"，还是后来的"文以载道"，其中所言文章"明""贯""载"之目的，皆在于所"传"之道。以杜甫、白居易等为代表的一类文人，不仅用诗歌来表达意兴，而且以之蕴含寄托、表现实事、讽谕上层，具有强烈的现实意识，将文、道结合起来，实现了诗歌在审美与教化上的高度统一，成为后世难以逾越的高峰。韩愈更被视为理学的先驱。令狐德棻、刘知几等史家文人则关注历史著作实录之功效，用存史贻鉴之眼光以付诸文笔，实际仍然是为了政教。另有一些文人，他们或者功名无望，以审美的标准对待诗文的创作，以求借文章而不朽；或者意本遁世，以游戏的态度对待诗文的撰写，无意于传而制作却佳，反倒成就了文学的名声。这些都是隋唐五代时期崇尚文学风气之下的各种传播意识之表现。

二、文学传播意识的主要特征

文人的文学传播意识并非凭空而来，更不是因为有了这种意识，才会有各种各样的传播行为。恰恰相反，首先是因为社会中已经存在一些潜在的价值观念（如尊德重道、立言不朽等）、传播现象与传播行为，才促成了文学传播意识的诞生。

文人在根据自己的知识、思想和经验对各种传播现象进行判断、选择的时候，便会表现出不同的意识倾向，呈现出多样化的形态，而且他们的这些形态各异的思想意识又会影响到以后的文学创作与传播行为。比如，帝王文人在考虑文学的传播时，他会更加注意利用文学对于功业的表彰与修饰作用，即润色鸿业；一些上层的执政文人，他会更加关注文学对于政治、教化所起的功效，即裨补教化；

一些中下层的官僚文人与应考的文人举子会利用自己的文才去联络上层，以求得到升迁与重用，即以文谒进；更有一些升迁无望的贬谪官宦文人与布衣文人会通过以文传世来实现自己的价值，以求文章不朽；最后还有一种特例就是那些处世淡泊的文人，他们不介意自己的隐没，只是顺性而为，其传播意识表现得也最为淡漠。所以，文学传播意识首先具有形态多样性。

同时，按照弗洛伊德的精神分析学说，"意识不是心理的实质，而只是心理的一个属性，一个不稳定的属性，因为它是旋即消失的，消失的时间远较长于存在的时间"。文学传播意识在作家的心中，也不是一个始终不变的固定体，它具有不稳定性。在一个人的一生中，它可能会出现波动，有时希望名扬天下、传世不朽，有时却又希望和光同尘、遁世渊默。不同阶层的文人，其思想倾向也会有所不同，文学传播意识同样受到思想倾向的限制。文人在不同阶层的流动（社会流动）更会造成其意识上的波动，进士及第与坐罪被贬之际的看法会大不一样，高层贵族与下层官僚在为文之际，考虑的传播对象也会有所不同，这些都会造成文人在传播意识上的差异。

另外，文学传播意识与文学传播现象之间处于一种互相联系、互相影响的状态，即社会中的文学传播现象会影响到文人的传播意识，反过来，文人的传播意识又会萌发出一些新颖的传播形式，造成各种各样的传播现象，甚至影响到自己在文学史中的地位。在这样一种文学传播意识与文学传播现象相互勾连、相互缠绕的状态下，文学得以呈螺旋式上升的发展趋势。所以，文学传播意识又具有与文学传播现象的互联性（或称伴随性）。

唐代文人的文学传播意识总体上来看是积极的、开放的，但也存在一些细微的变化。比如，初盛唐时期的文人大部分并不太注重自身作品的流传，他们往往兴到而作，于传播不甚留意；而中唐以后的文人则开始更多地关注自己作品的当时流传与千载声名。在上述文学传播意识总体特征的框架之下，中国古代文人的文学传播意识具体来说可表现为以下两种特征：

第一，存在着由潜在性向目的性的转变。传播意识是在当代传播学诞生的背景下产生的一个学术术语。中国古代文人以含蓄蕴藉为美，讲究谦逊辞让，不喜欢露才扬己之人，偶有炫才邀名者，往往被人讥为浅薄，剌曰无行。所以在探讨文学传播意识的时候，必须注意文人这样一种观念整体的潜在性。但是由于文人思想中仍然存在着一些关于文学作品的传布、流传与传世的基本想法，这些想法如果以今天的眼光来看，属于传播意识中的早期状态。这种文学传播意识在中唐以前，整体上处于一种潜在的状态，可是在中唐以后，尤其到了宋代，随着雕版印刷技术的发展与普及，并逐渐应用于文人作品集的印行以后，便变得越来越具有传播意识上的目的性。

第二，存在着对于文学作品的附着性。文人的文学传播意识是附着于他的文学意识与创作意识的，说得具体一些，就是这种传播意识是附丽于文人的文学作品的。没有实际的文学作品，没有自觉的文学创作意识，文人的传播意识也无从谈起。作者队伍的更替，会表现为文学作品在创作风格等方面的新变，文人的传播意识便附着于这种新变而有所变化。这种附着性，还表现在文人的传播意识往往附着于他的一些社会活动之中，比如远游纪行、游览题壁、书信唱酬、干谒行卷、歌筵吟唱等。

第二节　文学传播意识的表征形态

一、传统思想与文学传播意识

人的思想意识，虽然可能会有阶段性的变化，但一般会有个总体的价值倾向。在这个较突出的价值倾向下，人的各种意识也会处于一种相对恒定的状态，从而呈现出一定的特征。"明道"的思想即是中国古代文人所具有的一种集体传播意识倾向。

"道"是中国文化史、思想史上的一个重要概念，中国古代的文人自古便有一种重"道"的思想。不仅道家的老、庄予以重视，儒家的孔、孟也同样非常重视，尽管二者所言"道"之内涵并不完全相同。如以儒家而言，所言之道近乎"仁"；以道家而言，所言之道则是"自然"。其他先秦诸子，无论其学说倾向如何，也纷纷言道，"皆自以为至极，而思以其道易天下者也"，就是说，诸子均按照自己的理解来谈论"道"这个形而上的概念。《庄子·天下》所说"道术将为天下裂"，《淮南子·俶真训》所云"周室衰而王道废，儒墨乃始列（裂）道而议、分徒而讼"，均是此意。余英时认为，孔子之前，"道"之观念大体指"天道"；并认为虽然后来诸子所言之"道"歧见纷陈，但就中国古代总体的思想倾向而言，各家所说的"道"，都趋向于把"天道"与"人道"结合起来，具有"天人合一"的倾向。

由于"道"之概念自产生以来，在中国古代思想史、学术史中具有崇高的地位，因此对古代文人也产生着深远的影响，其中对于文道关系的关注便是最典型的一例。刘勰说：

> 鼓天下之动者存乎辞。辞之所以能鼓天下者，乃道之文也。

这一观点，在唐代经过李华、萧颖士、独孤及、梁肃、韩愈、柳宗元等人的延续与发展，形成了"文以明道"的共识，并在宋代继续发展成"文以载道"这一重要理论，就连对文辞不甚提倡的朱熹也说："道之显者，谓之文。"

这种文道关系的处理，正是把握唐代文学传播意识的关键。比如韩愈、杜甫分别通过文章与诗歌将文与道统一起来，达到了中国古代文人理想中的文学境界，杜诗、韩文成为中国古代文学史中的经典。但也有很多文人因为文华太过，而被叱为浮华、轻薄；又有些人因为反对文饰，而致使文章沦为说理的实用文字，化为板滞的道学（理学），文学性完全丧失。所以，如何处理好这两者的关系是一个值得重视的问题。

（一）人文化成：裨补教化的明道意识

文学是人文之学的重要组成部分，人文的主要功用之一就是教化。《易》曰："观乎天文，以察时变；观乎人文，以化成天下。"这是历代士人理解人文意涵时的一个权威观点。唐初所撰成的《隋书》亦云："文章乃政化之黼黻。"以人文教化天下，可分为"治化为文"与"述作为文"，五代文人牛希济《文章论》中论曰：

> 圣人之德也有其位，乃以治化为文，唐虞之际是也。圣人之德也无其位，乃以述作为文，周孔之教是也。

唐尧、虞舜以德居位，故能以治化为文；周公、孔子有德而不在位，故以述作为文，但同样都是为了教化。治化为文，从帝王出，实为治国之事功，有唐一代，太宗、玄宗、宪宗皆可当之；述作为文，从文儒出，为本节论述之重点。

魏晋以来，丧乱日久。唐初，承隋季之乱局，百废待兴。高祖、太宗有鉴于民生之凋弊，欲重振废弛之纲维，于重视农耕的同时，尤重人文教化。文学倾向的倡导，亦从此处着眼。高祖初即位，即令国子学立周公孔子庙，以扇儒风。太宗于文教之业，倾注尤多。贞观之初，便下《置文馆学士教》之诏令，其中有云：

> 昔楚国尊贤，崇道光于申穆；梁邦接士，楷德重于邹枚。咸以著范前修，垂芳后烈。顾惟菲薄，多谢古人，高山仰止，能无景慕。是以芳兰始被，深思冠盖之游；丹桂初丛，庶延髦俊之士。

由于太宗意欲接纳贤士，所以于当时之俊彦，尽收入其彀中，其中最著名的就是"弘文馆十八学士"。在这弘文馆学士之中，擅长文学者以南朝文士为多，如虞世南、许敬宗等皆是，故彼时文风，仍承六朝余绪。

太宗好文，开有唐三百年尚文之格局。《全唐诗》太宗小传云：

贞观之治，庶几成康，功德兼隆，由汉以来，未之有也。而锐情经术，初建秦邸，即开文学馆，召名儒十八人为学士。既即位，殿左置弘文馆，悉引内学士，番宿更休。听朝之间，则与讨论典籍，杂以文咏。或日昃夜艾，未尝少息。诗笔草隶，卓越前古。至于天文秀发，沈丽高朗，有唐三百年风雅之盛，帝实有以启之焉。

评之甚洽。然以太宗之聪明英武，其文亦喜南朝格调，观其诗文，虽有帝王之雄，尚喜排比艳辞，仍徐、庾之流亚。如前引《唐会要》卷65《秘书省》载有太宗尝戏作艳诗，为虞世南所谏止；《全唐诗》亦收有一首太宗效拟庾体之诗，皆可证之。虞世南对太宗之规劝，只是当时诸多名臣劝谏行为中的一例，如魏征亦认为南北词人各有得失，若能"各去所短，合其两长，则文质彬彬，尽善尽美矣"。在虞世南、魏征等名臣的劝戒之下，唐王朝追求文质兼美的诗文之风日渐兴起，裨补教化的明道意识亦随之展开。

裨补教化的明道意识首先表现在对师道的重视上。贞观八年（634年），太宗《建三师诏》云：

朕比寻讨经史，明王圣帝，曷尝无师傅哉！……黄帝学大颠，颛顼学录图，尧学尹寿，舜学务成昭，禹学西王国，汤学威子伯，文王学子期，武五学虢叔。前代圣王，未遭此师，则功业不著乎天下，名誉不传乎载籍。……夫不学则不明古道，而能致太平者，未之有也。

他援引前代明王拜师学道之事以言教化之重要，并身体力行，亲设三师（太师、太傅、太保）。《尚书·周官》云："立太师，太傅，太保。兹惟三公，论道经邦，燮理阴阳。"太宗建三师，意在明古道，敦邦国之教化，成天下之太平。

裨补教化的明道意识还表现在对于浮华、轻薄之文的贬黜上。吴兢《贞观政要·文史第二十八》载：

贞观初，太宗谓监修国史房玄龄曰："比见前、后《汉史》载录扬雄《甘泉》《羽猎》，司马相如《子虚》《上林》，班固《两都》等赋，此既文体浮华，无益劝诫，何假书之史策？其有上书论事，词理切直，可裨于政理者，朕从与不从皆须备载。"

太宗黜浮华而取"词理切直，可裨于政理者"，正是出于裨补教化的考虑。

不仅帝王重教化，一些儒家文人也是如此。如李肇《唐国史补》卷上载："崔颢有美名，李邕欲一见，开馆待之。及颢至，献文，首章曰：'十五嫁王昌。'邕叱起曰：'小子无礼！'乃不接之。"崔颢乃一时才子，其人放荡不羁。李邕亦一代名士，本欲礼接崔颢，崔颢却将一首闺情诗献上，闺情也罢，偏偏第一句是"十五嫁王昌"，以女性口吻起句，轻薄之意昭然，李北海由是叱之以"无礼"，竟不予接待。崔颢之诗名为《古意》，全诗如下：

十五嫁王昌，盈盈入画堂。自矜年正少，复倚婿为郎。舞爱前谿绿，歌怜子夜长。闲来斗百草，度日不成妆。

从用语来看，全诗仿古诗十九首之情调，应该说是一首仿古的佳作。李邕乃名儒李善之子，自身亦以道德、文章、书法名世。他因崔颢之起句而废全诗，固然有失公允，但也可以见出当时儒家文人对于轻薄之文的抑制。

初唐时期以诗文冠绝天下的王勃也曾表达出对于文章教化的重视，他在《上吏部裴侍郎启》中写道：

夫文章之道，自古称难。圣人以开物成务，君子以立言见志。遗雅背训，孟子不为；劝百讽一，扬雄所耻。苟非可以甄明大义，矫正末流，俗化资以兴衰，国家由其轻重，古人未尝留心也。自微言既绝，斯文不振。屈、宋导浇源于前，枚、马张淫风于后。谈人主者，以宫室苑囿为雄；叙名流者，以沈酗骄奢为达。故魏文用之而中国衰，宋武贵之而江东乱。虽沈、谢争骛，适足兆齐梁之危；徐、庾并驰，不能止周陈之祸。于是识其道者卷舌而不言，明其弊者拂衣而径逝。潜夫昌言之论，作之而有逆于时；周公孔氏之教，存之而不行于代。天下之文，靡不坏矣。

王勃之意，盖云文章之道，当在"甄明大义，矫正末流"，教化世俗；屈、宋、枚、马等人，导辞赋淫靡之风，则令后世文风败坏。这段议论，完全如同出于一位维护儒家教化的道德家之口，让人难以相信是出于曾经写作文采飞扬的《滕王阁序》的王勃之手。但如果明白他写此信时的目的意在取悦吏部官员，则知其所言，应有对朝廷用人制度的迎合之意。且王勃本为中古大儒文中子王通裔孙，遽发此语，亦非无本。

又据王谠《唐语林》卷二所载李珏奏疏，可知当时朝廷拥有的关于文章与教化关系的考虑，其奏云：

当今起置诗学士，名稍不嘉。况诗人多穷薄之士，昧于识理。今翰林学士皆有文词，陛下得以览古今作者，可怡悦其间；有疑，顾问学士可也。陛下昔者命王起、许康佐为侍讲，天下谓陛下好古宗儒，敦扬朴厚。臣闻宪宗为诗，格合前古，当时轻薄之徒，摛章绘句，聱牙崛奇，讥讽时事，尔后鼓扇名声，谓之"元和体"，实非圣意好尚如此。今陛下更置诗学士，臣深虑轻薄小人，竞为嘲咏之词，属意于云山草木，亦不谓之"开成体"乎？玷黩皇化，实非小事。

李珏（784—853），字待价，《旧唐书》卷 173、《新唐书》卷 182 有传，仕经宪、穆、敬、文、武、宣六朝，文宗开成三年（838 年）曾出为相，开成五年，文宗崩，武宗立，李珏因曾主立太子被贬，武宗年间外任，宣宗朝始内调。其人以儒行著称。诗人赵嘏曾屡有诗作歌其德行，如《舒州献李相公》诗云：

野人留得五湖船，丞相兴歌郡国年。醉笔倚风飘涧雪，静襟披月坐楼天。鹤归华表山河在，气返青云雨露全。闻说万方思旧德，一时倾望重陶甄。

这是李珏被调任舒州刺史时，赵嘏所献之诗。李珏既然是一位重视儒家教化的执政者，他的奏章颇能代表当时官方的主流意见。此篇奏状亦从王朝教化着眼，主要针对文宗欲置"诗学士"提出了反对意见。李珏认为，已有的翰林学士皆有文词，完全可以胜任顾问之职事；设置"诗学士"，则可能会使轻薄小人"竞为嘲咏之词"，"玷黩皇化"，故不可轻设。

此外，讽谕也是裨补教化的一种特殊手段。《毛诗序》云：

风，风也，教也，风以动之，教以化之。

又云：

诗有六义焉：一曰风，二曰赋，三曰比，四曰兴，五曰雅，六曰颂，上以风化下，下以风刺上。主文而谲谏，言之者无罪，闻之者足以戒，故曰风。

孔颖达《毛诗正义序》曰：

夫诗者，论功颂德之歌，止僻防邪之训。虽无为而自发，乃有益于生灵。六情静于中，百物荡于外。情缘物动，物感情迁。若政遇醇和，则欢娱被于朝野；时当惨黩，亦怨刺形于咏歌。

他在《毛诗正义》中也说：

臣下作诗，所以谏君，君又用之教化。

从这些对《诗经》的解读文字来看，从中国诗歌的源头开始，讽谕之旨便是其中的重要组成部分。

唐玄宗以帝王之身份，对于诗歌的讽谕作用也有着明确的认识，他在《褒魏知古进诗手制》中说道：

> 夫诗者，志之，所以写其心怀，实可讽谕君主。

可谓一语中的。唐人顾陶《唐诗类选序》亦云：

> 在昔乐官采诗而陈于国者，以察风俗之邪正，以审王化之兴废，得刍荛而上达，萌治乱而先觉。诗之义也，大矣远矣！肇自宗周，降及汉、魏，莫不由政治以讽谕，系国家之盛衰。作之者有犯而无讳，闻之者伤惧而鉴诫。宁同嘲戏风月，取欢流俗而已哉！晋、宋诗人，不失雅正，直言无避，颇遵汉、魏之风。逮齐、梁、陈、隋，德祚浅薄，无能激切于事，皆以浮艳相夸，风雅大变，不随流俗者无几，所谓亡国之音哀以思，王泽竭而诗不作。吴公子听五音，知国之兴废，匪虚谬也。

顾氏所论，也不过是对美刺之说的延伸。

讽谕之手法，固然有直言刺上者，但亦有假借他事以讽时事者。唐人沈颜记有这样一段关于"假事讽时"的文字：

> 尝读李肇《国史补》云："韩文公登华岳之巅，顾视其险绝，恐栗度不可下，乃发狂恸哭，而欲缒遗书为诀。"且讥好奇之过也如是。沈子曰："吁！是不谕文公之旨邪，夫仲尼之悲麟，悲不在麟也。墨翟之泣丝，泣不在丝也。且阮籍纵车于途，途穷辄哭，岂始虑不至邪？盖假事讽时，致意于此尔。

今检李肇《唐国史补》，未见韩愈华岳恸哭事，或为佚文。然韩文公即便有恸哭绝顶之举，当亦如孔子之悲获麟、墨翟之泣染丝、阮籍之哭穷途，

（二）文质兼善的追求：六朝余绪之厘革

唐初朝野围绕明道宏猷，在文学上的最大动作，就是对六朝绮靡文风的厘革。这一过程，又屡有反复，成为贯穿于初唐一百年的一个重要现象。

薛登《论选举疏》云：

> 有梁荐士，雅好属词；陈氏简贤，特珍赋咏。故其俗以诗酒为重，不以修身为务，逮至隋室，余风尚存。

《新唐书》卷107《陈子昂传》亦云：

> 唐兴，文章承徐、庾余风，天下祖尚。

可见，隋至唐初，时人尤尚六朝之风。但与此同时，一种希望革除文学弊端的思想也正在悄然升起。魏征《隋书·文学传序》曰：

> 江左宫商发越，贵于清绮；河朔词义贞刚，重乎气质。气质则理胜其词，清绮则文过其意。理深者便于时用，文华者宜于咏歌，此其南北词人得失之大较也。

若能掇彼清音，简兹累句，各去所短，合其两长，则文质斌斌，尽善尽美矣。

在"合其两长"的这样一种文学观念下，初唐文坛在被南朝文风所占据的同时，又因朝野上下的反拨，以及寒素之族逐渐入仕的触动，日益蜕变、隐遁，被质文兼善的文风所取代。如果将初唐百年的诗人分为三代，便可大致看出这样的一种走向。第一代诗人有以弘文馆学士为主的宫廷文人与在野的文人与诗僧，前者如虞世南、魏征、李百药、褚亮等，后者如王绩、寒山、王梵志等人；第二代则是以上官仪及北门学士元万顷、范履冰等为代表的宫廷文人；第三代则开始风格多样化，既有李峤、杜审言、苏味道、崔融以及沈佺期、宋之问这些延续南朝文风的宫廷诗人，又有提倡风骨兴寄的初唐四杰与陈子昂等人。

南朝文风素以绮丽浮华著称，对这类文风的反拨，隋代已现端倪，如李谔有《上隋高祖革文华书》，文中谈到魏晋以来的创作倾向时说：

魏之三祖，更尚文词，忽君人之大道，好雕虫之小艺。下之从上，有同影响，竞骋文华，遂成风俗。江左齐、梁，其弊弥甚，贵贱贤愚，唯务吟咏。遂复遗理存异，寻虚逐微，竞一韵之奇，争一字之巧。连篇累牍，不出月露之形；积案盈箱，唯是风云之状。世俗以此相高，朝廷据兹擢士。禄利之路既开，爱尚之情愈笃。

李谔认为这一竞骋文华的创作倾向导致了"文笔日繁，其政日乱"，对于治理国家乃是"损本逐末"之行为。

唐太宗时期，为固本明道，君臣上下更极力反对轻薄浮艳的南朝文风。《唐会要》卷65《秘书省》记载，贞观七年（633年）九月二十三日：

（上）尝戏作艳诗，世南进表谏曰："圣作虽工，体制非雅。上之所好，下必随之。此文一行，恐致风靡，轻薄成俗，非为国之利。"

再如《资治通鉴》卷198《唐纪》十四太宗贞观二十一年五月戊子载：

（张）昌龄与进士王公治皆善属文，名振京师，考功员外郎王师旦知贡举，黜之，举朝莫晓其故。及奏第，上怪无二人名，诘之。师旦对曰：二人虽有辞华，然其体轻薄，终不成令器。若置之高第，恐后进效之，伤陛下雅道。

可见，贞观朝野上下对于轻薄浮华文风都是有意抵制的。可是，唐太宗时期对于浮华文风的抵制，却又在高宗朝出现复辟，绮媚婉错的"上官体"，便是一次南朝文风的回归。这种复辟的原因在于，唐太宗对于浮华文风的排斥，均源于政治教化上的考虑，并非文学发展的客观要求。南朝文学中对于作品形式的讲求，本身具有符合文学发展要求的合理性，尽管因为内容空虚、文词绮丽受到严厉批评，但还在反反复复地影响着唐初的文学创作。初唐四杰、陈子昂诸人关于"风骨""兴寄"的倡导，不久仍然被沈、宋诸人的创作所归复（沈、宋对南朝诗歌的形式有所发展），诗歌还是沿着追求形式的道路发展着，只是内容已开始发生变化。

唐代对于绮靡之风的彻底革除，一直到后来的盛唐诗人才得以完成。受渴望载入史册的激励，受凌烟阁功臣图形传世的鼓舞，追求建树功业的文人们，开始从边塞奏响风骨凛然、气象壮大的时代强音，并在李白等人身上实现了从重声色艳情到文质兼美的巨变。唐代殷璠《河岳英灵集序》云：

自萧氏以还，尤增矫饰，武德初（620 年前后）微波尚在，贞观末（650 年前后）标格渐高，景云（710—711）中颇通远调，开元十五年（727 年）声律风骨始备矣。

论述的是初盛唐诗风的总体演变情况。唐李阳冰《唐李翰林草堂集序》评李白诗曰：

凡所著述，言多讽兴，自三代以来，风、骚之后，驰驱屈宋，鞭挞扬马，千载独步，唯公一人。故王公趋风，列岳结轨；群贤翕习，如鸟归凤。卢黄门云："陈拾遗横制颓波，天下质文，翕然一变。"至今朝诗体，尚有梁陈宫掖之风。至公大变，扫地并尽。今古文集，遏而不行，唯公文章，横被六合。

这是从李白一人着眼来考量的。殷、李二人均准确地道出了初盛唐之际的风格转向。

二、文学传播意识的显与隐

无论是明道、存史，还是弘文、诉情，皆属有意识的文学传播，但实际上并非所有的文人都具有自觉而强烈的文学传播意识，他们有的强，有的弱，有的甚至是不自觉的。根据这种显性程度，可将文学传播意识分为显、隐、潜、无四种。

（一）显意识

显意识是有意识传播的第一种形式。唐代强盛的国势、开放的政策以及人才选拔的制度决定了大部分唐代文人积极进取、张扬外露的性格特征。崇奉学术、追求文章名世以达致清要显赫之地位，是唐代文人的主要理想。尤其是玄宗开元以后，由于四海晏清，仓廪丰实，生活较为富足，对文化知识、学术文章的渴求也应成为必然。安史之乱虽有短暂的冲击，但并没有对这种趋势造成太大的影响，反而因为乱后人才的稀缺更助长了这种势头。所以，中唐时期应举的士子每年至少在千人以上，多的时候能达到两千人。沈既济说："无贤不肖，耻不以文章达。"

可以说非常准确地看到了这一点。

《新唐书》卷46《百官志一》记载：

学士之职，本以文学言语被顾问，出入侍从，因得参谋议、纳谏诤，其礼尤宠。唐制，乘舆所在，必有文词、经学之士。

又云：

班次各以其官，内宴则居宰相之下，一品之上。

学士本来是在文学、经学、口才等方面较卓越的人才，由于经常陪伴在帝王左右，得以参与国家政策的谋议，或是对大臣们的谏诤之言进行评判，故在待遇上"其礼尤宠"。有了学士的称号，在朝廷班列时虽然按照官职品阶就列，但内宴之上却可坐于宰相之下、一品之上，更见学士地位之尊崇。

因为这种尊崇获得不易，所以文人们异常珍惜。武周时期，韦思谦与其子韦嗣立、韦承庆父子三人皆官至宰相，这本身已是非常荣耀的事情，但史官似乎认为还不够，仍然要突出"俱以学行"：

嗣立、承庆俱以学行齐名。长寿中，嗣立代承庆为凤阁舍人；长安三年，承庆代嗣立为天官侍郎，顷之又代嗣立知政事；及承庆卒，嗣立又代为黄门侍郎，前后四职相代。又父子三人，皆至宰相。有唐已来，莫与为比。嗣立三子：孚、恒、济，皆知名。

在写这段话之时，我们似乎可以看到书写者羡慕的神态。从语序来看，他首先羡慕的自然是他们的学行，"四职相代"代表着韦氏兄弟才华与能力的相当；而先述学行，再轻轻道出"又父子三人，皆至宰相"，无疑更看重的是前者。

据李肇《唐国史补》卷上记载：

张垍、张均兄弟俱在翰林。垍以尚主，独赐珍玩，以夸于均。均笑曰："此乃妇翁与女婿，固非天子赐学士也。"

张垍因为是驸马，获得皇帝赏赐的珍宝、古玩，张均讥笑这是"与女婿"，而不是"赐学士"。言外之意，若是"赐学士"则可羡，若是"与女婿"则不值得炫耀。故知重学士之风气已深入人心矣。

与学行、知识相关的，就是对文采的重视，对诗人的宠爱。原本狂傲的贺知章读了李白的《蜀道难》，叹服不已，竟称白为"谪仙人"，并且将自己身上佩带的金龟取下换酒，与李白痛饮。相得之下，将李白荐于玄宗。玄宗召见论事，李白应对如流，还奏颂一篇，皇帝竟"亲为调羹"，立刻下诏任命"供奉翰林"。诗人杜甫一生也难以忘怀"集贤学士如堵墙，观我落笔中堂书"（《莫相疑行》）那文采动人、一日之间声名赫的时刻。开元时期的刘虚因九岁能属文，而召为"童子郎"；穆宗朝元稹因《连昌宫辞》而"日转祠部郎中、知制诰"，因《长庆宫辞》而迅速"召入翰林，为中书舍人、承旨学士"。此例甚多，不必再举。

在这样一种重学行、重文采的风气之下，明显而自觉地文学传播意识（显意识）随着文章名世、学行名世的观念得以自然而然地产生。

（二）隐意识

隐意识仍属有意识文学传播思想的一种形式，但与显意识不同，作者之用意不在显世，而在遮蔽与掩饰，在于隐逸。这种隐意识源于中国上古时期就已存在的隐逸思想：有道则见，无道则隐。最初的入世与出世当然主要由于王朝的更替，或出自政治是否清明的考虑，但发展到后来，有本性自由、不愿受束缚的，有全身远祸的，有受不了上级的抑压的（"不为五斗米折腰"），这些隐逸，有的出于自愿，有的出于被迫，但最终毕竟是真隐，也有做"山中宰相"的假隐。

文学传播中的隐意识自然与上述几种隐逸的心理状态有关，但又不完全一样。比如，孟浩然本性风流潇洒，自由散漫。早年就隐于鹿门山，受到隐逸先辈庞德公的影响。40岁游京师时，他以"微云淡河汉，疏雨滴梧桐"的佳句令张九龄、王维极口称道。当玄宗召见时，他以"不才明主弃，多病故人疏"呈上。结果，玄宗说："卿不求仕，朕何尝弃耶？奈何诬我？"因命放还南山。如果仔细探查孟浩然的心理，就会发现这实际是文学传播中隐意识的一种表现。众所周知，孟浩然佳作甚多，聪明如他，怎会不考虑"不才明主弃"传达给帝王时的效果。如果不是为了遮掩与求隐，难以令人释然，也难以理解李白所说的"吾爱孟夫子，风流天下闻。红颜弃轩冕，白首卧松云"（《赠孟浩然》）。与孟浩然有过接触的李白自然更能了解孟夫子的心思，"弃轩冕"三字，岂是轻易的断语？正因为孟浩然有着常人不能理解的"弃轩冕"的心理，所以他在玄宗面前所呈现的诗句不能真正反映他的诗歌水平，即在这次文学的人际传播中他并没有传达出自己文学创作的真实一面，这便是文学传播中的隐意识。

再如程千帆在《两宋文学史》中评价黄庭坚道："黄庭坚作诗，着意在求奇求新。他喜欢用变调、险韵和僻典，喜欢将两件很难联系起来的事件做对偶，有时还故意使用当时民间艺人作杂剧和禅宗和尚说法时的打诨办法，先说一些没头没脑叫人无从理会的话，然后再将用意挑明。这一切，都说明了黄庭坚对于技巧的深切注意，但也说明了，他是脱离了现实生活片面地去追求技巧的。"这个分析与评价非常准确地揭示了黄庭坚创作中的特点，但说黄庭坚"脱离了现实生活片面地去追求技巧"，无疑是没有考虑传播的问题。黄庭坚50岁时编《退听堂集》，当时正为修撰《神宗实录》被人诬告"不实"而受审，由于东坡"乌台诗案"前鉴不远，忧惧之中，于是把早年所作涉及时政及抨击时弊的诗都删去了，而后来为山谷编集、作注的洪刍、任渊也都延续了他这样一种标准，所以黄氏诗集中反映社会现实的作品鲜为人知。唐人文集也多有删剔沙汰的行为。这种文人编集时的有意删剔的规避行为，也属于文学作品传播意识中的一种隐意识。

文学传播的隐意识除隐诗才、隐诗作外，还表现在作品隐晦的风格上。李商隐在这方面是个最典型的例子，他的许多诗歌尤其是《无题》诗、《锦瑟》诗，有人认为是有政治寓意的，有人认为是描写爱情的。造成阅读理解产生歧义的原因，主要由于党争环境中李商隐本人创作上的隐意识——不欲他人直接窥探出诗歌的主旨。

（三）潜意识

如果说追求不朽是世人的普适价值观，那么追求诗名不朽则无疑是文人的共同目的，它已经成为一种潜意识，沉淀在每个文才卓异之士的心里。

这种潜意识最突出的表现就是在那些文人集的自序与他序中，即凡涉及著述，无不考虑到传播的问题，这已成为一种潜意识。如王勃至蜀中，他作了不少纪行诗，在《入蜀纪行诗序》中写道："爰成文律，用宣行唱，编为三十首，投诸好事焉。"卢照邻《驸马都尉乔君集序》亦云："凡所著述，多以适意为宗；雅爱清虚，不以繁词为贵。足以传诸好事，贻厥孙谋，故撰而存之，凡为若干卷云尔。"卢藏用为陈子昂文集所作序云："集其遗文为序传，识者称其实录。呜呼陈君，为不亡矣！"王士源《孟浩然集序》："谨将此本，送上秘府，庶久而不泯，传芳无穷。"即便豪放不羁如李白，在对待自己文集的时候，同样表现出一般文人渴望传世的潜在意识。为此，他讨好地对魏颢说："尔后必著大名于天下，无忘老夫与明月奴。"并且"尽出其文，命颢为集。"（魏颢《李翰林集序》）此例俯拾皆是，不再胪列。

正因为这种无时不在的文学传播上的潜意识，所以，当他们有机会表现自己的才华，使自己的诗歌得到传播的时候，或者在与他人赛诗的时候占得上风，便显得尤高兴。《唐诗纪事》卷四十六"杨汝士"条记载：

宝历中，杨于陵仆射入觐，其子嗣复率两榜门生迎于潼关，宴新昌里第。仆射与所执坐正寝，嗣复领诸生翼两序。元白俱在，赋诗席上。汝士诗后成，元、白览之失色。诗曰："隔座应须赐御屏，尽将仙翰入高冥。文章旧价留鸾掖，桃李新阴在鲤庭。再岁生徒陈贺宴，一时良史尽传馨。当年疏广虽云盛，讵有兹筵醉碌醺。"其日，大醉归，谓其子弟曰："吾今日压倒元、白。"

《唐诗纪事》同卷又云：

裴令公居守东洛，夜宴半酣，公索句，元白有得色。时公为破题，次至汝士，曰："昔日兰亭无艳质，此时金谷有高人。"白知不能加，遽裂之曰："笙歌鼎沸，勿作冷澹生活。"元顾曰："乐天所谓能全其名者也。"

杨汝士其人，字慕巢，虢州弘农人。生卒年均不详，约穆宗长庆初前后在世。元和四年（809 年）登进士第。牛僧孺、李宗闵待之善，引为中书舍人。开成元年（836 年）由兵部侍郎出镇东川，人为吏部侍郎，终刑部尚书。杨汝士虽然善诗，但其名声却断然难以与当时即已名著天下的元、白相比。可是前例中其诗令元、白失色，后例中他所言之句令乐天无以复加，固知其为敏捷之才士也。文人的声名观念与潜意识由这两个故事得以清晰地呈现，普通文人那种超越名人（即"压倒元白"）的愿望，始终蛰伏在他们的心中，伺机而发。

（四）无意识

并非所有人都具有自觉的文学传播意识，相反，在媒体极不发达的唐代，无意识的传播行为更为普遍。造成这种无意识状态的原因，首先当然是因为客观传播条件的欠缺，在书写材料、印刷材料并不易获得的历史时期，其传播意识自然淡漠些；其次就是日常作诗的氛围与习惯决定了传播的无意识，举例说，如饮宴、饯别等传播场合的从众心态，与登高而赋、节候吟咏等创作习惯，使文人在作诗时不以传播为目的；最后就是作者并非为传而作，其意或在功业政绩，或如前文所说在于自我纪事、自我娱情、自我疗伤。

唐代诗文的传播条件非常有限，这一点由今天稀缺的唐本就可以看出。雕版印刷在唐代虽已出现，但基本上还没有用来雕印文集。诗文的传播在当时主要靠即时吟唱、他人传唱、传抄卷本和题壁留款。刻碑虽能存藏较久，但除了墓志碑铭，极少用来传播大量诗文。在盛中唐以前文人整理编集的情况也不多见，这自然是传播载体稀缺有关，毕竟整理、抄写长卷以形成文集并不是那么容易的事情。物质条件的匮乏是唐代文人文学传播意识较为淡漠的首要原因。

　　唐人日常作诗，或出于实用之功能，诸如饮宴助兴、饯别送行、节庆纪事等，属于自古以来重赠言赠诗的礼仪与习俗，未必在当时有着文学传播的自觉意识。如王勃在洪州刺史阎公席上作《滕王阁序》，《旧唐书·王翰传》中记王翰在并州长史张嘉贞席上"自唱自舞"，皆是饮宴助兴之类。开元年间，张孝嵩出塞，张九龄、韩休、崔河、王翰、胡皓、贺知章等友人皆去送行，还撰写了不少送行歌诗。试想当日情形，众诗人纷纷有作，有主倡之人，有应和之人，饯席之上赋诗以抒离别与留恋之情只是久已成为习惯的创作行为，并不一定具备传播意识。同样，诗人在节日的吟咏，或受节日气氛的感染，或是为记当日之情景，并非一定考虑着传与不传。诗人苏味道的《正月十五夜》是咏元宵的佳作，所写皆为当日（神龙元年，705 年）洛阳繁华之情境，节日纪庆而已，若心思只是顾及传播之效果，恐怕也就写不出"火树银花合，星桥铁锁开。暗尘随马去，明月逐人来。游伎皆秾李，行歌尽落梅"观察如此细腻的诗句，也写不出"金吾不禁夜，玉漏莫相催"这样传神的心理刻画了。

　　在今存唐诗中，有些作者并非为了以文传世，他们写作仅仅是为了缘情言志。他们生前既没有对自己的作品进行整理，临终也没有嘱托亲友传藏或刊印。作品得以传播后世，根本原因在于有人爱慕，并整理了他的作品。举个例子：晚唐有位建州（今福建建瓯）刺史李频，今传《黎岳集》1 卷，存诗 195 首。其诗得存，就是因为功德在民、当地人讴思不忘之故。藏书家傅增湘跋其集云：

　　频诗笔尚清健，然在晚唐诸人中，亦非上驷。而元明以来覆校至于六次，观龚氏后序，知后人推重黎岳者，非以其诗为足重，特以功德在民，数百年来讴思不忘，而汲汲有思以永其传也。呜呼！后世之自命为诗人者，其所以自处哉。

　　傅氏这里关注诗集的传与不传，并由此提醒作诗者，若要诗歌流传，更要注意自己的德行与功绩。其实，不必说李频，就是曹子建、李太白、柳子厚等大诗人，他们最初又何尝以立言不朽作为自己的选择呢？从文学传播的无意识至有意识，正体现了立功不成的无奈。

第三节　文学传播意识的时代背景

一、文学的发展促成文学传播意识的深化

　　刘大杰在《中国文学发展史》中谈及唐代文学的发展时，这样说道：诗是唐

代文学的代表，这是人人所知道的。诗以外如古文运动的兴起，传奇的盛行，变文的出现，词的形成，都是唐代文学的新发展。……再如北齐时代受着外来乐舞的影响而出现的"代面""拨头""踏摇娘"以及唐代的"参军戏"等，自然都是戏曲史上的重要材料。

诚然，唐朝作为中国中古时期一个鼎盛的王朝，其意义绝不仅仅在政治的强大与经济的繁荣上，文化的昌盛及其对周边国家的影响也是其中的关键因素。在文化的发展中，文学的发展无疑是其中非常重要的一环。

文学的发展，促成了唐代极盛的崇文风气。盛唐名相张说曾言：

> 自则天久视之后，中宗景龙之际，十数年间，六合清谧。内峻图书之府，外辟修文之馆。搜英猎俊，野无遗才。右职以精学为先，大臣以无文为耻。每豫游宫观，行幸河山，白云起而帝歌，翠华飞而臣赋，雅颂之盛，与三代同风。

这种帝歌臣赋、以无文为耻的局面，太宗朝已现端倪，并成为贯穿于唐代的一种独特现象。故中唐文人杨嗣复《权德舆文集序》云：

> 唐有天下二百二十载，用文章显于时，代有其人。然而自成童就傅，以及考终命；解巾筮仕，以及钧衡师保，造次必于文，视听必于文。

诚如杨氏所言，唐兴以来，文人代出。从童子受教，到年老终命；从登科及第，到位至冢宰，无不以文铨衡。文学于唐人之生命，几乎无孔不入。以下将从经济、政治、社会地位等方面，就唐人的崇文之风做一梳理，进而探讨这种风气之下的文学传播意识。

（一）丰厚的经济回报

唐代崇文的风气极盛，首先表现在当时文章在经济上的丰厚回报。先来看一组数据：

（1）李峤《谢撰攀龙台碑蒙赐物表》："伏奉恩敕，编撰攀龙台碑文，赐臣物四百段。"

（2）张说《谢赐撰郑国夫人碑罗绢状》："今赐卿采罗二十匹，绢一千匹。"

（3）韩愈《奏韩宏人事物状》："臣先奉恩敕，撰《平淮西碑文》，伏缘圣恩，以碑本赐韩弘等。今韩宏寄绢五百匹与臣充人事，未敢受领，谨录奏闻，伏听进止。"或许是所受人事太多，韩愈不敢私受，于是他写了这篇奏状，乞君王决断。后来皇上同意了他的领受，他又写了篇《谢许受韩宏物状》。

（4）另有一位崔河，当时也是文章名家，他向朝廷献《庆云颂》，获"赐绢一百匹"，"奉敕撰《龙门公宴诗序》，赐绢百匹"，虽然略少些，但也得绢百匹以上了。

那么，这些数据按照今日的货币来衡量，价值如何呢？以张说的文价为例来计算一下，按谭文熙《中国物价史》所记唐朝开元盛世时物价，绢一匹值 200 文，米一斗值 13 文，张说所受 1000 匹绢，大致相当于 15380 斗米。又按丘光明《中国历代度量衡考》所记唐朝量器，当时一斗米约有 13 斤。现在买 13 斤普通大米，大概要 26 元，买 15380 斗则需要 399880 元。也就是说，张说一篇文章就拿了近 40 万元。再以此类推，则韩愈之文，也近 20 万元 / 篇，李峤之文近 16 万元 / 篇，崔河之文近 4 万元 / 篇。张说当时即被称为"大手笔"，恐怕不仅指的是其文多草朝廷诏制的政治地位，也包括其文章经济价值上的衡量。韩愈的《平淮西碑》文共 1505 个字，每个字竟然达到了 130 元左右，难怪刘禹锡说他"三十余年，声名塞天。公鼎侯碑，志隧表阡，一字之价，辇金如山"。

另据高彦休《唐阙史》卷上《裴晋公大度》条记载，裴度平定淮西以后，朝廷恩赐巨万，因裴公笃信浮屠教，于是尽舍平叛所得，修茸福先寺。修毕，原拟请白居易撰写修缮碑文，时逢皇甫湜在畔，为湜所请。皇甫湜撰成以后，裴公因以宝车名马彩器玩约千余缗，派人送至湜第。不料皇甫湜大忿，掷书于地，叱来人曰："寄谢侍中，何相待之薄也！某之文，非常流之文也，曾与顾况为集序外，未尝造次许人。今者请制此碑，盖受恩深厚尔，其辞约三千余字，每字三匹绢，更减五分钱不得。"裴公僚属，无不扼腕切齿，但裴公大度地依数酬谢了他，并叹其为"命世不羁之才"。高彦休注云："愚幼年尝数其字，得三千二百五十有四，计送绢九千七百有二。后逢寺之老僧曰师约者，细为愚说，其数亦同。"若以高氏所计"九千七百有二"匹绢来算，则皇甫湜一篇文章的所得总数竟然比号称"大手笔"的张说还要高近十倍了。

此外，还有如白居易为亡友元稹写碑文，其家亦不惜酬以重价。白氏《修香山寺记》记此事云："微之将薨，以墓志文见托。既而元氏之老状其臧获、舆马、绫帛，泊银鞍、玉带之物，价当六七十万，为谢文之贽，来致于予。予念平生分，文不当辞，贽不当纳。自秦抵洛，往返再三，讫不得已，回施兹寺。"粗略统计了一下可知，白居易为元稹所撰碑文计一千五百字左右，则此文所值亦称惊人了。白居易顾及友情，不愿受纳，于是回施于香山寺，以供修缮之资。该寺长老清闲上人赞云："凡此利益，皆名功德，而是功德，应归微之"。

封演《封氏闻见记》卷6《碑碣》条曰:"近代碑碣稍众,有力之家,多辇金帛以祈作者之谀。虽人子罔极之心,顺情虚饰,遂成风俗。"反映的正是当时日嚣尘上的厚葬之习。在这种风气之下,许多文人为了生计,也会奔走以求撰文。王谠《唐语林》卷1记载:"长安中争为碑志,若市贾然。大官薨,其门如市,至有喧竞构致不由丧家者",则写尽寒士文人为求金帛争写碑志的窘态。李肇《唐国史补》卷中亦载:"王仲舒为郎中,与马逢友善,每责逢曰:'贫不可堪,何不求碑志相救?'"也表明对于较贫寒的文人来说,撰写碑志实能挣钱糊口。

(二)优越的政治待遇

唐人崇文风气之盛还表现在文人在政治上的荣宠待遇。由于唐代以文章取士,科举进士便成为文人滋生的直接根源。唐人沈既济《词科论》云:

永隆中,始以文章选士。及永淳之后,太后君天下二十余年,当时公卿百辟,无不以文章显。因循遐久,寝以成风。

沈氏还谈到,到了开元、天宝年间,甚至还出现了"五尺童子,耻不言文墨"的局面。梁肃亦云:"开元中……海内和平,士有不由文学而进,谈者所耻。"

在这种重文的局面之下,文才的高低便成为晋升的一个重要条件。刘禹锡《唐故相国李公集序》云:

唐以神武定天下,群愿既誉,骤示以文,诏英之音与钲鼓相袭。故起文章为大臣者,魏文贞以谏诤显,马高唐以智略奋,岑江陵以润色闻,无草昧汗马之劳,而任遇在功臣上。唐之贵文至矣哉!后王纂承,多以国柄付文士。元和初,宪宗遵圣祖故事,视有宰相器者,贮之内庭。繇是释笔砚而操化权者十八九。

可是,这样的选拔是建立在德行的基础之上的,仅仅文采绝伦,而人品不高,也不会被重用。唐初,有位举子张昌龄,颇有文采,时人皆知,但他在参加科举的时候,还是被主考的王师旦给罢黜了,理由就是其人"华而少实":

张昌龄与兄昌宗皆以文自名,州欲举秀才,昌龄以科废久,固让。更举进士,与王公治齐名,皆为考功员外郎王师旦所绌。太宗问其故,答曰:"昌龄等华而少实,其文浮靡,非令器也。取之则后生劝慕,乱陛下风雅。"

武后时期,武则天与狄仁杰有段关于选才的对话:

长安中,则天问狄仁杰曰:"朕要一好汉使,有乎?"仁杰对曰:"臣料陛下若求文章资历,则今之宰臣李峤、苏味道,亦足为之使矣。岂非文士龌龊,思大才用之,以成天下之务者乎?"则天悦曰:"此朕心也。"

原本已趋于高位的李峤、苏味道二人文章虽好，但因其行龌龊，未被进用为宰相，后来起用了年高稳重的张柬之。类似的例子还有很多，这些文人才士，文采固然超绝，但或为人轻浮，或恃才傲物，或品行有亏，终于没有被重用。但执政者之中，如杨嗣复所说"代有文人"，却是不争的事实，如张说、权德舆、李德裕等，皆一时之文魁。

（三）尊崇的社会地位

唐代崇文风气之盛还表现在文人社会地位的尊崇。《旧唐书·职官志》"翰林院"条载："至德已后，天下用兵，军国多务。深谋密诏，皆从中出，尤择名士，翰林学士得充选者，文士为荣。"《唐国史补》卷中载："独狐郁，权相子婿，历掌内职纶诏，有美名。宪宗尝叹曰：'我女婿不如德舆女婿。'"独孤郁因为有文才，负责草拟诏令之文，颇有美誉，竟然能够令皇帝叹息自己的女婿不如别人的女婿，文人之地位，可见一斑。《太平广记》卷183《贡举》六载有这样一则故事：

赵琮妻父为钟陵大将，琮以久随计不第，穷悴甚，妻族益相薄，虽妻父母，不能不然也。一日军中高会，州郡请之春设者，大将家相率列棚以观之。其妻虽贫，不能无往，然所服故弊，众以帷隔绝之。设方酣，廉使忽驰，吏呼将，将惊且惧。既至，廉使临轩手持一书笑曰："赵琮得非君子婿乎？"曰："然。"乃告之适报至已及第矣。即授所持书，乃榜也。将遽以牓奔归，呼曰："赵郎及第矣！"妻之族即撤去帷障，相与同席，竞以簪服而庆遗焉。

一场亲族间的酒宴，竟因中第而前后态度出现这么大的差异，可以证明作为文人身份的"进士"多么受社会的尊崇。

由于对文士的重视，唐代还出现了专门的"润文使"与"润文官"。高宗时，法师玄奘的译场就有润文使，当时著名文人如于志宁、许敬宗、薛元超、李义府等均参与其事。睿宗朝，天竺菩提流志译佛经，润文官中也有徐坚、张说等大学士。

文人本身受尊重也还罢了，就连歌妓，如果诵得《长恨歌》，竟也比他妓尊贵。《云溪友议》卷中《辞雍氏》所载之吴楚狂生崔涯，因文才高就随意挖苦别人，妻族、倡肆均要看他脸色，也可谓尊崇已极。正因为有这样的社会背景，中唐文人皇甫湜才会说出"文于一气间，为物莫与大"的话。

随着文学的发展，中唐以后还出现了不少专门讨论文章的书信。有鉴于唐代专论诗文著作的相对短缺，这些论文书信成为考察唐代文人文学观念的重要材料。如柳冕《与滑州卢大夫论文书》中云:"夫文生于情,情生于哀乐,哀乐生于治乱。故君子感哀乐而为文章,以知治乱之本。屈宋以降,则感哀乐而亡雅正;魏晋以还,则感声色而亡风教;宋齐以下,则感物色而亡兴致。……自夫子至梁陈,三变以至衰弱。"讲的是文章与治乱的关系,认为屈宋、魏晋、宋齐三变而雅正、风教、兴致渐亡,这是一种文章衰退的观点。但柳冕希望以"圣唐之治",而能"兴三代之文"。其《与徐给事论文书》中则主张"文章本于教化,形于治乱,系于国风",需有用于天下,不可一味求哀艳、恢诞、形似、骨气、藻丽,不可使文有余而质不足、才有余而雅不足,致使文章流荡不返,则是一种尚质尚用的文学观。在《答荆南裴尚书论文书》中更进一步提出"儒之用,文之谓也"的观点。

文学的发展,不仅表现为文学在不同时代的变化,体现出由质朴向华美、简单向复杂、内容上的浅薄向丰富的发展,而且还表现为个人在文学表现、思想认识上的变化。一个突出的例子就是发生在许多文人身上的"悔其少作"现象,这种"悔其少作"的现象,本身就源于文人因传世、传播的存在而产生的珍惜名誉的心理,故与传播意识也有着一定的联系,这一点前面已经谈到。所以,文学的发展,使唐代文人不仅具备传统以德、道为"不朽"声誉的传世意识,而且也产生出纯粹以文章而不朽的传世观念。

二、科举制度对文人传播意识的触动

进士科在唐代所受尊崇非同一般,不仅寒士出身的文人对此趋之若鹜,门阀世族的子弟对此也是热衷不已。五代时的王定保《唐摭言》卷七"好放孤寒"条载,元和十一年(816 年),世人歌咏登第进士云:

元和天子丙申年,三十三人同得仙;袍似烂银文似锦,相将白日上青天。

所以,当时社会底层对于进士及第有"登龙门"之称。世家子弟同样看重进士科举,开国名相薛收之子薛元超就曾说自己有三个遗憾:一是不由进士出身;二是未娶五姓女;三是没能预修国史。其中便以非进士出身为憾。《唐摭言》卷1也说:"缙绅虽位极人臣,不由进士科者终不为美",意即此也。

科举进士又是唐代文人得以成名登阶的一条重要路径。发榜之日,"榜第揭出,万人观之,未浃旬而名达四方",所以诗人张籍说:"二十八人初上牒,百千万里尽传名。"姚合亦赞叹道:"春榜四散飞,数日遍八纮。"考中进士之人,"近者佐使外藩,司言中禁,弹(一作峨)冠宪府,起草粉闱,由此与能,十恒七八。至于能登台阶、参密命者,亦繁有徒",这种成名登阶上的迅速,使科举取士在唐代已被认为是"选才授爵之高科，求仕滥觞之捷径"了。

关于唐代科举与文学之关系，傅璇琮在其著作《唐代科举与文学》中考述已详，今取资该书，重点就唐代科举与唐代文学传播意识之关系论述之。傅先生曾引五代词人牛希济的几句话，谈到当时举子聚集到京城时的盛况：

> 郡国所送，群众千万，孟冬之月，集于京师，麻衣如雪，纷然满于九衢。

这个景象是非常壮观的。千千万万的举子们，一时齐聚于京城之中，自然是他们炫耀文才、传播自己的绝佳机会。于是他们结交名公、投献诗文以行卷；或者互通声气、结成朋党以壮势（傅先生认为，唐代以此习称棚，或曰朋）；还要按照规定向礼部呈交旧作以纳卷。当然，也有些风流才子，眠花醉柳，沉酒游宿于倡伎之家；还有些荡尽钱财、落拓流离，甚至客死他乡的失落者。

科举及第之目的，从低层次的生存需求上来说，是能够满足自己乃至整个家族的生活物质需要，即以得禄为目的；从较高层次的精神需求上来说，则是因为中第进士得禄之后，可以存名于史，不至于名没后世。王士源《孟浩然集序》云：

> 孟浩然……未禄于代，史不必书，安可哲踪妙韵，从此而绝？

这句话，初看甚为普通，但仔细思之，却无疑是文人传世意识的一大关结。如果不以科举及第实现出仕得禄的现实目的，不仅仅是生活的贫困，而且还面临"哲踪妙韵"从此湮没的危险。未禄于代对于以德操为重的士人或许还可接受，而湮没的境况（"史不必书"），却是大部分文人所不愿面对的。沈既济《词科论》中曾谈到玄宗开元、天宝年间，四海晏然，世人纷纷取科举及第以求声名动天下的盛况：

> 故太平君子，唯门调户选，征文射策，以取禄位，此行己立身之美者也。父教其子，兄教其弟，无所易业。大者登台阁，小者任郡县，资身奉家，各得其足，五尺童子，耻不言文墨焉。是以进士为士林华选，四方观听，希其风采，每岁得第之人，不浃旬而周闻天下。

日本学者筑山治一郎在《盛唐的宰相与吏部的官僚》文中（1954年，后收入《唐代政治制度研究》）认为唐初的宰相多由南北朝以来的，特别是北朝系的贵族担任，自高宗朝起开始由科举及第的新人阶层进入官僚机构，其中也有升至宰相的。武则天为压制贵族集团而大力起用科举官僚。到玄宗朝时，已有许多科举出身的官僚出任宰相。从沈既济的论述来看，筑山氏所言不虚。由于高者可以登台阁、任宰辅，低者亦可掌郡县、资身家，所以形成父教子、兄教弟，朝野纷纷言文墨的现象。既能名动天下，又可资身奉家，甚至还可能出任要职、建立功业，科举一事，能够达成文人"不朽"的诸多愿望，其兴盛也就成为一种必然了。

科举带来的升阶希望给予当时的下层士人以极大的诱惑，这是当时科举兴盛的一个重要原因。安史之乱以后，随着国家上层的需要，科举试的规模较之以往，并未受到影响。开元之时，每岁"应诏而举者，多则二千人，少犹不减千人，所收才百一"，也就是说，每年入试者达一二千人，及第者才二三十人。罹乱之后，也仍然保持着这样的规模，韩愈《送权秀才序》中即说："愈常观于皇都，每年贡士至千余人。"康骈《剧谈录》卷下《元相国谒李贺》条亦云："大中、咸通以后，每岁试春官者千余人。"择人既然百中取一，多时也不过二十取一，文人也就必须经过苦读才可能成功。李顾《缓歌行》云：

男儿立身须自强，十年闭户颍水阳。业就功成见明主，击钟鼎食坐华堂。

写出了当时士子为求及第，十年闭户苦读之状。

这种将科举及第视为垂名不朽之途的看法，即使是在晚唐五代那个政治衰败的时代，也没有太大改变。徐铉《送张佖郭贲二先辈序》曰：

君子所以章灼当时、焜耀来裔者，必曰进士擢第，籲尉释褐。斯道也，中朝令法，虽百王不移者也。

可见此观念在唐代文人心中渗透之深。

第四节　文学传播对文人文学地位的影响

一、传播意识与作品存世数量之关系

一般来说，具备较为自觉的文学传播意识的文人，其存世作品的数量会相对多些，反之则较少。

（一）唐代作家的作品存世数量

尚永亮曾据"创作量"将唐五代时期的诗人分为高产作家层、多产作家层、中产作家层与低产作家层。其中，创作量达 500 首以上者，属高产层，作者 20 人；创作量在 100 ~ 500 首之间者，属多产层，作者 97 人；创作量在 20 ~ 100 首之间者，属中产层，作者 151 人；创作量在 20 首以下者，属低产层，作者 2889 人。

诚然，文学史中固然存在着高产与低产这类才性上的差别，但一位作家作品存世的数量，恐怕也有相当一部分原因是与传播有关的。将一位作家的作品存世数量当作"创作量",是因为没有考虑文学传播因素的缘故。所以,这组统计数据也可称作"作品存世数量",并根据数量排名来分析这些数据与文学传播意识之间的关系。据尚永亮的研究统计,唐诗作者中传世作品量的前31位作者依次是白居易(2923首)、杜甫(1451首)、李白(1045首)、元稹(845首)、齐己(833首)、刘禹锡(819首)、贯休(760首)、李商隐(612首)、陆龟蒙(612首)、韦应物(574首)、钱起(543首)、王建(539首)、张祜(539首)、许浑(531首)、姚合(529首)、皎然(524首)、刘长卿(518首)、杜牧(517首)、罗隐(507首)、孟郊(505首)、张籍(453首)、皮日休(430首)、司空图(430首)、韩愈(426首)、贾岛(416首)、岑参(404首)、权德舆(394首)、王维(378首)、方干(361首)、张说(358首)、温庭筠(353首)。

同时需要注意的是,诗歌只是文学创作的一部分,在以上文人中,还有不少作家在其他文体(如散文、辞赋、词等)上倾注过大量的精力,如果考虑到一个人的生命长度,就要对一位作家的所有存世作品量(在唐代至少是诗文总量)进行考量,才能得到一个有关作家存世作品的较为客观的结论。

对以上这些作家,笔者又进行了所作文章数量的数据统计。主要数据取自《全唐文》《唐文拾遗》《唐文续拾》与《全唐文补编》,作家的排列顺序仍依上述诗作数量的排序:

白居易(886篇)、杜甫(29篇)、李白(70篇)、元稹(294篇)、齐己(3篇)、刘禹锡(242篇)、贯休(7篇)、李商隐(421篇)、陆龟蒙(59篇)、韦应物(2篇)、钱起(13篇)、张祜(1篇)、许浑(1篇)、皎然(38篇)、刘长卿(12篇)、杜牧(205篇)、罗隐(122篇)、孟郊(3篇)、张籍(2篇)、皮日休(87篇)、司空图(71篇)、韩愈(345篇)、贾岛(1篇)、岑参(4篇)、权德舆(399篇)、王维(71篇)、张说(259篇)、温庭筠(27篇)。

除以上28人外,考虑到一些文章家的地位,又可按大致的时代顺序补充如下22人(后附存世文章数):

王勃(148篇)、杨炯(85篇)、卢照邻(29篇)、骆宾王(39篇)、陈子昂(123篇)、李峤(163篇)、李华(111篇)、萧颖士(29篇)、贾至(97篇)、于邵(149篇)、独孤及(195篇)、梁肃(105篇)、孙逖(234篇)、吕温(148篇)、令狐楚(151篇)、元结(121篇)、柳宗元(457篇)、李翱(109篇)、皇甫湜(44篇)、符载(97篇)、李德裕(346篇)、沈亚之(93篇)。❶

---

❶ 黄俊杰.唐代文人文学传播意识研究,2018年出版.

这 22 人中, 初唐四杰、陈子昂、柳宗元又均在诗歌方面有极大成就与影响。比如柳宗元另有诗 163 首, 诗文总量亦达到 620 篇, 若置于表中, 在第 14 位的张说之前。而以上这些文章家中, 擅诗者尚有李峤、元结、李德裕等人, 也是需要注意的。此外, 表中的温庭筠还以作词著名。

另有如苏颋、张九龄、常衮、陆贽等人所作文章数亦不少, 但多为朝廷制册诏令文字; 而五代时期存留文章最多的几位也均为撰写制状文字的上层权要, 如钱珝、薛廷珪、徐铉等, 此处不列。

有了这些文章数以后, 再来参看诗歌存世数, 就会发现如果将诗文综合起来看, 诗歌数量排进前十的齐己、贯休、韦应物, 作为诗歌"高产作家", 存世文章却极少; 而身为诗歌"多产作家"的岑参、张籍、孟郊、张祜、许浑、贾岛, 所存文章亦是寥寥, 王建、姚合、方干等人更是没有文章存世。

经过比勘, 还可以发现在这前 31 位文人的排列中, 盛唐以前的文人仅有杜甫、李白、王维、岑参、张说 5 人, 其余则均为中晚唐文人。造成这一现象最直接的原因自然就是文人诗文是否因编纂成集而得以保存, 中晚唐时期逐渐兴盛起来的编集之风, 无疑是文人存留诗文较多的根本原因。

(二)作品存世数量与传播意识的关系

一位文人存诗与存文数量的多少, 虽然首先与这位作家的才性与文体观有关 (如有的擅长于诗, 有的则擅长于文), 但也与其自身、友人及门生强烈的传播意识有关。如果他自身或者在他的周围存在关注其诗文并能够加以收集整理的人, 或者存在一个文学传播的"场域", 其存世诗文就会大增。诗、文两项存世数量均高居榜首的白居易, 其文学传播意识无疑最为强烈与自觉, 他的友人元稹, 存世诗文亦不少, 位居第三, 其原因就是二人均是构成"元、白诗传播场域"的重要人员。

"场域"的概念, 是由当代法国社会学家布尔迪厄 (Pierre Bourdieu) 提出的。在布尔迪厄眼中, 研究文学意味着建构一系列"纸上的建筑群", 从文学场域的角度思考文学, 意味着从一个空间结构、关系结构中考察文学意义的生产。在考虑文学的传播时, 围绕着作家的各种空间结构、关系结构都是重要的因素。

例如, 白居易与元稹得以有如此巨大的存世作品数, 不仅因为二人均具有较自觉的文章传世观念, 也与他们频繁的唱和有关, 这种文人间的相互酬唱, 无形中就形成了一个文学传播的"场域"。再如李白、寒山, 其本人固然没有非常强烈的传播意识，但由于他们的周围有着关注并收集他们诗文的朋友（如魏颢之于李白）、门生弟子（如寒山之弟子），这种周边亲友的关注，也可形成一个文学传播的"场域"。

只要这种"传播场域"存在，这个"场域"所围绕的核心作家的作品就会得到极大的保存，对传世形成有利的条件；反之，无论一位作家多么勤于著述，缺乏这种"传播场域"，也有可能片纸无存。

正如法国文学社会学家罗贝尔·埃斯卡皮（R.Es carp it）所指出的，"统计资料可以反映出文学事实的概貌，但要解释这些资料则需借助另一种类型的客观资料。这类客观资料要通过对围绕着文学事实的社会结构的研究，以及对文学事实起制约作用的各种技术手段的研究才能获得，比如政治制度，文化机构，阶级，社会阶层及等级，职业，消遣内容，文化程度，作家、书商及出版商的合法的经济地位，语言问题，书籍历史等。最后，还要用总体文学或比较文学的方法来研究具体事件：一部作品的命运，一种体裁或一种文体的发展演变，主题的处理，某一神话的历史，周围环境的确定，等等"。

本节希望通过文人的存世诗文数，能反映出文学传播意识对其作品存世的影响，具体的数据内涵，是要在阅读前面的有关论述以后才能理解的。作品数量与传播媒介的关系也极重要。在唐代，如能将文集献于秘阁文馆，或藏于寺庙道观，并被多次转抄，则其传世之可能性便大增。如其不然，也有借特殊之工具而得以存诗者。宋代黄休复《茅亭客话》载诗人唐求以瓢传诗之传奇云：

或吟或咏，有所得，即将稿捻为丸，纳于大瓢中。二十余年，莫知其数，亦不复吟咏。其赠送寄别之诗，布于人口。暮年因卧病，索瓢致于江中，曰："斯文苟不沉没于水，后之人得者，方知我苦心耳。"漂至新渠江口，有识者云："唐山人诗瓢也。"探得之，已遭漂润损坏，十得其二三，凡三十余篇，行于世。

唐求以瓢传诗当然是传播工具匮乏时期的特殊传播行为，因为他的有意于传，也因为他的机智，我们今天才能在《全唐诗》中读到他的诗，否则，他也将和许多曾经吟咏不辍却诗文无存的才子们一样，湮没在历史的烟尘中。

作品的存世是一位文人能够在后世继续产生影响的基本条件，如果没有诗文存世，即使生前文名赫赫，也只能留给后人以惋惜与遗憾。比如，武后时期的"北门学士"刘懿之、刘祎之、周思茂、元万顷、范履冰等人，生前地位尊崇、文名卓著，殁后所存诗文却极少，而他们的名字也没有太多人知道了。

二、传播意识的强弱与文学史呈现的效果

王兆鹏曾运用定量分析的方法，对历代有代表性的唐诗选本、评点资料和当代唐诗研究论文等三个方面的数据进行统计比较分析，遴选出一个唐诗经典名篇的排名。从研究结果来看，崔颢的《黄鹤楼》位居第一。创造名篇最多的十大诗人是杜甫、李白、王维、李商隐、杜牧、王昌龄、孟浩然、刘禹锡、白居易和岑参，产生名篇与名家最多的时期是盛唐。应该说，分析的结果总体上与已有文学史书写的权重相一致，并未颠覆人们对这些作家的传统看法，但也存在少数作家虽有名篇但文学史书写不够的现象。定量分析的方法是科学的，其结果完全可以认为是唐代诗人所处文学史地位的客观反映。

前文已经谈到，作家传播意识与作品存留数量基本存在一种正比关系，即一位作家的作品存世数量基本可以代表他的传播意识"强度"，因此白居易可以视作有唐一代最具传播意识的作家。本节将通过作品存世较多的作家与一些拥有少量篇章却仍具深刻影响的作家（如王之涣、张若虚等）这两类作家之间的比较，来论述文学传播意识与其文学史地位之间的关系，以考察文学传播意识作为一位作家的主体意识，它所能达到的文学史效果。

（一）吉光片羽与传播无意识

在文学史上，有这样一些诗人，他们可能因为某些原因仅存留了少量的诗篇，但却凭着这为数不多的几篇诗文，产生了深远的影响。比如，在王兆鹏统计出的十大名篇作者中，崔颢、王之涣、张继、王湾这四个人并没有存留太多的作品，在《全唐诗》中他们的存留作品分别是48首、6首、58首、11首；在《全唐文》中，崔颢、王之涣、张继三人均无作品，王湾也只有一篇判文。可是，分别由他们所作的《黄鹤楼》《凉州词》（黄河远上白云间）、《登鹳鹊楼》《枫桥夜泊》《次北固山下》却都是脍炙人口的名篇佳作，也为他们赢得了不朽的诗名。

据《唐才子传》记载，这几人都是极有才名的文人，他们的作品原本不应只有这些。如《唐才子传》卷一《崔颢》云："少年为诗，意浮艳，多陷轻薄。晚节忽变常体，风骨凛然。"又云："颢苦吟咏，当病起清虚，友人戏之曰：'非子病如此，乃苦吟诗瘦耳。'"崔颢大约活了五十岁，他从年少时即开始作诗，晚年诗风还有变化，又"苦吟咏"，为此而身体瘦弱。他是一位喜欢作诗的才子，不到50首的存世数量，只能说明他的诗文有散佚，而散佚的出现，与作者无意编辑整理自己的诗文是有关的。同样，卷一《王湾》亦云："词翰早著，为天下所称。

往来吴、楚间，多有著述。"卷三《张继》："早振词名……诗情爽激，多金玉音。盖其累代词伯，积袭弓裘。"卷三《王之涣》："中年折节工文，十年名誉日振。"可见，除王之涣是中年始为诗文外，其余三人都是年少之时便开始写诗的，作品不应在少数。所以，他们并非低产的诗人，但他们却不擅长保存作品。从存留诗文不多这一点来看，他们的传播意识可谓相当淡薄。而凭借《春江花月夜》而"孤篇横绝"的张若虚（存诗 2 首），依靠《凉州词》（葡萄美酒夜光杯）而名盛后世的王翰（存诗 13 首），也均属此类。

李白、杜甫、王维等人的诗文虽然有着相当的存世数量，但他们现存的文集却并非自己整理而成。如李白集由友人魏颢所编；王维集也是因为代宗索要，才由其弟王缙编纂进献；杜甫初有诗文六十卷传播于江汉之南，但经战乱之后，亡佚多半，今日所见杜集乃是唐宋间诸多喜好杜诗者编辑的结果。所以，他们的传播意识都不是特别强烈，如果不是因为亲友及好事者整理成编，散佚的情况也难以避免。如果诗文出现散佚，使他们诗文的存留数将大大减少，中国古代尤其是唐代的文学一定会逊色不少。以此来假设，如果崔颢、王湾等人的诗文能有友朋予以整理，其存世的数量也必将大大超出目前之数。有理由相信，如果能找回崔、王诸人那些散佚的作品，以他们的文才表现，未必就会在文学史的书写中少于李、杜等人篇幅，也必将使后人对唐代文学有新认识。当然，历史是不能假设的，存在即是合理，遗失了的诗文只能留给后世无尽的遗憾。

（二）有意识传播下的作品数量与文学史书写的空间

反观白居易，他曾多次整理自己的文集，并在生前将其文集藏于多处，极大地减少了散佚的可能。如今，他以近 3000 首的诗、880 篇的文，成为唐代保存诗文最多的作家，这与他个人自觉而强烈的传播意识不无关系。清代诗人朱彝尊说：

诗家好名，未有过于唐白傅者，既属其友元微之排缵《长庆集》矣，而又自编后集，为之序，复为之记；既以集本付其从子外孙矣，而又分贮东林、南禅、圣善、香山诸寺。

可见，前人也早已注意到这一点。但是，白居易的诗文中，被传唱、被选录、被评点最多的也不过是《琵琶行》《长恨歌》《赋得古草原送别》等诗，以及《与元九书》这样的名文。几乎可以说，正是这几篇诗文，奠定了白居易在唐代文学史中的地位。

在广为传唱并受到后世选家与评论者所重视的唐诗百首名篇中,杜甫之诗有16首,李白之诗有13首。而在三百首名篇的遴选中,杜甫则占52篇,李白38篇。可见,文学传播意识的有无、强弱所形成的"文学传播意识场域",固然可以影响作品的存世数量,但却不能决定一位作家的文学史地位。决定一位作家文学史地位的关键因素,还是在于高品质作品的拥有量。正如王兆鹏所言,"名篇的多少决定作者地位的高低和名声的大小。受非文学因素的影响,作者凭借他的社会、政治、家庭地位或特殊的经历可以名噪一时,但如果没有众多的名篇来支撑,其名声和影响力就不可能延续持久。"

可是,无论如何,作为文学传播意识量化反映的作品存世数量,无疑充盈了一位作家被阐释的空间;大量作品的不同风格呈现,也增加了他在后世被解读时的角度。比如,白居易虽然在名篇数量上低于王昌龄、孟浩然等人,但现在所书写的古代文学史却需要为其辟出专章,而王昌龄则只占据边塞诗人一章中的一小节,孟浩然也要与王维并举,只占用田园诗人一章的一角。而崔颢、王之涣、张继、王湾等人,在古代文学史的书写中,更是占用极少的笔墨。因为存世不多的作品,本身就限制了文学史家们叙述的展开,他们只能用一节甚至一小段来加以说明。

唐代诗人司空图《白菊三首》其二云:

自古诗人少显荣,逃名何用更题名?诗中有虑犹须戒,莫向诗中著不平。

这是对诗人与显贵不可兼得的诠释,也是他处在晚唐那个风雨飘摇时代的感慨。也许正是这样,甘于寂寞的诗人,原本就是逃名之人,若要读真正的诗,还真要向那些存诗不多的人中间去寻求呢。

一个社会对于文学采取怎样的需求态度,往往能够左右那个时代文学的审美风尚与创作风气。陈文忠认为:"一个时代总有它最活跃的读者群,它的审美趣味和审美需要往往足以支配这一时代的审美风尚。"陈先生是从接受史叙述的角度得出这一论断的。如果继续深入思考一下,就会发现,最活跃的读者群其实是有其产生的社会背景的。真正决定一个时代审美风尚的,与其说是一群最活跃的读者,勿宁说是社会发展所规定的传播主流的导向。这种传播主流的形成,与上层的倡导、作者的追求、读者的需要均密切相关,当三者达成一致,其表现形式便形成主流的文学传播意识形态。

三、对亡阙与残篇诸现象的思考

在中国学术史上,有一位非常重视"亡阙之书"的学者,他就是宋代的郑樵。

"他主张要通记古今图书，不仅记书，而且记图；不仅记有，而且记亡，欲做到广古今而无遗。"这正是出于对唐人记书的纠偏。同时，还要注意到，亡阙与残篇，并非一定是作者所不愿意的，它有着较为复杂的主客观因素。

（一）唐人书目记有不记无

郑樵在《通志》卷71《校雠略》中撰有三篇《编次必记亡书论》，其一云：

古人编书，皆记其亡阙……为亡阙之书有所系，故可以本所系而求。所以，书或亡于前而备于后，不出于彼而出于此。及唐人收书，只记其有，不记其无，是致后人失其名系。

唐人撰书目，仅记所见之书，不记亡阙之作，确为其特点，郑氏所言极为精当。兹举所见唐人记书"不载其无"一例：郦道元《水经注》在《艺文类聚》中未见引用3，仅引《水经》3条，而在《初学记》中引用却达到184条。考《隋书·经籍志》，仅记有郭璞注《水经》，郦氏《水经注》则未见载，当是后来收入内府者，故欧阳询诸人不曾见。倘若郦氏《水经注》失传，那我们也读不到"自三峡七百里中，两岸连山，略无阙处。重岩叠嶂，隐天蔽日。自非亭午夜分，不见曦月"这样的妙文了。

在这样一种"只记其有，不记其无"的著述习惯下，我们可以看到五代时编成的《旧唐书·经籍志》有大量未著录的文集，宋代所编《新唐书·艺文志》便改变了这一现象。当然，这涉及到史书中"实录"的标准与史书编写的条件诸多问题。《旧唐书》编写于战乱后不久，不仅典籍本身的存藏要少些，编写时间的仓促也会导致其《经籍志》未能全面完成。一般认为《旧唐书·经籍志》据《开元总目》编写，所以所记典籍止于玄宗以前，这一点，由别集之记载止于《卢藏用集》便可看出。《新唐书·艺文志》编写于北宋承平之时，所收典籍渐多，所参考之著作也增多（新志多有据史传、墓铭等记载者，其集则当时已不存，可参前第二节），编写时间又较为充裕，所以它的遗漏相对少得多。尽管如此，我们仍然可以看到对王梵志、齐己、贯休、罗隐、鱼玄机等人文集的缺载。

不仅别集著作有漏载的现象，在许多诗文总集中我们也总能看到很多"无名氏""阙名""佚名"之类的作者。如《全唐诗》中有"无名氏"作品160篇，《全唐文》中收"阙名"（含阙姓）作品950篇。陈尚君所辑《全唐文补编》所收"阙名"者的作品更多达1663篇。

再来看残篇的现象。据《唐才子传》记载，隋唐之际有位诗人叫崔信明，年少即英敏无比，稍长，博闻强记，下笔成章，才冠一时。时值乱世，于是隐于太行山。他为人颇恃才塞傲，自谓诗文过于李百药。但他传留的诗文仅有"枫落吴江冷"之断句与《送金竟陵人蜀》一首。另外一位盛唐诗人李昂，所存留的诗歌也仅有《戚夫人楚舞歌》与《从军行》两首诗。而黄须美丈夫康洽，盛年曾携琴剑入长安，以工乐府而名喧京城，曾被李颀、戴叔伦、李端等人所赞，但竟未留只言片语。

（二）亡阙与残篇的主客观原因

亡阙与残篇现象的出现，当然有许多的原因。主观上的原因，或许是因为作者本身的存名意识淡薄，作诗为文之际，并没考虑自己名字的存留与否；或者出于厚积薄发的传统观念的影响，使得作品数量原就较少；或者也因为在较为特殊的文化环境下（如文字狱），作者有意的掩饰等。客观上的原因，如传播技术的不发达，卷帙浩繁的大型文集难以多部存藏，亦可能因为本身地位的低微而无法很好地保存作品；或者是因战乱、灾害等较大的社会变动造成作品的散佚，使作者与作品之间的关系断开，难为人知（因为在印刷、复制技术并不如现代发达的古代，加上信息的闭塞，很容易出现作品与作者相脱节的现象）。不管出于怎样的原因，对于这些"阙名""佚名"的作者，我们也同样要引起重视。要仔细考证这些"无名氏"作品的创作时间，将它放入已知的时段中，这样，才能获得一种较全面的文学史观。

对于佚文与遁世遗名之士的关注，史上早已有之。东汉王充《论衡》中便专设有《佚文》篇；《魏志》卷21《嵇康》裴注引嵇喜撰《嵇康传》亦载，嵇康曾"撰录上古以来圣贤、隐逸、遁心、遗名者，集为传赞。自混沌至于管宁，凡百一十有九人。盖求之于宇宙之内，而发之乎千载之外者矣"。嵇康所集，或者尚有名姓。对于无名氏，同样也需要关注。

唐代的元结便是一位注意收集下层文人作品的编选者。他曾编辑《箧中集》，收录与时文相异的作者诗人7位，作品22首。倘若没有他的这次收集，沈千运等人是否能有诗歌传世，便值得怀疑了。元结在《箧中集序》中说："有名位不显，年寿不终，独无知音，不见称颂，死而已矣……吴兴沈千运，独挺于流俗之中，强攘于已溺之后，穷老不惑，五十余年，凡所为文，皆与时异。"并说类似沈千运者，又有五六人，"皆以正直而无禄位，皆以忠信而久贫贱，皆以仁让而至丧亡"，倘若不予收辑，则难以为嗣，必会在诗人长逝以后，遗文散佚；使异地阻绝之人，不见近作，所以，他便编成此集。

还有些无名氏，是因为身份卑贱所致，如宫女。她们中有些具备一定诗才的，偶尔也会写些诗歌题于嫌素、纩衣、树叶之上，传之于世的。如范摅《云溪友议》卷下记载，卢渥应举时，偶临御沟，见一红叶，上有绝句。置于巾箱。及宣宗出宫人，渥得一宫女。睹红叶，吁嗟久之，曰："当时偶题随流，不谓郎君收藏巾箧。"孟棨《本事诗·情感》一章亦记有不少相关的故事，兹录二篇以观：

开元中，颁赐边军纩衣，制于宫中。有兵士于短袍中得诗曰："沙场征戍客，寒苦若为眠。战袍经手作，知落阿谁边？畜意多添线，含情更著绵。今生已过也，重结后身缘。"兵士以诗白于帅，帅进之。玄宗命以诗遍示六宫曰："有作者勿隐，吾不罪汝。"有一宫人自言万死。玄宗深悯之，遂以嫁得诗人，仍谓之曰："我与汝结今身缘。"边人皆感泣。

顾况在洛，乘间与三诗友游于苑中，会流水上，得大梧叶题诗上曰："一入深宫里，年年不见春。聊题一片叶，寄与有情人。"况明日于上游，亦题叶上，放于波中。诗曰："花落深宫莺亦悲，上阳宫女断肠时。帝城不禁东流水，叶上题诗欲寄谁？"后十余日，有人于苑中寻春，又于叶上得诗以示况。诗曰："一叶题诗出禁城，谁人酬和独含情？自嗟不及波中叶，荡漾乘春取次行。"

这些宫女亦可算作佚名诗人之特例了。这类佚名诗人在主观上虽然具有传播之意识，但却不为声名，只为传情达意而已。

此外，在唐宋人的笔记中，多有所谓鬼神灵怪之诗，为后世《全唐诗》所录。如卷864之"神诗"1卷，卷865、866之"鬼诗"2卷，卷867之"怪诗"1卷，盖皆欲传诗而不欲传名之隐者所为也。

参考文献

[1] 买丽萍. 唐代文化中的西域文化因素 [J]. 西北民族研究，2000(2):70–77.

[2] 于玲玲. 唐代文化的繁荣与开放政策解读 [J]. 文渊（中学版），2020(6):72.

[3] 黄激. 唐代文化繁荣的原因解析 [J]. 太原城市职业技术学院学报，2010
（ 2):204–205.

[4] 陈丹阳. 评《李白与唐代文化》[J]. 人生与伴侣，2021(4):132.

[5] 岳忆晨. 试论唐代文化的开放及多元发展 [J]. 中外交流，2019，26(23):203.

[6] 邓文睿. 唐代文化繁荣对民生政策的影响分析 [J]. 文物鉴定与鉴赏，2018
（ 1):142–143.

[7] 丁伟志，徐尚定. 唐代文化漫议 [J]. 文史知识，1993(12):89–92.

[8] 阴肖娟. 中国传统文化探析——唐代文化繁荣之因探析 [J]. 教育教学论坛，
2012(28):123–124.

[9] 勾利军. 唐代文化的开放与多元发展 [J]. 河北学刊，2008，28(3):56–58.

[10] 丁振翠. 唐代文化政策研究 [D]. 青岛：青岛大学，2010.

[11] 闫媛媛. 唐代文化在中国园林景观设计中的应用探究 [J]. 渭南师范学院
学报，2017，32(11):93–97.

[12] 葛景春. 李杜之变与唐代文化思潮的转型 [J]. 中州学刊，2004(4):118–123.

[13] 张宏梅. 唐代文化繁荣的原因探析及对今天的启示 [J]. 山西农业大学学
报（社会科学版），2009，8(6):619–620，655.

[14] 贺树青. 从唐代文化中领略中国灿烂的衣饰魅力 [J]. 内蒙古农业大学学
报（社会科学版），2009，11(2):226–227.

[15] 孟晋. 唐代文化发展的背景考察 [J]. 濮阳教育学院学报，2002，15
（ 4):15–16.

[16] 金文佳. 张祜诗歌与唐代文化 [D]. 上海：上海师范大学，2009.

[17] 李岩. 唐代文化的发展趋势 [J]. 社会科学战线，1991(1):161–164.

[18] 曾宪利. 试论唐代文化的多元发展 [D]. 济南：山东大学，2008.

[19] 姜玉芳. 我诗故我在——杜甫与唐代文化 [D]. 济南：山东大学，2005.

[20] 康保苓. 试论唐代文化重心的演变 [D]. 曲阜：曲阜师范大学，2000.

[21] 刘晓玉，丁琳. 唐代文化生态视阈下的胡人陶乐俑研究 [J]. 民族艺术研究，2011（6）:155-159.

[22] 张华滨. 唐代文化名门的典籍收藏与保存 [J]. 泰山学院学报，2006，28（2）:50-52.

[23] 霍然. 论北朝民族大融合对唐代文化的影响 [J]. 新疆大学学报（社会科学版），2002，30（1）:38-43.

[24] 贾剑秋. 论唐代道教对唐代文化的影响 [J]. 西南民族大学学报（人文社会科学版），1996（3）:53-60.

[25] 胡友慧. 从唐代长沙窑题诗装饰看唐代文化的平民化 [J]. 装饰，2010（8）:134-135.

[26] 张华滨. 唐代文化名门家庭生活研究 [D]. 曲阜：曲阜师范大学，2006.

[27] 葛景春. 李白诗歌与唐代文化精神 [J]. 河南社会科学，1995（1）:37-39.

[28] 王仲纯. 从敦煌服饰管窥唐代文化 [J]. 社科纵横，1994（4）:9-11.

[29] 苏利国. 论武德时期与唐代文化共同体建设之关系 [J]. 五邑大学学报（社会科学版），2017，19（4）:26-31.

[30] 杜灿. 唐代文化兼收并蓄的开明政策对绘画的影响 [J]. 南阳师范学院学报，2009，8（10）:78-80，83.

[31] 田超. 从参军戏看唐代文化宽容 [J]. 大众文艺，2018（22）:167-168.

[32] 路杨阳. 浅谈唐代文化元素在西安北客站设计中的应用 [J]. 世界家苑，2014（3）:238-238.

[33] 魏承思. 论唐代文化政策与文化繁荣的关系 [J]. 学术月刊，1989（4）:75-81.

[34] 刘海峰. 试论唐代文化教育的开放性 [J]. 福建论坛（人文社会科学版），1987（5）:36-41.

[35] 刘修明，吴乾兑. 试论唐代文化高峰形成的原因 [J]. 学术月刊，1982（4）:51-57.

[36] 杨正瑀. 繁荣的唐代文化及其成因初探 [J]. 云南财贸学院学报（经济管理版），1999（1）:53-60.

[37] 戴伟华. 唐代文化弱势区的诗歌创作 [J]. 东方丛刊, 2006(2):110–129.

[38] 文曼妮. 浅析唐代文化活动对女着男装的影响 [J]. 中国民族博览, 2017
　　(24):189–190.

[39] 周熹. 对李白诗歌的文化审视——评《李白与唐代文化》[J]. 天府新论,
　　1995(5):92–93.

[40] 任爽东. 礼乐制度与唐代文化大一统局面的发展 [J]. 求是学刊, 1998
　　(4):90–94.

[41] 尚泽丽, 王乐. 唐代丝织品中的狮纹及其文化源流探究 [J]. 丝绸, 2022,
　　59(6):118–126.

[42] 刘海峰. 唐代文化教育的开放性及其借鉴意义 [J]. 中国高教研究, 1985
　　(1):85–91.

[43] 丁宏. 浅析科举制度对唐代文化繁荣的影响 [J]. 青海师专学报（教育科
　　学）, 2005, 25(z2):51–52.

[44] 张明非. 乐舞诗——映照唐代文化风貌的一面镜子 [J]. 古典文学知识,
　　1999(5):36–42.

[45] 刘天骄. 论唐代乐工歌妓文化对唐诗创作和传播的影响 [J]. 宜春学院学报,
　　2022, 44(5):69–72, 88.

[46] 蔡亚平. 从唐代小说作品考察唐代文化的包容性特征 [J]. 山东文学, 2009
　　(S2):63–65.

[47] 郭丰秋, 赵艾茜. 唐代纺织品中鸡形凤纹造型审美及其文化内涵 [J]. 丝绸,
　　2021, 58(11):81–87.

[48] 朱晓凯. 分析科举制度对唐代文化繁荣的影响 [J]. 职大学报, 2006
　　(3):50–51.

[49] 王树文. 从设计角度看唐代文化的包容性及成因 [J]. 文艺生活·文艺理论,
　　2015(7):189–189.

[50] 腾翀. 唐代文化的繁荣与开放政策 [J]. 新丝路: 中旬, 2019(5):33.